TOMMY JAUD

Completamente
IDiOTA

TOMMY JAUD
Completamente IDiOTA

Tradução
CAMILA WERNER

PRUMO
leia

Título original: *Vollidiot*
Copyright © 2004 by Argon Verlag GmbH, Berlin.

Todos os direitos reservados por S. Fischer Verlag GmbH, Frankfurt am Main.

Todos os direitos reservados. Nenhuma parte desta obra pode ser reproduzida ou transmitida por qualquer forma ou meio eletrônico ou mecânico, inclusive fotocópia, gravação ou sistema de armazenagem e recuperação de informação, sem a permissão escrita do editor.

Direção editorial
Jiro Takahashi

Editora
Luciana Paixão

Editora assistente
Anna Buarque

Preparação
Silvia Lohn

Revisão
José Eriberto
Fernanda Iema

Projeto gráfico
Ana Dobón

Arte
Marcos Gubiotti

Imagem de capa: K. Juenemann/zefaimages

CIP-Brasil. Catalogação na fonte
Sindicato Nacional dos Editores de Livros, RJ

J44c   Jaud, Tommy, 1970-
    Completamente idiota / Tommy Jaud; [tradução de Camila Werner].
    – São Paulo: Prumo, 2012.
    240p. : 21 cm

    Tradução de: Vollidiot
    ISBN 978-85-7927-184-7

    1. Literatura alemã. 2. Humor. I. Werner, Camila. II. Título.

12-1521.   CDD: 837
                                                   CDU: 821.112.2-7

Direitos de edição: Editora Prumo Ltda.
Rua Júlio Diniz, 56 – 5º andar – São Paulo/SP – CEP: 04547-090
Tel.: (11) 3729-0244 – Fax: (11) 3045-4100
E-mail: contato@editoraprumo.com.br
Site: www.editoraprumo.com.br

SUMÁRIO

Macadamia Nudge Matsch 7

O senhor comissário de bordo 23

Mulher-Gato 39

Lala 57

O gay matador sem pescoço 63

Escola para moças Josef Stalin 68

A facção da coruja vermelha 78

Schicklgruber 87

Armagedom do Latte Macchiato grande 97

O espaguete de piscina de Yokohama 108

Kebab de camarão 118

"Tag am Meer" 126

O plano da Paula 133

¿Soyjuliancómotellamas? 139

Pimentão falante 153

Noite na praia 168

Na sala privativa para ficar na horizontal 183

Quando você tem um limão 195

O teleférico vagalume 207

Idiota 222

Corrida de pepinos 229

MACADAMIA
NUDGE MATSCH

Um vendedor magro e baixinho da Ikea com cabelo ruivo claro e nariz grande me cutuca. Meu Deus, obrigado por eu não ser tão feio assim!
– Posso ajudar?
Não pode. Poderia, se a Ikea tivesse o conjunto de lâminas de barbear *Suicïd* ou a corda *Enfork* no catálogo. Na verdade, não sei por que e por quanto tempo fiquei parado na frente do sofá de três lugares *Karlanda* com elementos modulares. Também é um mistério para mim porque estou aqui no final das contas: não há nada mais fora de propósito para um solteiro do que passar um sábado chuvoso de outubro na Ikea. Com certeza esse também é o motivo pelo qual não se vê um único solteiro aqui. Nem unzinho! Casais felizes com ou sem filhos dão suas voltas sorridentes e discutem se a cadeira de balanço *Gullholmen* combina com o sofá *Ektorp* ou não. Não combinam, quero gritar, assim como seus pulôveres de marca e suas famílias-padrão *Vörort* chatíssimas não combinam com os meus planos.

Em nenhum outro lugar do mundo um solteiro pode ver seus fracassos pessoais mais concentrados e escancarados do que na Ikea. E em toda a linha. A Ikea não é uma loja de móveis, é uma engenhosa trilha escandinava criada para que se aprenda com os próprios erros, que passa pelo nosso vazio interior e leva diretamente a um dos trinta caixas amarelos e azuis.

Sala de estar, Estar junto, Com seus amigos ou seu amor. Caramba! Cala a boca. Estar junto? Com quem? Só tenho um amigo, e ele é irritante e gordo. E não tenho um amor e por isso mesmo não preciso de um sofá de três lugares. Muito obrigado!

Quarto. Ninho de Amor. Parquinho. Canto para Namorar. Um Lugar para ficar juntos. Para Ser Feliz.

Já vejo as manchetes na revista *Bild* diante de mim: *Massacre na Agência de Publicidade – solteiro frustrado mata dez redatores do catálogo da Ikea com o conjunto de frigideiras Bruzzlon.* Vai continuar escrevendo ou quer morrer? Meus agradecimentos de merda. Na minha opinião, solteiros só devem ir à Ikea acompanhados de amigos ou de terapeutas profissionais. De todo modo, é a última vez que venho aqui. Dirigi vinte malditos quilômetros só pra achar alguma coisa para me sentar quando não estiver a fim de ficar em pé ou de deitar. Então finalmente vejo a poltrona que quero levar pra casa.

Um casal modelo, que pareço reconhecer da página dez do catálogo atual, cai sorridente sobre o sofá de couro *Liegan* e fica trocando carinhos bobos. Naquele exato segundo me dou conta novamente de que já estou na fase quatro da solteirice.

FASE 1 DA SOLTEIRICE:

Recém-separado e cheio de vontade de viver, você entra em contato novamente com seus companheiros de bebedeira só para confirmar que nesse meio-tempo eles desenvolveram interesses completamente diferentes. Interesses distantes do bar e de ficar com mulheres. Lógico. Você também fez isso quando ainda tinha uma namorada. Como você está sofrendo, deve gostar de passar as noites aconchegado na frente da tevê. Mas é lógico que também não está a fim de assistir Thomas Gottschalk perdendo sua aposta de número oito mil e comer amendoim, enquanto a sala de estar ainda transborda um clima de amorzinho. Sua ex se torna seu novo inimigo. Você acha que ela tem toda a culpa pelo relacionamento não ter dado certo e informa isso para amigos, conhecidos e revistas de fofoca. E daí acelera. Inscreve-se na academia, chega nas bonitinhas e poderia pegar todas. Mas você não quer. Ainda não!

FASE 2 DA SOLTEIRICE:
Você acha a vida sensacional e cheia de possibilidades. Já esteve duas vezes na academia nova e só está na aula de aeróbica para experimentar o passo básico. Claro que ainda parece um modelo da Calvin Klein depois de ficar quatro semanas rodando bolsinha na rua, mas já está satisfeito com seu único músculo definido no abdômen, aquele que você sempre vê nas capas da *Men's Health* no supermercado. Segundo ouviu falar, sua ex ainda não tem um parceiro novo. Por precaução, começa a procurar uma namorada nova porque... seria muito ridículo se você só conseguisse um novo amor depois que a sua ex o encontrasse.

FASE 3 DA SOLTEIRICE:
Você SÓ vai conseguir depois da sua ex. Viram ela junto com alguém e parece que ele é muito musculoso. Você ainda tem dificuldades com o passo básico e deseja que de vez em quando algumas mulheres bonitas viessem à aula. Mas elas não vêm. Na verdade, com seu entusiasmo, não percebeu que assinou um contrato de dois anos com a academia gay mais badalada da cidade. Faz reservas caríssimas em um clube de férias para solteiros e acha que com certeza lá vai chegar a sua vez. Secretamente, esconde um medo enorme de ser o único a voar de volta pela Air Berlin para

Colônia sem ter comido ninguém. Claro que ainda acredita que vai conseguir, porque você é um cara legal. As mulheres não podem ser tão burras assim.

FASE 4 DA SOLTEIRICE:
As mulheres SÃO completamente burras. A verdade é que elas não se interessam nem um pouco por você, em primeiro lugar porque sempre que você está perto de uma razoavelmente atraente, dez posições sexuais diferentes passam pela sua cabeça e isso fica na cara. A palavra *transar* está escrita na sua testa. Em Times New Roman fonte tamanho mil e vários efeitos luminosos. Você é proibido de entrar em todas as Ikeas do mundo porque tirou um casal de um sofá de couro marrom e os obrigou a comer todas as bolinhas de plástico do Paraíso das Crianças. Como eu disse, essa é a MINHA fase. Ah, e ainda tem a...

FASE 5 DA SOLTEIRICE:
Você volta a frequentar a academia gay com prazer.
Mas claro que isso nunca vai acontecer!

Percebo que o vendedor anão de nariz comprido ainda está do meu lado.
— Quer sentar?
— É o que parece. Confortável, hein?
— Já pensou em um sofá de dois ou três lugares?
Oi? Você está vendo uma família feliz perto de mim com uma bandeirinha dizendo "Queremos sentar com o Papai!"?
— Estava pensando em alguma coisa pra sentar sozinho quando eu não quiser ficar de pé ou deitado, sabe?
— Claro. Então, tipo uma poltrona *single*? Elas estão aqui...
Vou escrever um e-mail para a administração e aconselhá-los

a mandar embora esse ajudante de Pinóquio mal-educado. Antes de tudo, é o que o anão *Baichin* me informa, devo lembrar da prateleira de número 30C, porque é lá que está a minha poltrona *single*. Por que ele não escreve isso em um papel? São só dois números e uma letra! 30C!

Não vejo motivo nenhum para lembrar disso. Existem informações mais importantes do que a localização de uma poltrona. Esse bando de suecos bêbados têm alguma ideia de quantos números eu já tenho que me lembrar? O número da minha casa, da minha conta no banco, pelo menos cinco senhas da internet e ainda o número de telefone do Flik. E como vai ser se hoje à noite eu conhecer a mulher dos meus sonhos, ela me der o seu número de telefone e eu não puder lembrar dele porque essa informação inútil 30C está ocupando espaço de memória? Uma catástrofe! E o que eu faço com esse 30C depois que eu achar a minha poltrona? Mando ele para a pasta dos conhecimentos inúteis? Existe uma pasta assim? Por isso que eu digo: "Me recuso a lembrar desse número 30C!"

Mantenho o meu pedido, enquanto tamborilo no balcão de atendimento *Tresan* e completo:

— Escreva o número para mim, por favor!

— Mas o senhor acabou de memorizar — resmunga de volta o anão corajosamente e até tenta ir embora sem nem me desejar boa noite. Tanto faz, não tive mesmo uma boa noite. A Alemanha pode ir para o inferno, se alguém me perguntar. E a Suécia também. Enfurecido, sigo para a área de autoatendimento. 30C!

Já está quase escuro quando coloco minha nova poltrona *single* embrulhada em plástico dentro do meu Peugeot 205 amarelo. Na verdade ele não é amarelo, o Peugeot, mas amarelo-ovo metálico, com um toque de laranja cor de lixeira. A poltrona que vai dentro dele é cor de casca de ovo. Com dificuldade, empurro o embrulho pela entrada do meu prédio. A porta do elevador estava aberta, quase como se alguém estivesse esperando por mim. Claro que isso é loucura. Não tem ninguém esperando por mim. Subo, abro a porta do meu apartamento caríssimo de dois quartos, acendo a luz e me arrasto para dentro junto com a poltrona sobre o piso laminado riscado da minha sala de estar. Ainda estou totalmente puto porque tive que memorizar 30C! Tiro metros e metros de plástico que estão em volta da poltrona e quilos de papelão, e jogo tudo na sacada. Então acendo um cigarro e ligo a minha televisão de tela plana de plasma de três mil euros pra esquecer o estúpido número da prateleira enquanto assisto às notícias. 30C! Que merda! Enquanto Peter Kloepel noticia que o zoológico de San Diego comemora o nascimento de mais um golfinho, caio sentado na minha poltrona *Jennylund*. Que nome estranho para uma poltrona. Provavelmente é o nome da designer. É bom estar com a *Jennylund*. Apesar de que isso soa mais como o nome de uma estrela pornô barata. Estou sentado numa poltrona pornográfica? Acaricio os braços.

Jenny Schlund, sua vaca gostosa!

Oh, sim, Simon, vem!

Talvez esteja muito tempo sem sexo. Devo sair, conhecer uma menina legal e começar uma família. De preferência hoje à noite! Uma sensação repentina de vazio e solidão me invade. Tento evitar, mas o sentimento já tomou conta de mim. Mas provavelmente é sempre assim no último dia de trabalho antes das férias. Trabalho na T-Punkt. É uma loja com a qual todos sempre se irritam. Eu também, aliás. Ainda assim trabalho lá! Claro que o pior de tudo são os clientes. Todos? Sim, todos!

— *Por favor, o senhor tem essa internet de que todo mundo está falando?*

— *Sinto muito, acabei de vender a última.*

– *O senhor sabe quando vai receber mais?*
– *Difícil dizer, amanhã vamos receber uma carga de linhas de telefone, quem sabe vem junto!*
– *Então eu volto amanhã.*
– *Seria ótimo. E daí é melhor o senhor perguntar diretamente para o meu colega, o senhor Jarck, que é responsável pela internet!*
– *Muito obrigada!*
– *Sempre às ordens.*

Como disse: odeio meu emprego. Às vezes eu acho que a T--Punkt só foi inaugurada para que eu finalmente pudesse acabar com esses bananas. Mas tanto faz. Amanhã à noite vou para a praia e então não vou precisar explicar a diferença entre banda larga e divisórias pra nenhum cretino. Coloco o Peter Kloeppel mais alto e pego mais um cigarro, que acendo com um isqueiro a gás vermelho. É uma daquelas tardes de outono chatas que despencam de propósito antes das cinco para que solteiros como eu possam cair em suas depressões ainda mais cedo. Meu amigo Flik tinha avisado que isso só aconteceria quando ficasse escuro e chegasse o inverno, mas tenho certeza de que isso é feito de propósito lá em cima, só pra que eu me sinta ainda mais na merda. As noites de sábado são as piores quando se está sozinho. Logo depois vem o domingo, e depois a noite de sexta-feira, que também é difícil. Principalmente quando alguém está sozinho há meses e sentado em uma poltrona cor de casca de ovo da Ikea assistindo a Peter Kloeppel na televisão. Nem ele está sozinho, ao lado dele está sentada uma tal de Ulrike von der Groeben, e os dois se entendem bem. Sim, até têm os mesmos interesses. Na verdade, já vi algumas vezes como esse tal de Kloeppel pergunta alguma coisa sobre esportes, a senhora von der Groeben cai na risada por causa da pergunta e o senhor Kloeppel explica tudo. Ela fica feliz e agradece! Um casal legal. Combinam!

Ao meu lado está o livro *Não se Preocupe, Viva!*, que o Flik me deu de presente. É realmente um atrevimento ele pensar que eu precise de algo assim. Já estou quase acabando. Até agora já aprendi o seguinte: não devo me preocupar tanto e viver mais. E lá também diz que a gente deve saber mais ou menos aonde quer chegar na vida, e isso não quer dizer saber se agora a gente deve jogar boliche ou ir ao cinema, mas as coisas importantes da vida como amor, carreira etc. O único problema, que é exatamente o meu problema, é que eu não sei para onde quero ir, por isso não é fácil descobrir meus objetivos. Enquanto um austríaco convencido fala alguma coisa sobre o clima do outono, folheio o livro até chegar às Estratégias para Resoluções de Problemas. É o lugar em que se pode escrever com caneta, o que já fiz.

Pergunta 1: *Qual é o problema?*
Resposta: *Não tenho vontade de escrever meus objetivos.*

Pergunta 2: *Qual é a causa dos seus problemas?*
Resposta: *Não sei por que eu deveria fazer isso, porque não tenho objetivos.*

Pergunta 3: *Quais são as soluções possíveis?*
Resposta:
a) Faço isso outra hora.
b) Jogo o livro na cabeça do Flik.
c) Encho a cara com dez latinhas de cerveja.

Pergunta 4: *Qual solução você escolhe?*
Resposta: *c!*

Desligo o austríaco e apago meu cigarro. Que silêncio, assim sem televisão. Ligo a tevê de novo, tiro o celular do bolso da calça e navego pela agenda de telefones. É isso que se deve fazer quando ninguém mais telefona.

ADAC, Air Berlin, Alexander, Bernd W...

Bernd Weile! Seria legal dar umas voltas com ele de novo! Um pouco antes de ligar me lembro que Bernd mora em Munique e eu em Colônia. Sem falar na questão de quem tem mais azar, é realmente muito longe para uma cervejinha.

... Eva, Fabienne, Flik...

Eu poderia ligar para o Flik, o bom e velho chato. Afinal de contas, já sei como as coisas seriam. O que aconteceria numa noite com o Flik? Depois de quatro *pints*, ele se sentiria mal e eu ficaria lá sozinho. Ou ele passaria mal do estômago com um pedaço estragado da cebola de uma pizza. Continuo clicando e chego na minha última namorada. Aha!

... *Júlia*...

O que isso ainda está fazendo na minha memória? Pronto: apagado. Que sensação boa! Mesmo se eu quisesse, não poderia mais telefonar para ela. A não ser que eu pedisse o telefone dela para a Íris. Ainda tenho o número da Íris? Graças a Deus! A gente nunca sabe. Quem sabe ela finalmente vai perceber que cometeu um grande erro e voltará se arrastando? Quero acender outro cigarro com o antigo, mas percebo que ainda não fumei nenhum, acendo um e guardo o outro, porque fumar dois ao mesmo tempo realmente não dá certo. Clic, clic.

Depois da magrela da Miriam, que não apago porque posso dar uma saidinha com ela de vez em quando, finalmente clico na *hotline* da Siemens. A Siemens a gente não pode apagar. A Siemens é um conglomerado multinacional, e é por isso também que não se pode foder com a Siemens. Me pergunto, por que tenho o número da Siemens no meu celular. Ah, sim... por causa da minha cafeteira, que desde 1/1/2000 não pode mais ser acertada. Estou muito curioso em saber quem realmente ficou preso em elevadores ou caiu com aviões por conta destes inacreditáveis *bugs* do milênio, mas claro que fui eu a única pessoa no mundo inteiro com quem realmente aconteceu alguma coisa. Com a cafeteira! Clic, clic.

...*Kati, Kátia, Lala..*

Lala é minha faxineira croata e não necessariamente a primeira escolha para noites de bebedeira sem fim. Clic, clic.

... *Paula, Petra...*

Sei que a Paula não está mais em Colônia e a Petra não vai a lugar algum sem seu cachorro esquisito. Clic, clic.

...*Táxi Colônia..*

Se eu colocasse uma nota de cinquenta euros no bolso da camisa de um taxista, certamente ele tomaria alguns *pints* comigo. Eu também poderia dar uma olhada no ponto de táxi e procurar uma taxista gostosa e ninfomaníaca! E depois que tivéssemos terminado, eu nem precisaria chamar um táxi, porque ela já teria o dela. Que prático! Clic, clic.

Continuo clicando, quando acontece algo inesperado. Meu celular toca. "Número desconhecido" aparece na tela. E se for a Júlia, cujo número acabei de deletar? Essas coincidências acontecem! Me recomponho e atendo com cuidado.

— Alô?

— Oi! O que tá fazendo? Parece estressado!

— ESTOU estressado! O telefone tocou!

É Phil Konrad. O metido. O senhor "sinto-me sexy e acho que hoje vai rolar alguma coisa". O caloteiro que me deve pelo menos uns dez *pints*. E o desgraçado ainda tem um bom emprego na produção de um programa de tevê. Já eu na T-Punkt, e por 1.500 euros líquidos, preciso explicar para alguns cara de tulipa por que a linha está ocupada quando alguém usa o telefone. O fato é que não estou a fim de encontrar com o Phil Konrad agora. É o tipo de pessoa que tem o verdadeiro poder de fazer com que as pessoas ao seu redor sempre se sintam insignificantes e desinteressantes.

– O que você vai fazer hoje à noite? Tenho a sensação de que vai rolar alguma coisa!

Ding dong! É isso! Ninguém quer sair com ele porque ele fala muita merda.

– Cara, eu... estou com trabalho até o pescoço... impostos e tal... sabe, aquelas coisas que a gente sempre deixa pra depois, e acabei de começar nesse segundo! Além disso, amanhã tenho que pegar um avião, estou de férias.

– A que horas?

– Às quatro e alguma coisa da tarde.

– Então você pode sair hoje. Quatro horas é legal. Então... o que você acha, às dez no *pub*?

Por outro lado: melhor do que assistir *Um Tira da Pesada II* pela milésima vez.

– Que tal quinze pras dez?

Nem por cima do meu cadáver ele vai marcar o horário.

– Pra mim tudo bem. Bacana. Até lá!

Coloco o telefone no gancho, cruzo as pernas sobre a *Jenny Schlund* e pulo para o capítulo mais importante do meu livro de autoajuda: *Aceite o inevitável*.

O centro da cidade já está de novo povoado pelo povão mascando chiclete que fala qualquer merda nos seus telefones roubados. É uma mistura indescritível de convidados estúpidos de um programa de entrevistas e asilados políticos malsucedidos. Quando entro no táxi, fico imediatamente tentado a descer pelo outro lado e dar um sorriso amarelo para a câmera. Claro que não fiz isso, porque esse comercial idiota já existe.

— Para o Harp, rua Venloer, por favor!
Ao lado do taxímetro vejo dois olhos persas perdidos no retrovisor.
— Hard?
— Não Hard, HARP, na rua Venloer, esquina com a Bismarck!
— Não conheço!
Ai não! De novo um analfabeto em mapas sem senso de direção que não consegue encontrar nem a própria bunda mesmo que haja uma corneta enfiada nela. Talvez ele tenha a ideia louca de olhar no mapa.
— Vou olhar na mapa!
Bingo. É isso que eu chamo conhecer o ser humano.

Quando chego no *pub*, claro que o Phil ainda não está lá. Um tédio. Somente as mesmas figurinhas de sempre já estão enchendo a lata de tanta Guiness que no máximo em uma hora vão ter esquecido que o mundo tem pra oferecer a elas o mesmo que elas têm para oferecer para o mundo: uma verdadeira merda. Sento perto do Brian, um escocês de cabeça vermelha e peço um *pint* de Heineken. Alguém esqueceu a revista da cidade no banco ao lado. Fico feliz com isso e a folheio sem vontade. Abriu um novo espanhol na zona sul. Muito bom. No total temos 26. O Quarteto Fantástico vai tocar. Bom também. Gosto de "Tag am Meer",[1] mas depois disso não ouvi mais nada deles. Mas tanto faz. Cara, isso é interessante: a rua do Canal no centro vai ficar fechada por duas semanas. Vai me dizer que isso não é uma informação importante!
O Phil chega no *pub* vestindo um paletó de veludo e uma camiseta verde-limão. E claro que ele não entra pela porta como as outras pessoas, não, ele celebra seu aparecimento, como se estivesse entrando em um programa de entrevistas. Meu Deus, como ele é estúpido! Sem perguntar, Phil pega o banco de uma mesa ao lado e se coloca ao meu lado no bar.

---

1. Dia na praia. (N.T.)

– Paletó sensacional! – exclamo não sem ironia.

– Legal, né? Acabei de comprar. Custou uns 549 euros. Superbacana, né? O que você está bebendo?

– Heineken, como há dez anos!

– Também vou tomar. Diga, você tem dinheiro? Não tive tempo de passar no caixa.

Claro. Pessoas que tiveram seus cartões de banco despedaçados no caixa há mais de dois anos também não vão ao caixa eletrônico. Dou uma nota de cinquenta euros para o Phil-limão.

– Obrigado. Já fez as malas?

– Não. Faço amanhã.

– Você vai ver, os clubes de férias são o máximo. É melhor levar logo uma caixa grande de camisinhas junto.

– Vou me deixar surpreender.

Então fazemos um brinde, mandamos a cerveja goela abaixo e falamos sobre quem comemos nas últimas semanas. Aparentemente Phil pegou duas. Eu peguei exatamente zero. O Phil balança a cabeça.

– E a gatinha do Starbucks de quem você tinha me falado?

– O que é que tem?

– Sei lá... aconteceu alguma coisa? Combinaram alguma coisa? Você ainda acha ela interessante?

– Não sei, acho que no momento estou precisando de um tempo!

– No momento? Você está dando um tempo há meses!

É exatamente sobre esses assuntos que um solteiro fala numa noite de sábado. Muito obrigado. Em relação à gatinha do Starbucks claro que ele tem razão. Gosto dela! Ninguém faz uma espuma de leite de um jeito tão sexy quanto ela. Até agora só a vi pela vitrine, em primeiro lugar porque me recuso a entrar naquela loja. Antes de as tropas americanas ocuparem o prédio, naquele endereço ficava o meu *fast-food* favorito, o Mexican Food Station. E agora não há mais *quesadillas* deliciosas, só alguma coisa com o nome de *Chocolate Fudge Macadamia Matsch*. Claro que o Phil simplesmente não consegue entender por que ainda não tracei a menina.

— Cara, Simon, você tem que entrar lá e perguntar o que ela vai fazer depois do trabalho, é óbvio, não? Senão o quê?

— Eu não entro lá e você sabe direitinho por quê! – respondo para tirar o sexo da nossa conversa.

— Ahh... esquece do Mexican Food Station. A vida continua. Compra um café e um biscoito!

— Eu não compro café ianque!

— Não mesmo? Isso é interessante. E por que não?

— No mundo inteiro os ianques fazem cadeias de coisas sobre as quais eles não entendem nada! Pizza Hut, por exemplo. Perdi alguma coisa ou pizza por acaso não é uma coisa italiana? Eu, como alemão, não vou aos Estados Unidos para abrir uma rede de crepes com quinhentas filiais!

Tomo um gole de cerveja. Phil fica me encarando.

— Mas você poderia!

— Sim, claro!

— Ei, Simon, só estou falando que você devia entrar lá, tomar um café e perguntar pra gostosa o que ela vai fazer depois do trabalho. Não me lembro de ter usado a palavra contrarrevolução!

— Não posso entrar lá! O café tem cheiro de veneno de rato e é proibido fumar lá dentro. Além disso, sempre tem trinta mães sentadas com bebês chorando! E o Mexican Food Station...

Phil entorna sua cerveja virando os olhos e termina a frase pra mim.

— ...era melhor, eu sei. Ok, isso de não poder fumar é mesmo irritante. Mas fora isso você tá falando muita merda! É realmente uma pena como o Starbucks atrapalhou a sua vida.

É isso que acontece: o Phil não está sentado nem quinze minutos perto de mim e já me sinto mal. Devia ter ficado com a boca fechada, mas o desejo de me justificar sempre me empurra.

– Você assistiu ao noticiário nos últimos anos? Dica: Iraque, Afeganistão, sanções contra Cuba? Não posso apoiar isso!

– Espera um pouco, Simon. Deixa eu resumir: você se recusa a beber café no Starbucks por causa da política dos Estados Unidos em relação a Cuba?

– Aparentemente!

– E o que você acha que vai acontecer quando chegar a notícia na Casa Branca de que Simon Peters está boicotando o Starbucks de Colônia? Ohhh... Senhor presidente, precisamos revisar a lei Helms Burton, Simon Peters anunciou um boicote contra o café e os biscoitos do Starbucks no centro velho de Colônia!

Não sei se já mencionei isso, mas às vezes odeio o Phil de verdade.

– Você é um imbecil!

– E você um otário!

Ficamos em silêncio por um tempo e deixo meu olhar passear pelo bar. Nos dardos está o mesmo bando de adolescentes metidos que pensam que estão praticando um esporte. Uma estudante magrinha coloca um pacote de cinquenta postais grátis no display em frente ao banheiro e a garçonete rechonchuda traz uma cesta de pãezinhos irlandeses feitos em casa para a mesa ao lado. Em pensamento, ainda estou no Starbucks.

– E isso é uma contrarrevolução! – sussurro para o Phil. – Você vai ver, no final eles estarão vendendo nossos próprios biscoitos por dois euros cada!

– NINGUÉM vende biscoitos por dois euros cada!

– ELES vendem!

– Já te falei: você é um imbecil!

– E você me enche o saco.

– Mais um *pint*?

– Claro!

Bebemos nossas cervejas balançando a cabeça. Dou mais uma olhada no bar para ver se o casal de apresentadores da tevê não está lá para eu poder falar com eles sobre esportes ou golfinhos. Infelizmente nenhum dos dois está ali. Quando lá pela meia-noite os autofalantes começaram a gritar "I can't get no satisfaction" pela terceira vez, pedimos um táxi para o Watersaal. É uma boate na qual aparentemente estão nos esperando duas garotas gostosas que ele conheceu numa festa. Porque sou um panaca, pago o *pint* para o Phil, apesar de já ter dado grana pra ele. A gordinha irlandesa nos dá mais um uísque e voamos para o Watersaal.

O SENHOR COMISSÁRIO DE BORDO

Phil conhece o segurança da porta e entra logo. Pelo menos é o que eu penso primeiro. Quando recebo um sorriso silencioso para minha nota de vinte euros, fica claro que eu tenho que pagar para ele. Filho da puta! Pelo menos está mesmo acontecendo alguma coisa lá dentro. Um DJ residente picareta com óculos descolados me irrita com Vocal House, que os chatos devem achar o máximo. Me coloco a caminho do bar, quero finalmente esfriar a cabeça e também quero esquecer o que escrevi no meu livro de autoajuda. Phil-limão já tinha encontrado as prometidas meninas da festa. A maior das duas realmente tinha cara de baladeira, a outra parecia uma lesma.

– Petra, esse é o Simon! Simon, Petra! – Phil nos apresentou.
– Oi! – digo para a baladeira, e o mesmo para a lesma.
– Oi! – diz a lesma. A festeira Kátia não diz nada. Com seu olhar levemente inebriante e, com sua franja preta, ela me lembra muito a Mia, a namorada louca do gângster em *Pulp Fiction*.

Como uma pequena ajuda para a conversa, Phil completa:
– Petra e Kátia trabalham na Lufthansa. Simon é consultor de clientes na T-Punkt e é totalmente contra a política dos Estados Unidos em relação a Cuba!

Lanço um olhar azedo para o Phil. Muito obrigado. O que esse cretino pensa que uma baladeira como essa vai dizer sobre isso? *Ah... em relação à política externa dos Estados Unidos, você também tem a tendência de ser contra o ponto de vista dos republicanos? Isso é tão sexy!!! Posso transar com você?*
Kátia, a que tem cara de baladeira e não de lesma, solta uma risadinha e vai embora decidida. Como sempre. A bonitona é uma vaca. Que pena. Sua camiseta apertada e o fio dental sem-vergonha que sai da sua calça preta e vai quase até os ombros certamente não querem dizer "nada de sexo antes do casamento". Fico pensando com qual frase de efeito eu poderia começar a conversa.

Phil, com um olhar benevolente, nos oferece uma rodada de uísque com Red Bull e paga com o dinheiro que dei pra ele. Além disso, age a todo segundo como se já tivesse comprado a boate inteira. Não sei se já comentei: não gosto dele. Jogo meu canudinho pra trás, porque isso é coisa de veado. Então sussurro no ouvido da namorada do gângster do *Pulp Fiction*:

– Você voa distâncias curtas ou longas?

– Longas! – ela boceja de volta pra mim e acaba com a história, mal olhando pra mim. Longas! Elas devem transar com todo mundo, o Phil me contou, e ele deve saber bem porque assiste a muitos filmes pornôs. Então vou ficar por perto!

– E para onde você voa? – eu quis saber.

– Estados Unidos!

Meu Deus!

– Seria pedir muito para que a parte do seu cérebro que lida com as línguas produzisse uma frase inteira?

Minha piadinha foi deliberadamente mal recebida com um sorriso de pasta de dentes hollywoodiano e logo depois recompensada com uma virada de costas. Com o canto do olho vejo Phil que pisca pra mim com o polegar levantado. Com a outra mão, ele aca-

O senhor comissário de bordo

ricia uma loirinha boba e sorridente com um vestido preto curto. Como o odeio! Não está nem cinco minutos aqui e já preparou a próxima. Esvazio meu drinque e me viro novamente para minha coelhinha do ar:
— Amanhã eu voo com a Air Berlin para as ilhas Canárias!
— E... já fez as malas? — pergunta-me a noiva do gângster.
— Não! — respondo, e então olhamos para direções opostas. Não se pode dizer que estávamos na mesma sintonia. Isso se manifestava por uma completa falta de assunto.
— Você sabia — perguntei —, que a rua do Canal vai ficar fechada por duas semanas?
— Sério?
— Tô te falando!
— Nossa, então vai ter um monte de congestionamentos.
— É o que parece.
— Que sorte que não passo muito por lá...
— Nem eu...
Eu podia prender meu pé em um táxi e fazer um bom *peeling* no asfalto entre Colônia e Porz de tanta raiva. Que lixo é esse que estou falando, por favor? Preciso partir para o ataque, demonstrar que estou pronto a correr riscos e ser divertido! E de preferência tudo ao mesmo tempo!
Eu cutuco a baladeira no ombro.
— O que eu queria mesmo saber...
— Sim...?
— ... é quantas milhas um homem ganha quando voa com uma aeromoça?

Estou limpando a mistura de vodca com Red Bull do cabelo quando o Phil-limão aparece arrotando na porta do banheiro com um sorriso largo.

— Cara, Simon. Você tomou um fora, hein? O que foi? Você falou sobre Cuba?
— Dá o fora!
— Você ainda tem dinheiro, não sei como gastei tudo...
— Se manda, já falei!

Phil me faz esse favor. Alguns segundos mais tarde, vou atrás dele mas vou para outro bar e peço um sossega-leão irlandês duplo chamado Tullamore Dew. Deixo os cubos de gelo caírem no chão porque, assim como os canudinhos, gelo também é coisa de veado. Depois peço mais um uísque, e mais um. Quanto mais eu bebo essa coisa, menos ela queima. Fizeram isso de um jeito esperto, esses irlandeses. Falo com todas as criaturas do sexo feminino que estão a menos de dez metros de distância. Passo a mesma cantada duas vezes na mesma mulher, o que é bastante embaraçoso para um bêbado.

Depois de um tempo percebo que o meu sexo preferido tinha criado uma espécie de zona de isolamento ao redor da minha pessoa. Alguma coisa estava errada. Não tenho nenhum respeito pelas mulheres ou elas não têm por mim? Ou as duas coisas? Posso fazer o que eu quiser: não tenho sorte com o sexo oposto. Me pergunto, o que é isso que não me deixa chegar a lugar algum com as mulheres? Basicamente, na verdade, me acho um cara realmente bacana, legal. Tá bom, talvez eu seja um pouco magro e pálido demais, mas já estou criando músculos puxando ferro, ou... fora isso acho que estou bem, quase um pouquinho acima da média.

Depois de jogar meu quarto Tullamore Dew goela abaixo, me dou conta novamente do que pode estar impedindo meu sucesso com as mulheres: é a fase quatro da solteirice, constituída de desespero puro combinado com uma autoestima completamente destruída. O mais difícil é que isso é uma encruzilhada: quanto maior a pena, menores as possibilidades, então a pena cresce ainda mais. O livro de autoajuda traz a solução: sentir-se bem, relaxar, pensar de maneira positiva! E claro: se embebedar, porque isso sempre ajuda. Peço mais um uísque e olho para a multidão como um papagaio de um olho só através de um copo de leite. Alarme! Rosto conhecido por perto!

— Você está aí!

É o Phil, com as duas aeromoças a tiracolo.

— Eu precisava de um tempo — anuncio e evito fazer contato visual com alguém. Então acontecem duas coisas inacreditáveis: Phil pede uma rodada de vodca com energético por conta DELE e a gângster Kátia ME pede desculpas pela coisa com o drinque. Na verdade, a minha cantada com as milhas tinha sido divertida, mas como uma dama ela não podia cair nessa e blá-blá-blá...

Pode-se dizer que eu relaxei e tentei reparar a piada das longas distâncias. Conto para a gângster Kátia que não vou mais trabalhar por muito tempo na T-Punkt, porque logo vou me tornar independente com um negócio na internet, daí vou ganhar um monte de dinheiro e não vou mais morar em Colônia, mas no Caribe, e que eu gostaria de explicar a ela meu modelo de negócio. Faço algumas perguntas bobas sobre a radiação perigosa durante as viagens de longa distância e sobre qual a coisa mais emocionante que já aconteceu com ela durante um voo. Ela diz que a coisa mais emocionante foi um passageiro bêbado que entrou em pânico quando ela o pegou fumando no banheiro e deu um tapa nela. Fico um pouco desapontado.

— Mas com certeza era um terrorista, esse cara que estava fumando! — levanto a suspeita.

— Não, um passageiro bem normal!

— Da Arábia Saudita!

— Não, da Suécia.

— Hum...

Phil pede mais uma rodada e aos poucos a coisa vai ficando divertida no nosso quarteto. Por que logo agora? Fumamos, bebemos, rimos e de alguma maneira eu relaxo novamente, e sinto que chegou o momento para um novo ataque. Então: Kátia fica com a cabeça inclinada para o lado, enquanto olha pra mim. Já li em algum livro sobre linguagem corporal que isso quer dizer que ela me acha legal. Preciso começar antes de ficar completamente bêbado! O mais importante no ataque é agir com muita sensibilidade e tato, afinal minha futura parceira de sexo, como ela própria disse, se vê como uma dama. Então pergunto, cheio de esperança e gentileza:

— Você já transou em um banheiro de avião?

Dessa vez ela não move seu drinque em minha direção.

— Não vou te dizer!

Ding dong, ganhei a menina!

— Então já – acrescento. Ela olha pro chão.

— "Não vou te dizer" não quer dizer sim!

— Mas também não quer dizer não, aparentemente.

— Cara. Ok... transar não, mas... fiz sexo oral.

É assustador o que descobrimos sobre mulheres depois que elas bebem alguns drinques.

— VOCÊ fez sexo oral ou ELE?

— Na verdade... ELA...

Embaraçada ela aperta o cigarro há muito tempo apagado no cinzeiro e olha pra mim com seu olhar inebriante na expectativa. Com uma risada sofisticada, disfarço o fato de que o chão debaixo dos meus tênis novos tinha desaparecido.

— Ah, você é bi... – dou risada –, diz logo.

Finalmente ela termina com seu cigarro. Mas não balança a cabeça.

— Você é... lésbica?

Agora ela balança a cabeça.

— E a sua amiga, quero dizer, é sua NAMORADA? – balbucio.

— Não diga, todo mundo percebe! – ela ri.

Pego Phil-limão pelo colarinho, puxo ele pra perto de mim e chacoalho ele bem.

– Vagabundo, você pegou duas lésbicas!

– Tá louco?

Não preciso responder, enquanto isso a gângster Kátia fica sem ar de tanto rir. Penso rapidamente em derramar meu drinque no seu decote, mas deixo pra lá. Entendo rapidinho. Que brincadeira idiota e barata, e eu caí direitinho! Logo eu! A Kátia-pulp passa as mãos nas minhas costas para fazer as pazes.

– Então estamos... um a um! Quem faz uma piada dessas, também pode ser zoado.

Não acho que alguém que faz piadas tão boas quanto eu possa ser zoado. Acho que uma pessoa assim merece um Bambi, um Oscar e um Nobel e estátuas em todas as grandes cidades com seu nome! Recebo um drinque de reconciliação e bebo como um palhaço que tomou Valium. Todos podem ir tomar no cu.

Lá pelas quatro da manhã, Phil faz a sensacional sugestão de irmos todos para a minha casa e dar um tapinha. A gente tem que passar por isso de vez em quando. ELE convidou todo mundo para a MINHA casa.

– Eu não tenho nada em casa – me defendo.

– Claro que tem! – Phil rebate.

– Como é que você saberia uma coisa dessas?

– Porque da última vez que estive na sua casa escondi um pouco.

– Você o QUÊ?

– Escondi um pouco debaixo do seu sofá!

– Por que você escondeu drogas na minha casa?

– Senão você ia fumar tudo, sua chaminé.

As aeromoças riem e acompanham nossa conversa como uma final de Wimbledon. Ainda não consigo acreditar que o Phil escondeu coisas na minha casa.

– Esconde a merda na sua casa, então! – rosno pra ele.
– Desculpe, Simon, mas na minha casa é muito perigoso, lá eu sou mais tradicional.
– Te odeio!
– Com prazer!
Recebemos aplausos. Preparar, apontar, fogo, Phil Filho da Mãe Konrad. Apesar da fila impressionante no ponto de táxi, conseguimos um carro rapidinho porque eu simulo um desmaio e a aeromoça-lesma grita "hospital". Me pergunto por que sempre sou EU quem finge que desmaia e nunca o Phil, mas coloco os pensamentos no porta-luvas do carro. Você é o que você pensa, diz o meu livro de autoajuda, então penso positivo. As pessoas devem sempre pensar positivo! Pelo menos estamos indo pro meu apartamento com duas mulheres de primeira classe. E: a rua do Canal ainda tem duas mãos! E: estou vivo! Já tive noites de sábado piores. Por exemplo, quando fiquei esperando com meu amigo Flik em um hotel até as cinco da manhã porque tinham nos prometido putas. Ou as noites de jogos com a Karin e a Beata. Não, aqui a coisa é de verdade e principalmente porque alguma coisa ainda pode rolar! Duas aeromoças em um apartamento. E ainda de uma companhia aérea famosa! Não umas metidas de empresas *low cost* que acabam sendo levadas à corte europeia por causa da política ilegal de preços. Nããão: aeromoças de qualidade da Lufthansa alemã! Como será que a minha coelhinha gostosa do *Pulp Fiction* fica num uniforme desses?

Com leite e açúcar?

Sim, por favor. Ah, sim, tenho um pedido: posso enfiar minha língua na sua garganta?

Também temos um 69 ou um número rápido com as mãos...

Ah, então um 69, mas só se não for um problema pra você!

Claro que não, só preciso fazer as vendas de bordo rapidinho.

Tá bom, então eu espero...
– Que merda você tá resmungando aí? – pergunta Phil esganiçado do banco de trás. Droga... tenho que parar de pensar tão alto quando estou bêbado.
– Nada!
Ah! Chegamos em casa!

Phil tateia a parte de baixo do meu sofá e puxa todo feliz um saquinho plástico que aparentemente tinha sido fechado com fita adesiva.
– Tem papel?
– Na lixeira de papel reciclável.
– Imbecil!
– É você!
A coisa prática do Phil é que a gente não precisa se preocupar com nada quando ele é a visita. Ele sabe onde está tudo, pega o que quer e não fica irritado por muito tempo com qualquer falta de hospitalidade. Nesse meio-tempo, as duas meninas bebericam uma champanhe de trinta euros que não escondi direito do Phil.

Minha coleção de CDs é deixada de lado, porque o senhor Acho que Hoje à Noite Vai Rolar Alguma Coisa já colocou seu trance de merda baixado ilegalmente e está se lixando se os vizinhos se incomodam com o volume. *Spacenight* está passando na tevê. É o meu programa favorito porque é produzido especialmente para as pessoas que estão com a luz acesa naquela hora ridícula em que só é possível perceber coisas tão grandes quanto um continente. Fica bem na minha tevê de tela plana enorme.

– Me diga, como você consegue pagar por isso tudo, trabalhando na T-Punkt? – a Kátia está no meio da sala com seu Moët & Chandon e analisa o preço dos meus equipamentos, inclusive da tevê de plasma.

— O termo dívidas de consumo te dizem alguma coisa?
— Dívidas de consumo? Você comprou tudo isso a prazo?
— Claro! Tudo o que você está vendo aqui. Quase nada é meu!
A tevê de plasma, por exemplo, ainda vou levar quatro anos para pagar, se eu conseguir. Provavelmente vão tirar o sofá debaixo da minha bunda ainda essa noite.
— Que besteira! — Kátia-pulp dá uma risada e um gole na champanhe.
— Estou falando!
Estava realmente funcionando de novo. Eu devia escrever um livro e ficar rico: *Verdade em Nu Frontal — Mentir com a Verdade. Dicas Retóricas Sensacionais do Dr. Simons Peters.*

A estação espacial russa passa por cima da Europa de novo enquanto Phil descobre meu livro de autoajuda na minha poltrona *single* e me mostra com um sorrisinho no rosto.
— *Não se Preocupe, Viva?* De Dale Carnegie?
Droga! Achei que tinha me livrado disso. Que vergonha, principalmente por causa das minhas anotações pessoais. Em algum lugar no capítulo "Objetivos a Médio Prazo" acho que até escrevi "Quebrar a cara do Phil".
— Vamos dar uma olhada! — ele se anima.
Pulo e tiro o livro das mãos dele um pouco antes de ele poder começar a folheá-lo.
— Não tem NADA aí dentro! Deixa isso aí, vagabundo. — Não passou disso.
— Tá preocupado com o que, Simon?
— Que você não sobreviva depois que eu te pegar!
— Ok... entendi. Não pergunto mais nada! Por falar nisso, a poltrona não é ruim. É nova?
— 30C — respondo.
— O quê? 30C? — Phil pergunta.

— Ela fica na prateleira 30C. Na sessão de autoatendimento da Ikea. A gente tem que pegar lá sozinho.

Phil toma um gole de champanhe da garrafa e passa para a sua lesma.

— E por que você lembra duma merda dessas? Eu já teria esquecido o número da prateleira faz tempo!

— Vai se ferrar!

Phil me responde que não com um grande gesto que só é usado por atores de filmes mudos ou quando se está bêbado. Ou por um ator de filmes mudos bêbado. Recebo o baseado apertado e dou um primeiro trago profundo demais. Saio correndo tossindo para o banheiro. E como já estou lá, também aproveito a oportunidade de repassar a noite inteira pela minha cabeça.

Quando estou quase pronto, limpo a privada e os meus dentes, e dou uma olhada no espelho. Muito bem, pareço uma merda completa. Apago a luz e me esgueiro de volta para a sala. Na televisão, mostram como os cosmonautas a bordo da MIR caçam uma enorme gota de vodca sem gravidade com a boca e depois dão uma piscadinha idiota para a câmera. Não gosto dos russos, ainda mais assim sem gravidade. Gosto dos estonianos. Ou espanhóis. Engraçado, gosto de todos os países que começam com E.

Enquanto isso, Phil tinha se jogado no chão com a menina-lesma de cabelo arrepiado e sussurrava alguma de suas besteiras no ouvido dela. Minha aeromoça encara os cosmonautas na tevê com os olhos semiabertos e balança a cabeça devagar, quando entro na sala. Primeiro preciso me recompor rápido e entender por que essas pessoas esquisitas estão no meu apartamento e não na casa delas. Me deixo cair perto da Kátia-pulp no sofá, o que faz ela acordar um pouco de novo.

— Volteeeeei!

— Você tinha ido embora?

Engraçadinha. Preciso terminar a noite. Bem na hora que estou tentando imaginar como explicar para esses roubadores de tempo e de sono que a festa acabou, sinto uma mão feminina passando delicadamente pelo meu cabelo. Isso é bom, penso comigo. Na verdade é muito bom. Infelizmente a mão vai logo embora.

– Está cansado? – a mulher a quem a mão pertence me pergunta.

– Um pouco – respondo de prontidão e me sento um pouco mais perto dela. Preciso segurar a onda e começar uma conversa. Me concentro e digo:

– Você parece com a Uma Thurman em *Pulp Fiction*!

– Sério? É a primeira vez que me dizem isso.

– Sério?

– Não! Na verdade, escuto isso toda hora! Aqui! Novo baseado! Quem apertou esse? Tanto faz. Dou mais uma pegada. E mais uma. Então, posso sentir que é o momento certo para mais um ou outro elogio.

– Você sabia... – começo – talvez nunca ninguém tenha te dito, mas... acho, apesar da semelhança com a Uma Thurman em *Pulp Fiction*, que você também parece... ehhh... você parece com você mesma!

Eu olho para dois olhos em dúvida.

– Eu pareço comigo?

– Exato!

– Esse, acho, é o melhor elogio que já recebi!

Bingo!

– Fico feliz! – digo com orgulho, devolvo o baseado pra ela e chego um pouquinho mais perto da minha aeromoça. Cada centímetro, me convenço, será recompensando com milhas valiosas que eu vou poder trocar por prêmios legais no final da noite como sexo oral ou posições fora do comum. Enquanto isso, estou quase sentado em cima dela e nossas pernas se encostam. Vai me dizer que isso não significa um *upgrade*!

É obvio que infelizmente a Uma Thurman não se impressiona com as minhas impressionantes conquistas territoriais e só tem olhos para o baseado. Tudo bem. Se ela vai fumar mais um, vou aproveitar qualquer mínima perda de controle. O Phil ainda está tagarelando com seu pudim de cabelo arrepiado, enquanto ela olha meus CDs. Maravilha! Mr. Superphil também ainda não está caindo de sono. Kátia-pulp oferece o baseado para a lesma, que recusa com um gesto infantil "Não obrigada, sem drogas". Aha! Ela fica limpa. Vai ser difícil para o Phil. A noite está mudando! A televisão mostra os alemães indo pra casa depois da festa entre imagens da Nova Zelândia. Para os que estão chapados demais, ela escreve "Nova Zelândia" em letras garrafais.

A droga me derruba de repente e por trás. Uma criatura insegura me agarra pelas pernas, outra enfia algodão doce na minha orelha. Tudo está abafado e embaçado, e quase não consigo me mexer. Um segundo depois sinto um pânico terrível de que as caixas de som joguem suas membranas sobre mim e me prendam no sofá. Elas podem fazer isso?

– Phil... você pode virar as caixas de som pra lá? – eu queria pedir, mas de alguma maneira não consigo abrir minha boca. Com grande esforço me levanto sozinho e viro as caixas. São pesadas como pedras. Então caio de novo sobre o sofá. Kátia-pulp me observa mas não emite nenhum som. Quando minha paranoia diminui um pouco, me dou conta de que as caixas poderiam jogar suas membranas em cima de mim fazendo uma curva, se elas quisessem mesmo fazer isso. Talvez eu possa fugir primeiro! Como em um transe, levanto de novo, abro a janela e respiro fundo. O ar fresco me traz um pouco de volta. Assim que fecho a janela, ouço como minha noiva de gângster fala comigo. Não entendo tudo, mas pelo menos as frases "o último trem saiu" e "tarde demais". Felicidades senhor Peters! Sua paciência valeu a pena! O público da sala lotada vibra, quando recebo meu troféu da cantada mais bem-sucedida do ano e faço meu discurso de agradecimento.

Obrigado. Obrigado. Muito obrigado! Este é o melhor momento da minha vida. Obrigado. Sei que agora parece tudo muito fácil, mas há muito trabalho por trás disso. E sem minha equipe nunca teria chegado tão longe. Agradeço também ao Phil!
— Tudo bem se eu ficar aqui? — a Kátia me tira do meu discurso.
— Claro, sem problemas! Já? Tenho camisinhas!
— Pra DORMIR! Não pra transar!
Recuso esse prêmio ridículo, senhoras e senhores. Uma boa noite! O público vaia. Preciso esclarecer mais algumas coisas antes de sair do palco. Que mundo é esse em que as mulheres ainda têm coragem de tornar a vida mais difícil dando sinais errados para homens solitários? Elas não podem simplesmente andar pelo mundo com roupinhas bonitas, com um olhar de "beije-me" e uma atitude de "me joga no chão". De jeito nenhum, e acho que a boneca cheia de maquiagem da primeira fila vai concordar comigo — não, quando essa não é a intenção. Quais motivos, com exceção do sexo, existem para, por exemplo, deixar uma garota que a gente conheceu bêbado em uma boate entrar nesse apartamento? Organizar os talheres? Ligar o ciclo de limpeza da máquina de lavar louças? Descongelar o freezer? Claro que não! Vejo que vocês entenderam.
A maioria do público me aplaude. Algumas feministas incorrigíveis bufam.
— Só dormir, claro. Tava brincando — digo para Kátia-pulp.
— Espero que sim!
Adio meus planos de acasalamento para quando a dama já estiver na minha jaula, daí ainda terei uma chance real. Agora preciso fazer de conta que tudo é completamente lógico, relaxado e amigável. Mudo do *Spacenight* para um programa de televendas. Ali um cara superexcitado, barbudo e com sotaque americano está vendendo o aeromodelo de um helicóptero camuflado que funciona por controle. Legal! Sempre quis ter um assim! Minha aeromoça pronta para pernoitar me dá um beijo de surpresa na bochecha.

– Já estou pronta. Onde é o quarto?
– No corredor à direita, direto para a econômica! – respondo.
– Hahaha! – ela responde, mas não acha engraçado de verdade. O helicóptero ia ser bom pra isso! O americano barbudo diz que ele decola que nem o Schmidts Katze e que além disso só tem mais 34 unidades disponíveis. Não faço ideia o quão rápido voa um Schmidts Katze, mas provavelmente bem rápido. O que se poderia fazer com um helicóptero como esse? Instalar uma câmera e voar sobre a área ao ar livre da sauna! Ou jogar coisas nas pessoas de quem a gente não gosta. Sensacional! Preciso de um. Quero saber o que o Phil acha.

– Phil? Tem um...
O idiota está deitado no chão beijando a lesma. É inacreditável que ele ainda vá conseguir alguma coisa. A carteira dele está sobre a mesa. Pego-a e meu queixo cai. O filho da mãe tem um Mastercard Gold! E fica pegando dinheiro emprestado comigo! Eu, que estou com oito mil negativos na conta! Anoto o número do cartão de crédito e a data de validade no meu maço de cigarro, pego meu celular e digito o número do televendas.

– Bom dia... Phil Konrad falando... Queria comprar o helicóptero de guerra, que vocês acabaram de mostrar. Dá pra jogar coisas dele? Mesmo? Ótimo. Sim... claro... não, Mastercard, sim...

Um canal de primeira classe! Comprei a coisa em três minutos. E como já estava lá, comprei também o Total Gym do Chuck Norris e um conjunto de facas com sete peças. Quando desliguei, a lesma estava com a mão dentro da cueca dele, o que me fez lembrar que eu também tinha uma aeromoça gostosa na minha cama esperando para fazer sexo selvagem comigo. Por educação, escovo os dentes e me esgueiro para dentro do quarto. Não faço ideia do porquê faço tudo em silêncio, afinal de contas não me vejo como um porco. Também não precisava ter escovado os dentes. Então: a coelhinha está com uma camiseta minha, deitada no meio da cama e dorme como uma pedra. E agora? Empurro a mesa de propósito algumas vezes para fazer barulho e digo coisas como: "Gente, onde está mesmo o travesseiro?"

Nada! Ainda dorme como uma pedra.

Falo mais uma vez sobre o travesseiro em voz alta e finalmente bem alto. Ainda nada. Ela dorme como um bloco de granito! Enquanto isso, escuto um barulho bem claro vindo da sala de estar, o que não torna as coisas mais fáceis. Pelo menos alguém está fazendo sexo de novo no meu apartamento. Que merda! Acendo a luz, coloco um cobertor sobre a Kátia-pulp e deito nos quarenta centímetros que ela deixou livre pra mim. Ótimo! Não só vou deixar de transar como preciso dormir na econômica. Mas e daí? Chego um pouco perto dela e sussurro um leve "Boa noite" na orelha dela, seguido por "e espero que você sonhe alguma coisa muito ruim, com monstros horríveis e fique com tanto medo que acorde banhada de suor!"

Viro-me para o que me restou da minha cama e dou uma olhada no despertador. Um pouco antes das seis. Poderia ligar para o meu amigo Flik, esperar de novo com ele em um hotel até chamarem as putas. Mas daí lembro do Dale Carnegie, "Você é o que você pensa!", e desisto da ideia. Pense positivo, Simon! A garota ao seu lado confia em você, por isso ela está dormindo seminua na cama com um estranho. Além disso: não é bacana ser um verdadeiro cavalheiro?

Alguém geme na sala de estar.

Não! Não é bacana ser um cavalheiro! Uma mistura de inveja e puro ódio me arrepia os cabelos. Como se isso tudo não fosse difícil o suficiente, uma enorme prateleira com o número 30C passa diante dos meus olhos fechados. Esse ano idiota! Ele devia ter anotado o número da prateleira! Viro para a esquerda e depois para a direita, pra cima e para baixo. Em algum momento escuto uma risadinha e a porta da sala bater. Acendo a luz de novo e faço minhas malas para as férias.

MULHER-GATO

– Você está maluco? Não pode simplesmente sair velejando! – a loira sensacional do clube de férias grita enquanto joga uma corda para mim.
– Aqui! Segura! Eu te puxo para dentro do bote!
Não sei quanto tempo fiquei remando perdido no Atlântico. Muito menos quantas vezes tentei subir na prancha e levantar a vela que pesava uma tonelada. Só sei que a praia foi ficando cada vez mais distante. Apesar disso, fiquei de certa maneira feliz quando a animadora mais gostosa do clube se aproximou em um sonoro barco a motor Yamaha. Em sua roupa de mergulho preta, ela parece uma *Bond girl*. Infelizmente eu não tenho nenhuma licença pra transar, só para ficar de bico calado e ser salvo. Engatinho sobre a minha prancha de treinamento e excepcionalmente calo a boca.
– Pegue a corda e não olhe pra trás!
Quem acha que todas as animadoras de clubes de férias só ficam sorrindo para as pessoas está maluco. Algumas gritam. Especialmente aquelas em roupas de surfe apertadas.
– Avisamos para não velejar tão longe! – Como ela é azeda!
– Eu não velejei, fui levado pelo mar – corrijo e me arrasto com a corda em direção ao barco. Com isso fico parecendo um

baiacu antes de ser servido. Não, eu nunca vi um baiacu antes de ser servido, mas tenho quase certeza de que me pareço com um.
– Entra no bote! – bufa minha *Bond girl*. Parece que posso ouvir aplausos vindo da praia do clube quando, nada parecido com um agente, pulo da prancha para dentro do bote fazendo um número acrobático de equilíbrio e com isso quase caindo de novo na água. Pensão completa nojenta e revoltante!
– Obrigado! Você salvou a minha vida – murmuro.
– É provável que você não esteja tãããão errado. Tá vendo os rochedos ali?
– Já tinha prestado atenção neles!

Em vez de rir, ela se estica pela borda e traz minha vela de 3,7 metros quadrados e minha prancha de aprendiz de volta pra praia. Amarramos o bote longe dos hóspedes estridentes do clube em um píer de madeira da estação de esportes aquáticos. Dali consigo ouvir com facilidade os comentários dos hóspedes que torram suas costas branquelas deitados sobre suas toalhas mal lavadas. Eu só queria tomar um banho e descansar um pouco. Se não acontecer nada na última noite, então não sei de mais nada. Não paguei 899 euros para passar uma semana em um clube de solteiros pra não transar uma única vez!

Três horas mais tarde, estou sentado com um corretor de ações de Hesse em uma mesa pequena perto da pista de dança. Como estamos nas Ilhas Canárias, tanto a pista quanto a mesa estão em volta da piscina. As velas que queimam sobre a mesa são iguais às que tenho em casa. Em algum lugar das Ilhas Canárias deve haver uma Ikea. Cuidado! Lá está o meu 30C de novo.

– Dança que nem uma puta – assobia o cara de Hesse com o rosto vermelho enquanto espeta a sombrinha do seu coquetel em um pedaço de abacaxi. Como não há sangue escorrendo na pista, obviamente não se trata de vodu. Mesmo assim: até com conhecimentos rudimentares da psicologia humana é fácil avaliar que não falta muito para que o meu até agora simpático banqueiro se transforme em um maluco de sangue-frio, que logo vai reduzir toda a boate do clube em cinzas com sua pistola automática. Hora da emoção! Por causa da música eu até entenderia. Está tocando Joe Cocker. Mas o problema dele não é o Joe Cocker. O problema dele é a mulher com quem está passando férias.

Peço um cigarro ao banqueiro ciumento, para distraí-lo.

– Olha só, Simon, que nem uma puta!

– Aqui... fogo!

Em vez de acender seu cigarro, ele joga-o na pista de dança. Acho que jogar cigarros na pista de dança não combina com pessoas que usam óculos de design sem armação e blazers da Hugo Boss. Além disso, tenho medo de que sua cabeça vá explodir logo.

– Agora ela agarrou esse cara também!

– É meu professor de tênis – informo.

– Não quero saber. Um cara é um cara.

Coitado, eu estava prestes a dizer. Voa quase três mil quilômetros só para mostrar como é um cara incrível com sua namorada brasileira gostosa, e daí fica sentado como um bundão a noite toda, só porque a senhorita Pão de Açúcar flerta com todos os homens cujo cartão de crédito tem validade maior do que quatro semanas. Opa. Lá vem ela atrás dele.

– Gregor. Me dá o cartão!

Acho que isso foi português e significa o mesmo que "Eu te amo!"

Não posso acreditar que um investidor bem-sucedido dê seu cartão de consumação do clube para a namorada sem dizer nada, em vez de terminar com ela e economizar cem mil euros de uma vez só.

– Espero que não esteja vazio de novo! – ela o ameaçou e voltou a tamborilar no bar como a Peg Bundy do *Um Amor de Família*.

Mas é preciso dizer uma coisa: esse acento brasileiro é tão sexy! E os problemas de silhueta parecem diferentes. A senhorita Pão de Açúcar, por exemplo, é orgulhosa proprietária de uma bunda de salsa 100% natural. Bundas de salsa são o inferno! E não é sem motivo que nos torturam com esse tipo de estímulo sexual sem vergonha em cada maldito programa de televisão sobre a América do Sul. Com uma bunda como essa é impossível mudar de canal! Não importa qual seja a notícia, algum editor de imagens mal amado sempre coloca uma bunda de salsa no meio. A América do Sul está mergulhada em dívidas? E corte para uma bunda de salsa! Crianças cheiram cola nas ruas de Salvador? Corte para uma bunda de salsa! Acidente com petroleiro perto de Buenos Aires? Deve ter um jeito de colocar uma bunda de salsa...

Só a MTV tem a cara de pau de mostrar bundas de salsa sem motivo. Esses traseiros desavergonhados dessas namoradas de gângster a la Shakira que usam fio dental e têm um olhar de vamos pra cama em imagens tremidas em *slow motion*, e que mongóis como o Jay-Z e o Snoop Doogy Dog deixam sentar sobre seus carrões lubrificados. Ou os traseiros é que são lubrificados? Tanto faz... De certa maneira estou com o ânimo certo. Mas ao invés de chegar numa mulher, estou aqui sentado perto de um administrador de fundos com hiperventilação. Tomo um gole de cerveja direto da garrafa. Muito obrigado mais uma vez, Phil, pela superdica do clube de solteiros, que só se chama assim porque é garantido que as pessoas vão voltar solteiras pra casa. Lembro de todo o discurso metido que ele fez na minha orelha: "Cara, Simon, lá você pega uma a cada noite, tô dizendo, transa tanto que vai até precisar de um médico!" O médico apareceu – para lidar com a síncope de um senhor de setenta anos de idade, que tinha se acabado com seu pincel na aula de aquarela. O melhor é que anteontem fiquei sabendo por SMS que o Phil nunca esteve aqui. Ele só tinha ouvido falar que o clube era para solteiros. Que idiota! Vá à merda, é a última noite, não tenho mais nada a perder. Estou bronzeado, me salvaram a vida e me sinto simplesmente sexy.

– Ei, Simon! Que atuação sexy no mar hoje, hein? Ouvi dizer que a Aneta precisou te arrastar de volta porque você estava muito bêbado!

Esse foi o comentário de número dezesseis, feito por um professor de *spinning* na água, que passa por mim com três *pints*.

– Fico feliz que você gostou!

Meu amigo banqueiro ainda não se acalmou muito, como um olhar de canto denuncia. Não é exatamente um cara legal, deve-se dizer. Mas é sempre assim: um mauricinho chato e novo rico que come uma brasileira com uma bunda de salsa. E por quê? Três letras: SLK! O carro, não a loteria. Aparentemente ele tem três. Mas também pode ser que só tenha me falado de três.

– Que nem uma puta, Simon! Ela dança que nem uma puta!

– As brasileiras dançam melhor que as alemãs! – eu o consolo quando ele está prestes a pular da cadeira e terminar com tudo.

– Por isso elas custam dez vezes mais!

– Por que ela não dança com você? – quero saber.

– Porque não sei dançar. Sou muito duro.

– Quem disse?

– Ela.

– Ah...

– E onde se esconde a SUA garota dos sonhos? – ele me dá um sorrisinho.

Digo a ele que deve ficar com a boca fechada e prestar atenção no professor de tênis que acabou de colocar a perna entre as pernas da senhorita Pão de Açúcar, apesar de a música *Lady in Red* de Chris de Burgh não pedir isso de jeito nenhum.

– Ai... o cara dança bem! – digo. Foi o suficiente!

— Agora já chega!

Antes que eu pudesse segurar meu amigo mauricinho, ele pula da cadeira, se enfia entre os hóspedes de camisas coloridas e joga seu Bacardi-Cola na cara do adversário. Que decadência! Homens não jogam *long-drinks* na cara dos outros. Isso não se faz pelos mesmos motivos que eles não se beliscam ou se coçam, ou que não compram iogurte. Não fazem isso porque são homens! Homens compram barras de chocolate e enfiam inteiras na boca!

— Seu idiota — reclama a bunda de salsa e acaba com o maricas.

Então preciso, junto com cerca de cem outros hóspedes, assistir como a senhorita Pão de Açúcar puxa seu banqueiro esperneante junto com seu óculos de marca pela orelha para fora da pista como se tira um cachorro da mesa. Imagine só! Pela orelha! Fico com vergonha por ele. E agora? O que acontece comigo? Agora sento sozinho em minha pequena mesa canária iluminada por uma vela. Um programador SAP de orelhas grandes que bati no tênis de mesa ontem se aproxima com um sorriso largo. Meu Deus, faça com que ele não se sente comigo!

— Salvaram a sua pele no mar hoje, não?

— Faço o que posso!

Ele se vira e acendo um cigarro com meu último fósforo. Segundos depois, a vela da minha mesa se apaga, com um senso claro de simbolismo equivocado. Bom... este é o preço do meu plano social elitista: solidão. Só eu e minha mesinha sem vela nas Ilhas Canárias.

Como ainda está relativamente cedo e a boate do clube só enche perto da meia-noite, busco mais um *pint* no bar. Decido ficar ali um pouco e deixar meu olhar passear. E todos estão lá de novo, como em todas as noites tediosas:

Tia "Käthe", que parece um pouco com um jogador de futebol cabeludo da década de 1980 e passa as férias em "seu clube" todo mês de fevereiro há três décadas. Uma única pergunta errada, "como era aqui antes" e pode-se passar a noite escondido debaixo do boné do clube. Alguns metros adiante estão os idiotas da mesa dos solteiros. Uma ideia excelente da direção do clube, marcar essa mesa na área do restaurante com uma enorme placa que pode ser vista de longe e que diz "Mesa dos Solteiros". A mesa dos solteiros é a mesa que emana uma aura de bom humor, quando acontece de se passar uma hora sem ninguém se lamentar. Sentei só uma noite ali, e de fato é preciso agradecer ao clube por não oferecer um minicurso chamado "Como cortar os pulsos", assim não me enfiei no banheiro com um pacote de giletes por pura melancolia. As conversas dos solteiros seguem sempre o mesmo padrão.

– Há quanto tempo você está sozinho?
– Há menos de um ano. E você?
– Ah... já não sei mais... aos poucos começo a pensar que não vou mais conhecer ninguém! Mas também fiz muita coisa errada, acho.
– Cara, vou pra praia encher a cara!
– Ok. Prazer em te conhecer! Espera.. acho que vou com você!

Mas como sempre: todos os solteiros da mesa dos perdedores se acharam. Até mesmo o Peter com a cara cheia de furos como um morango já está há três dias com o apagado do Floriano e hoje de manhã no bufê do bem-estar tive quase a impressão de que as dores do mundo já não pesam tanto sobre os frágeis ombros daqueles dois. Mas e os meus ombros? Lá estou eu com meu *pint* de número quatro e espero receber uma medalha pessoalmente do diretor do clube com os dizeres "A pessoa mais sozinha do clube."

Bebo mais um *pint* e depois mais um. Quando o DJ toca "It's Raining Men" de The Weather Girls, peço meu primeiro uísque. A porta do teatro do clube se abre e um monte de gente terrivelmente bem-humorada deságua de lá.

— O espetáculo estava ótimo hoje! — revela-me uma senhora gordinha de Düsseldorf. Ela usa um óculos cravejado de diamantes que pesa uma tonelada.
— O que eles apresentaram? — eu nem queria saber, mas perguntei mesmo assim.
— *Cats*!
— Mas é a mesma coisa que apresentaram a semana toda!
— Hoje foi especialmente bom!
Peço mais um uísque quando a *Bond girl* bate no meu ombro. Aneta! Dessa vez ela não está usando roupa de mergulho, mas uma fantasia de gato. Sexy também!
— Então? Última noite, né? — ela pisca.
Tento parecer um pouco menos bêbado do que estou, mas provavelmente pareço de novo um baiacu.
— Você é... você é uma gata! Minha gatinha salvadora de vidas! — gaguejo.
Sua fantasia de gata apertada quase bate a roupa de mergulho no quesito erótico. Uma safadeza, na verdade. Eu tinha acabado de me colocar no *standby* do ponto de vista hormonal. Agora ela vem aqui assim e me deixa excitado de novo. Mulheres gostosas deveriam usar tendas de circo e não essas coisas que deixam a gente maluco.
— Por que você está usando uma coisa dessas? — quis saber.
— Por causa do *Cats*. Ainda estamos apresentando isso! Na verdade pensei ter te visto na plateia.
— Estava cuidando do meu imposto de renda!
Papinho sem sentido! Estou perdendo meu tempo. Não acontece nada com as animadoras, mesmo quando elas são muito simpáticas. É comum as pessoas esquecerem isso. Os garotos e as garotas venderam seu sorriso para o gigolô da indústria do turismo. Não é de verdade! E com a Aneta também não. Mesmo

agora, enquanto fala comigo, ela cumprimenta os outros hóspedes. Bem-vindo ao choque de realidade. Passou na prova. Resultado: você não tem... chance alguma. Mas o que me tira completamente do prumo é a pergunta:

— Tá a fim de beber um vinho?

— Agora, aqui?

— Melhor na minha sacada. Tem muitos hóspedes aqui!

Na sua sacada? Ela perguntou pra MIM, se eu quero ir ao quarto DELA, beber um vinho na sacada DELA? A *Bond girl*? Logo quando achei que tinha entendido o sistema e que ele era assim. Esse clube é um grande mal-entendido. Um grande *Show de Truman* gigante com tudo incluso, montado pela agência de turismo e pelos criadores do *Matrix*. Aneta é animadora. Ela teve uma semana difícil. Ela se comprometeu e agora se arrepende.

— Você está me convidando para ir ao seu quarto?

— Por que não...?

Como essa vadia consegue bombardear toda minha teoria sobre os clubes em dez segundos? Como pode destruir meu pequeno e miserável plano para a noite? Por quê? Para não ficar nenhuma dúvida, respondo:

— Claro!

— Daqui uma hora? Ainda preciso tirar minhas tralhas de gata e tomar uma ducha!

Ainda isso. Nem quero pensar nisso.

— Onde é a sua sacada, quer dizer... quarto?

— 79B, atrás das quadras de tênis.

— Levo o vinho!

— Legal! Até daqui a pouco!

E ela vai embora. Olho para o barman espanhol para confirmar que ela disse o que tinha acabado de dizer, mas claro que ele estava fazendo um mojito incluso atrás do outro.

Aneta! Daqui uma hora! Estou basicamente passado. Deixo o uísque de lado e navego com a minha garrafa verde de cerveja e desço a escada em caracol de ferro para a discoteca ainda meio vazia. Sailllllllll awayyyyy.... O professor de tênis está sentado no bar, agora sem a senhorita Pão de Açúcar, mas com um *long drink*. Uma cara feliz, não se parece nada com aquela. Hei hoh – o emprego dos sonhos de animador se paga com o fígado!

– Oi, Mike!

– Simon!

Um sorriso homeopático lampeja em seu rosto pálido.

– Você me paga um drinque? – ele me pergunta com um pouco de sotaque.

– Claro, o que você quer?

– Tchin Dônica!

Como quero dar a impressão para os empregados canários de que me importo com sua cultura e com sua língua, peço em espanhol.

– Dos Gin Tonica, por favor!

– Uma prisão de merda esse clube, viu Simon?

Oha! Meu professor de tênis está aproveitando o tempo entre o caso com o Pão de Açúcar e a próxima garota, e se atirou sozinho na filosofia de fundo de quintal.

– Como assim? É tão sexy! Sempre sol, férias... – respondo.

Seu olhar denuncia que ele só concorda em parte.

– É como era na Alemanha Oriental antes! Cerca em volta, todo mundo fingindo que estava feliz, mas na verdade a gente não tinha dinheiro! – Nunca tinha visto isso. Mas faz sentido.

– Última noite, não?

– É!

– Você acha a Aneta legal, não?

O clube não é uma prisão, o clube é uma cidade do interior.

— Acho ela muito legal. Eu... vou encontrar com ela daqui a pouco, pra beber um vinho, no quarto dela!

Mike enruga a testa, empurra seu copo de gim-tônica vazio para o lado e joga o guarda-chuva do drinque incluso no lixo. De cabeça pra cima. Tinha bebido o drinque rapidinho.

— Sério? Ela nunca fez isso!
— Beber vinho?
— Convidar um hóspede para ir ao quarto dela. A gente sempre acha que conhece as pessoas... Ela vai nos deixar em breve, sabia? Vai mudar para Colônia. Mas ninguém pode saber...
— Ela vai se mudar para Colônia? É onde EU moro!
— VOCÊ mora lá? Ainda tem lugar sobrando por lá, não tem?
— Hahaha... claro, só estou surpreso.
— Ei... ela também acha você legal, Simon!
— Mesmo?
— Ela que disse!
— Hummm...

Aneta e eu! Em Colônia! Já seria alguma coisa! Sem o regime do tudo incluso, poderíamos ir a bares, passear na beira do Reno ou simplesmente ficar em casa e assistir à tevê! Percebo como realizar esse sonho pode me levar para longe do bar. Preciso encontrar com ela. Agora. Imediatamente.

Desço do banco do bar e dou um abraço no Mike por essa maravilhosa informação.

— Ei, claro... sem problemas. Obrigado pela Tchin Dônica.

Quando já estou quase indo embora, ele se vira para mim mais uma vez.

— Posso te dar mais uma dica, Simon?
— Sempre, por favor!
— A Aneta, ela... pediu demissão por causa de toda a paquera dos hóspedes e tal... sabe? Então... não é uma coisa fácil. E toda

essa coisa de "ei, você quer transar comigo" não é pra ela. Então, se você realmente estiver interessado, mas de verdade... seria melhor baixar a bola. Sabe?

Sei. Baixar a bola, dar pra trás na hora certa, chegar perto e ficar frio de todo o jeito. Como em um transe pego meu cigarro e vou para fora. Ela vai se mudar para Colônia! O bom humor sai do mundo virtual e vai para a vida real! Vai morar perto de mim! Em uma cidade. Na minha cidade! Não posso estragar isso. Se eu não devo estragar uma coisa, então é isso que eu faço! Fodo com tudo! E também sei porquê. Porque depois de meio ano sem sexo e com traseiros de salsa, roupas de mergulho e de gata estou tão excitado, que mesmo depois de um talk show com uma apresentadora gostosa preciso tomar uma ducha fria. E quando eu abrir a porta do chalé da Aneta, ela vai estar lá como uma apresentadora de talk show: uma mulher!

Toc, toc. Oi, Aneta. Beijos. Uma pegada errada, uma palavra besta e já foi tudo pro vinagre. A não ser que...

Exatamente!

É isso!

Essa é A ideia! Uma ideia que garante uma noite relaxada e um futuro com a Aneta. Jogo meu cigarro na piscina infantil e ando em passos decididos até o meu chalé *single*. Fecho a porta do quarto, abaixo as persianas e ligo a tevê. Zapeio por dois programas de entrevistas estúpidos e vou direito ao meu centro de interesse: as propagandas baratas de cinco segundos produzidas de maneira extravagante, nas quais estudantes morenas e gostosas se esticam sobre roupas de cama baratas e imploram para que a gente ligue pra elas.

Gozo a primeira vez com a sempre gostosa Chantal que atende no número 0190 três vezes 67. A segunda vez é com uma dona de casa supergostosa que aparentemente mora perto daqui. E da terceira vez estrago de algum jeito o ritmo e gozo com um conjunto de panela de pressão a 179 euros. Eu não fazia ideia de que eu era tão potente! Obrigado, tevê a cabo! Quando precisar não ter uma ereção, vou pensar de todo jeito em vocês! Logo surge a ideia de uma quarta rodada, claro que a secretaria gordinha de sessenta anos com o número 0059 quatro vezes 88 me convence só em parte. Fim de jogo. "Operação Tempestade no Chalé" finalizada. Estou muito satisfeito. Em um período de quinze minutos me deixei num estado tal que posso conversar com a Shakira pelada sobre as dívidas do Terceiro Mundo.

Apesar disso estou um pouco nervoso quando me aproximo do chalé 79B com uma garrafa de vinho roubada do bufê e uma camisa limpa. Pra falar a verdade, estou muito nervoso. Só me senti assim quando tinha treze anos e encontrei uma menina pela primeira vez para tomar sorvete e precisei dar um beijo na testa dela, depois de ter pago pelo sorvete. Acho. Ou? Não... ela se esquivou antes. O que a gente inventa depois que se passam alguns anos. Ah... aqui está o chalé 75 e ali o 76... A essa altura, estou me sentindo muito mal. Não tenho certeza se foi por causa das cervejas e do uísque, ou porque estou tão nervoso. Também poderia ser porque estou apaixonado! Chalé 78.

Chalé 79 e... 79B.

Sinto como minha pulsação lentamente aumenta o trabalho cardíaco. Em uma das janelas do chalé brilha uma vela. Deve ser aqui. Bato na porta entreaberta.

– Olá? É aqui que mora uma gata?

– Parece que sim...

Duas filas de porta-velas da Ikea acompanham o pequeno corredor e me mostram o caminho até um quarto e sala pequeno e bem decorado. Preciso pensar no 30C. Aquele ano horrível deveria mesmo ter anotado o número pra mim! O quarto está arrumado de um jeito aconchegante. Há um cheiro de baunilha, ducha quente e mulher quente no ar. Em uma das paredes está pendurado o obrigatório pôster do Che Guevara, a fantasia de gata está sobre uma roupa de cama de seda preta. Só não vejo a Aneta em lugar nenhum.

– Onde você está?
– Aqui... na sacada!

Me espremo para passar por uma divisória dos anos 1970 e chego a uma sacada minúscula com duas cadeiras de bistrô bonitinhas e uma mesinha de mosaico, onde já está uma garrafa de vinho. Infelizmente a sacada não dá para o Atlântico, mas para uma rua vicinal de quatro pistas, onde um ônibus de turismo britânico já está roncando.

Aneta está com suas pernas morenas sobre a mureta pintada de branco da sacada, um cacho está caído sobre a sua testa e ela me oferece um copo cheio de vinho. Meu Deus, esses lábios são fantásticos. Ela poderia estar na capa da *Vogue*, e sem maquiagem.

– Que bom que você chegou!
– Que bom que...

O que se deve dizer, por favor, depois de uma frase dessas? Merda, tô nervoso.

– Que bom que... é... que estamos todos aqui! Aqui... vinho!
– Ah... nossa mesa de vinhos! Que delícia!
– É... – digo e sento direto perto da Aneta, que de novo não está usando uma lona de circo. Na parte de cima ela está usando praticamente nada, mas acho que podemos chamar isso de miniblusa que deixa a barriga à mostra. Mas isso não me afeta graças ao meu heroico ato sexual triplo. Sinto vontade de falar sobre a infraestrutura nas Ilhas Canárias.

– Maravilha – digo e deixo meu olhar passar pela rua próxima.
– Essa é a FV2! – a *bond girl* me informa.
– O que significam as letras? – pergunto depois de um tempo.

— Rua vicinal FV!
Olhamos um para o outro e caímos na risada. As ruas vicinais FV2 são realmente muito úteis. Criam postos de trabalho, trazem os turistas sem problemas até os clubes com tudo incluso e colocam Aneta e eu rapidinho em um clima relaxado.
— Um brinde?
— Claro!
Ela enche meu copo, levanta seu copo e me olha nos olhos. Puta que o pariu! Meu coração dispara e vai parar no estômago. Por favor, não. Tarde demais... já aconteceu!
— A que? – ela pergunta, e se poderia dizer que o tom parece lascivo.
— Ao clube? – testo com cuidado.
— Claro que não!
— Então... digamos, a nós?
— Mejor. Então, a nós!
Minha pulsação se acelera sem a minha permissão. A mulher é uma coisa, sem tirar nem pôr. Não sei por que, mas bebemos as duas taças de vinho falando dos nossos ex. Tudo o que acontece depois é divertido, agradável e simplesmente bom. Bebemos e conversamos sobre isso e aquilo. Agradecemos a lua por sua contribuição romântica para a nossa noite e cantamos a versão das Canárias da nossa canção favorita da abelha Maja:
— En un país desconhecido... – começo – hace muito poco tiempo...
— Fuera una abelha bien conhecida.... – completa ela com uma expressão séria mas certamente perfeita. É o que faz a experiência como animadora. – Y esa abelha que yo digo se lhama Maja...
Temos um ataque de riso depois do outro, abrimos a segunda garrafa de vinho, imitamos o banqueiro paranoico, a tia Käthe e Mike, o professor de tênis alcoólatra. Tudo 100% de acordo com

o planejado. Como especialista em linguagem corporal, percebo sempre a mesma coisa. A risada, o olhar, tudo diz "Vai nessa!". Além disso, ela mexeu na minha perna três vezes. Mas não ajo como um idiota que diz "Ei, quer transar?". Ela percebe isso. Mais uma horinha, vou deixar meu endereço em Colônia e me despedir com um beijo na testa.

Era o que eu pensava.

Mas não.

– Simon, quero dormir com você.

Com taça de vinho, cigarro e um sorriso congelado escalo as pedras perto da estação de esportes aquáticos.

As pessoas dizem que antes de morrer a gente vê a vida toda passar diante dos olhos. Para mim, passam apenas os sete dias de férias e depois eu entro em um coma de conversação de vários segundos. Mais um ônibus contorna a rua de trás. Gostaria de estar sentado lá dentro. Não importa para onde ele vai. E para tornar tudo mais difícil, Aneta pega na minha mão e sussurra na minha orelha:

– Agora!

Mais um ônibus. Da Holanda, acho. Eles precisam mesmo de uns dias nas Canárias! E com esse espaço para as pernas miserável! Mesmo quando alguém é tão grande quanto eu! Limpo a garganta e solto um grunhido:

– Mas por que... quer dizer, por que bem agora?

Ótimo, Simon. Você conseguiu dizer uma frase inteira!

– Estou a fim de você! E... quer dizer... e para você ficar tranquilo... porque você viaja amanhã.

– Como assim? Por que eu viajo amanhã?

Acendo um cigarro com as mãos trêmulas.

Que Deus é esse que permite uma coisa dessas? E por que diabos fui ser totalmente idiota e ter a ideia de bater punheta três vezes?

Enquanto me fazia essas perguntas, Aneta não conseguiu se segurar, sentou no meu colo e me deu um reconfortante e molhado beijo. Consigo ver que ela não está usando nada debaixo da saia. Vejo isso como um fato e não como homem. Obrigado, tevê a cabo!

– Ei! Quero dormir com você, e não casar com você. E tive a impressão de que você também queria...

– Mas você vai para Colônia! – me lamurio envergonhado.

– Assim que o meu namorado arrumar o apartamento!

Na minha tevê de tela plana interna vejo como o diretor do clube tira a medalha de *Pessoa Mais Solitária do Clube* do meu pescoço e me dá uma medalha de *Maior Idiota da História do Clube* no lugar. O que eu não daria para ter um atirador no teto da estação de surfe que acabasse comigo rapidamente e sem dor. Claro que atiradores custam dinheiro e bebi todo ele no clube.

Ela passa a mão pelo meu cabelo.

– Vem, vamos pra dentro!

É nesse ponto que penduro a bandeira branca na janela e me submeto ao meu destino. Mas: pessoas já atiraram em quem levanta a bandeira branca, isso eu sei. Como uma criança pequena no primeiro dia de aula, me deixo ser levado para o quarto e derrubado na cama. Enquanto em pensamento penduro a corda *Enfork* no meu pescoço e coloco a cadeira a postos, a mulher mais gostosa do clube arranca a saia e se esfrega em mim. Realmente ninguém pode censurar a Aneta por não ter se esforçado em me fazer ter uma ereção. Na verdade, ela tenta tudo que já vi em programas sobre sexo na tevê e nos vídeos do Phil que assisti, e em circunstâncias normais provavelmente eu teria a noite mais quente da minha vida. Mas...

Tento pensar na tevê a cabo, mas é claro que isso não ajuda em nada. Aqui está, a brochada mais embaraçosa de Simon Peters! Em cima de mim, a mulher mais gostosa do clube e candidata ao Oscar da pornografia, e eu estou aqui deitado como um prisioneiro sedento de Guantánamo depois de dois dias de interrogatório com a CIA.

— Desculpe — digo, quanto tenho certeza de que não vai ficar maior do que isso —, não tem a ver com você!

— Não tem problema — ela responde e me abraça.

Apesar disso preciso ir embora.

Com o meu mojito incluso e meu último cigarro, sento sozinho na praia do clube. A areia ainda está quente, quase como se alguém tivesse dormido aqui. Amanhã vou entrar no avião, voltar para o meu dia a dia pequeno e cinza, para o meu mundo de conexões DSL e noites sentado na minha poltrona *single* na frente da tevê. De algum lugar ouço a risada de algum idiota da mesa dos solteiros. Provavelmente está transando na praia. Lembro de como a Aneta me trouxe com o bote a motor para a praia essa tarde. Quase fui parar nos rochedos perigosos, como ela tinha dito. Rochedos perigosos. Quando empurro a porta de madeira da estação de esportes aquáticos, vejo meu banqueiro sozinho, descabelado e com uma garrafa de vinho sentado dentro do bote. Está bêbado.

— Ei... Simon, te vi com a Aneta no bar. Rolou?

Tiro minha prancha de treinamento do depósito e deixo cair na areia.

— Digamos que... gozei três vezes.

— Nada mal!

— É. E você e a sua garota?

— Ela terminou comigo!

— ELA? Não você?

— Não, ela.

Pego uma outra prancha e coloco perto dele. Nós dois estamos muito bêbados, mas com um pouco de sorte podemos chegar até o rochedo perigoso.

LALA

Quando abro a porta do meu apartamento, acabado depois de cinco horas de voo, Lala está passando minhas camisas ao som de música folclórica croata. Lala é minha faxineira. Mas por que ela está fazendo faxina justamente hoje e não durante a semana, enquanto eu estava de férias, é um mistério pra mim.

— Siiiiimmmmon! Você voltou. E que bronzeado! — ela se alegra sinceramente.

Coloco minha mala de viagem perto da porta de entrada e aperto a mão de Lala.

— O apartamento estava sujo semana passada, você deu uma festa? — ela quis saber.

"Como foram as férias?" teria sido uma pergunta mais adequada, é o que eu acho. Primeiro preciso me recompor. Lala era a última com quem eu contava.

— Semana passada? Ah é... trouxe umas pessoas da boate, bebemos mais algumas... então... não arrumei tudo, então... por que você quer saber?

Lala hesita um pouco, claramente é difícil para ela me fazer essa pergunta. Com uma espécie de manobra croata, ela enche o ferro de passar com água destilada, que agradece chiando.

– Simon... também estou perguntando porque pela primeira vez a outra metade da cama também foi usada, sabe?

Sei. Foi a aeromoça-coelhinha-pulp-fiction, que na manhã seguinte evaporou para Los Angeles sem tomar café e com ressaca,

– É que normalmente eu troco a roupa de cama dos dois lados, mas só uma metade é usada! – Lala continuou tagarelando descontente. Entendi. Big Lala está te observando. Só faço isso de arrumar os dois lados da minha cama de casal na esperança doida de que um dia a Christina Aguilera apareça de barriga de fora na minha porta e peça de joelhos para passar a noite comigo.

Até agora, a Lala nunca tinha se intrometido nas minhas coisas pessoais. Isso sempre foi importante pra ela. Nunca arrumou os armários porque tinha medo do que poderia encontrar lá dentro. Por isso fico surpreso com seu repentino ataque de orwellismo.

– Foi a sua namorada que bagunçou a cama? – ela me pergunta piscando. Opa. A Lala está me rondando? Talvez a minha história com a aeromoça a tenha deixado com ciúmes, acertado bem no seu coração e ferido seus sentimentos mais profundos!

– Não, não é... uma namorada, sabe, foi uma conhecida. Por que você está interessada nisso?

Lara parece aliviada.

– Então você está sem namorada no momento?

– Estou? – digo, mas elevo o tom como se fosse uma pergunta. Lala sorri e espirra aliviada um pouco de passa-roupa a mais do que o normal na minha camisa amarela e marrom favorita.

– Tô perguntando porque tenho uma garota legal pra você. Também faço faxina na casa dela.

Obrigado, meu Deus! Por um segundo pensei que ela estava apaixonada. Nada contra croatas ruivas na casa dos quarenta, mas eu só tenho vinte e nove. Então pergunto:

– Como ela é?

Lala coloca o passa-roupa de lado e estica minha camisa favorita na tábua de passar.

— Bem iluminada, dois quartos, piso de madeira maravilhoso, uma sacada grande que bate sol...

— A garota!

— Ah, tá... a garota também é legal.

Era isso. Fim da conversa e o celular da Lala toca. Bom *timing*. Não desligue ainda, Simon. Mais informações sobre o encontro depois dessa ligação. Mas infelizmente não rola nada, porque meu celular também toca, e quando conto pro Phil que transei com quatro mulheres diferentes no clube, Lala pega suas coisas e desaparece. Sento-me na minha poltrona *single*, acendo um cigarro e ligo a tevê.

Uma semana sem acontecimentos marcantes depois, encontro perto do recibo da compra de papel toalha deixado pela Lala uma foto *polaroid* tirada em alguma festa chata com um grupo sorridente de pessoas bêbadas de *prosecco* vestidas com roupas de trabalho. Uma morena alta está circulada com caneta e ao lado está escrito: *Dörte!*

Dörte? É um nome de merda ou é um nome de merda? Dööööörte! Soa pra mim um pouco como o nome de uma pasta biológica e nojenta pra passar no pão. Aquelas que professores primários frustrados passam no pão com banana antes de entrarem em suas salas cheias de adolescentes espinhentos para se entediarem com binômios. Dörte! Posso me apavorar só com esse nome de merda!

Pra mim, o encontro já foi pro saco. Dörte!

Ainda tem Dörte na geladeira, querida?

Atrás do leite sem lactose!

Só tô vendo um pacote de salsicha de soja...

Esse nome idiota me confundiu e ainda não olhei direito para a Dörte: cabelos castanhos e compridos, como já foi mencionado, jeans e uma blusa preta comuns, e nem tão feia assim. Chuto que tenha menos de trinta. Rosto bonitinho, mas um pouco enrugado, parece que ela se preocupa muito com alguma coisa, talvez com a sua cara enrugada. Infelizmente não consigo ver se ela tem uma sacada grande como a Lala falou por causa da blusa. Mas dá pra ver bem que a garota ao seu lado é mais gostosa do que ela. Talvez a Lala também faça faxina pra ela! Mas a flecha aponta 100% para Dörte e para mais ninguém. Agora encontro mais um bilhete da Lala.

Simon, Dörte gostou da sua foto e gostaria de encontrar com você. Liga pra ela? 0168-9809476. Lala. P.S: Comprei papel toalha, o recibo está na mesa.

Lala é a maior fã de papel toalha do mundo. Chuto que cinquenta por cento das vendas de papel toalha do mundo são por causa da Lala. A pior enchente do século em Colônia? Manda a Lala com seu estoque de papel toalha e o centro velho vai estar seco em um minuto!

Espera... de QUAL foto minha a Dörte gostou? Não dei nenhuma para a Lala. Dou um pulo e vou até o meu mural magnético no corredor. Está faltando minha foto de Maiorca! Aquela em que depois de dez *pints* eu estava tão bêbado na rua principal de Palma de Maiorca, que segundo minha companheira de copo Paula eu até parecia um pouco feliz. Como não consigo mais lembrar do momento da foto, é até possível. Dos momentos dos quais me lembro, nunca estou feliz. Puxo mais um cigarro e acendo. Devo sair com a Dörte? Um encontro organizado pela minha faxineira? O quão deprimente é isso...? Por outro lado... pode ser legal se der certo...

Papai, onde você conheceu a mamãe?
Minha faxineira nos apresentou!
Você era tão bobo que não conseguia se apresentar sozinho?
Sim. E agora vai fazer sua lição de casa!

Procuro meu celular e escrevo o seguinte SMS para a Dörte:

A Lala disse que a gente devia casar logo. Posso falar com você antes disso?
E pronto. Mensagem enviada. EU acho engraçada. Vamos ver se ela tem senso de humor. A julgar pela sua roupa de trabalho, a Dörte está numa zona sem senso de humor. Deve ser daquelas que se acham criativas porque fazem um cabeçalho colorido em suas tabelas de Excel. Ideia totalmente maluca! Sinto que toda essa história com a Dörte me deixou atrapalhado, que não vou poder me entediar em paz. Teria ficado tão feliz com uma merecida tarde não fazendo nada, pois acabei de simular uma sensacional enxaqueca tão verdadeira na T-Punkt, que minha chefe quase me trouxe pra casa. Mas essa foto idiota acabou com os meus planos preguiçosos. Agora aconteceu comigo o que nunca deve acontecer com nenhum homem, não importa se ele tem dezoito ou 104 anos: estou esperando um SMS de uma mulher! Ela já devia ter me respondido faz tempo! Não? Ando um pouco pelo apartamento, arrumo o lava-louças e coloco uma xícara de café suja lá dentro. Coloco sabão e ligo a máquina. Meu celular já devia ter apitado faz tempo! Quando me pego minutos mais tarde tirando o pó do meu aparelho de som com um pano de microfibra, percebo que preciso fazer alguma coisa. Jogo a poeira no lixo e procuro a tabela de horários da minha academia. Encontro-a em uma pilha de papel velho, entre duas embalagens vazias de pizza com restos de queijo. Em um ataque de preocupação com meu bem-estar, escolho a aula de "Step aeróbico para iniciantes" que começa daqui a meia hora. Talvez ela me coloque mais perto do meu objetivo de criar alguns músculos.

Meu Nokia apita.

Hahaha, digo. Minha teoria da ratinha de escritório estava certa. SMS da Dörte.

Me liga! D.

Fico paralisado. Oi? Como assim? O que essa dominadora quer? Tá louca? Quem ela está pensando que é? *Me liga!* Me dá uma ordem e eu saio correndo, é isso? Respondo com *Me liga VOCÊ*, arrumo minha mochila da academia e saio correndo com o meu Peugeot amarelo para a minha academia gay cor-de-rosa.

O GAY MATADOR SEM PESCOÇO

Não, não sou gay. E também não vou ser. Simplesmente não prestei atenção na hora de assinar o contrato. Por fora, a academia parecia de primeira, decorada com muito bom gosto e tal. Semanas mais tarde é que comecei a suspeitar dos motivos para a decoração de bom gosto. Primeiro foram detalhes como um anúncio para um curso grátis de "Como agitar bandeiras na parada gay". E o bilhetinho que alguém colocou na gaveta junto com a minha tabela de horários de aula: "Seu sapinho safado..." Não continuei a ler. Claro que no banho todo mundo ficou olhando para ver seu eu parecia com um sapinho safado. Não pareço. E claro que quis fugir rapidinho desse depósito de espingardas. Mas o gerente da academia, Sacha, me garantiu que uma vez membro, tanto faz se homo ou hetero, preciso ficar pelo menos 23 meses, a não ser que me mude para Munique. Essa opção me parecia pior, então fiquei na academia.

Na entrada é preciso mudar um pouco de mentalidade porque a chave do armário não tem um número impresso, mas funciona eletronicamente. Isso quer dizer que eu posso escolher qualquer armário e só preciso lembrar do número, o que naturalmente não quero fazer. Normalmente não penso muito em teorias conspiratórias, mas agora já não tenho tanta certeza sobre se não tem alguém querendo acabar comigo.

— Escolha um número inteiro, daí você não esquece tão rápido — foi o conselho do funcionário Joaquim, que acho que usa maquiagem.

— Meu problema não é esquecer o número, meu problema é não esquecer o número! — informo a ele. — Que nem o 30C da Ikea. Já fazem duas semanas e ainda me lembro dele!

— Então agora você vai lembrar de mim! — Joaquim deu uma risadinha e colocou inocentemente a mão na frente da boca, como faz uma estudante japonesa para quem alguém acabou de contar uma piada boba. E me entrega minha chave eletrônica. Quase pulo por cima do balcão e afogo a boneca naquela vitamina idiota. Ao invés disso, respiro fundo várias vezes, pego a chave e vou para o vestiário. Coloco meu celular no armário 193, porque 193 não é um número sem sentido, mas o da Emergência ou dos Bombeiros. Um dos dois, em todo caso. Coloco meus sapatos no armário, minhas chaves no pé esquerdo e meu celular no sapato direito. Até agora, nenhuma resposta do meu SMS para a Dörte. Logo ao meu lado uma montanha que na verdade é um cara com uma cabeça redonda, cabelo supercurto e uma camiseta com um desenho de um Pitbull está se estressando. Como ele não tem pescoço e parece com o Popeye, apelido o gay matador sem pescoço de Popeye. Na verdade, alguém me contou que o Popeye não consegue mais usar o telefone porque encurtou demais os músculos do braço puxando peso e por isso não consegue chegar com o aparelho perto da orelha. Desde que fiquei sabendo disso, gostaria de ter o número dele para testar. Mas provavelmente ninguém liga pra ele mesmo por causa dessa aparência horrível.

— Bonita a sua toalha! — ele balança a cabeça lá de cima.

— Obrigado! — respondo com um sorrisinho e digo alguma coisa sem olhar. — Legal o seu armário!

Como não levo um soco, acho que ele achou engraçado.

Enquanto entro na minha calça de ginástica verde, velha e manchada, meu sapato apita. Tiro meu celular e leio o seguinte na tela: *Quinta-feira à noite, às 19:45. Supermercado na rua Luxemburgo, no corredor dos congelados. Até!* Ela pirou completamente. Por que eu deveria encontrá-la no supermercado? Não vi a tia uma única vez e ela quer dizer como as coisas vão ser? Nãããão!

– Má notícia?

Um menino bombado dono do armário de número cinco obviamente percebeu meu olhar concentrado para a tela do celular.

– Eu... estou estressado por causa de um encontro! – informo a ele.

Sua resposta reconfortante e esganiçada mostra que ele sabe exatamente pelo que estou passando. Quer dizer, quase:

– Hooomeeens!!!

Com a minha toalha do Snoopy novinha me arrasto para a sala de aula. A toalha do Snoopy é parte da minha campanha "veja como não sou gay então me deixe fazer ginástica em paz". Antes eu tinha uma toalha do Benjamin, o elefantinho, que agora só uso para correr desde que alguém gritou atrás de mim "Linda tromba!". Gosto muito do Snoopy porque ele não tem nada de gay. A sala ainda está vazia e olho o horário mais uma vez, meio em dúvida. Quinta-feira, dezoito horas – *Step* 1. Agora são cinco pras seis.

– Oi, eu sou a Helena!

Uma mistura de Che Guevara e comediante de sábado à noite sorri pra mim. Pelo menos sua roupa camuflada sugere anos de guerrilha. Está sem maquiagem e com os cabelos molhados. Provavelmente por causa da invasão da Baía dos Porcos.

– Oi. Eu sou o Simon.

– Prazer. É a primeira vez que você vai fazer *step*?

– Sim, acho que preciso começar por algum lugar...

– Superchato que tem pouca gente!

— Pois é... talvez o professor seja hetero e não esteja a fim hoje – sugiro.

— Eu ficaria sabendo disso!

— Como assim?

— Sou a professora!

Vejo os dois sinais luminosos da saída de emergência. Com um pouco de sorte poderia passar pelo Che e sair rolando que nem o Chuck Norris até a rua. As coisas que estão no armário ficariam perdidas, mas valeria a pena...

— Mas que besteira, você não precisa dar aula só pra mim! – tento me esquivar porque não estou a fim de passar uma hora com o Che fazendo *step*.

— Não tem problema. Estou aqui pra isso. Ah... e... eu não ficaria mostrando essa toalha do Snoopy por aí!

Espero pelo pior.

— O que tem de errado com o Snoopy?

— Nada, se você gosta do estilo cachorrinho.

— Estilo cachorrinho?

— Por trás.

— Ah...

Dou mais uma olhada na minha toalha só para ter certeza e o sorriso do Snoopy assume um sentido completamente diferente. Mas antes que eu possa agradecer, começa uma música de *step* e marcho em direção ao espelho como um *mariner* americano desmiolado.

— E direita, direita, marcha, marcha... – grita meu superior. E em algum momento entre uma combinação de passos terrivelmente difícil e um olhar preocupado do Sacha, o gerente da academia, é que fica claro que faz semanas que não pratico esportes e que minha pulsação deve estar em duzentos.

— Tudo bem, Simon? – ainda escuto minha professora chamar e depois meu sinal desaparece...

— As pernas pra cima... você tem que colocar as pernas dele pra cima. — ouço de algum lugar e então alguém coloca minhas pernas pra cima. Todos estão muito preocupados, por isso desligam as caixas de som para a música não me estressar, o que acho muito simpático. Alguém mistura as cores e não sei mais de nada.

De todo modo, volto a mim alguns minutos depois, graças ao Popeye, o gay matador sem pescoço, que tinha aberto todas as janelas e segurava minha mão. Chocado, puxo minha mão rapidinho.

— Ele voltou! — esganiça meu salvador gay e fica feliz como se tivesse ganho um carro cor-de-rosa na loteria.

— Obrigado! — suspiro, levanto-me com esforço e vejo uma Helena Guevara com a testa franzida perto de mim.

— Talvez você precise treinar primeiro com algumas caminhadas mais compridas, antes de continuar com o *step*...

— Que ótima ideia — murmuro —, acho caminhada uma coisa sensacional!

Dou um gole na água de um copo de plástico e volto para o vestiário. Talvez eu realmente precise fazer mais caminhadas! Quando abro o 193 e meu celular pisca, encontro um SMS com a força de um caminhão romeno lotado de antiguidades.

Vou entender seu silêncio como um sim. Fico feliz e seja pontual. Até logo. D.

Até logo? Merda. Um encontro marcado pela faxineira! Quinta-feira é... hoje!

— Alguém tem horas? — dou um gemido estressado. Merda! Agora até eu estou esganiçado como uma bailarina.

— Sete em ponto — responde um grego cheio de *piercings* enquanto balança sobre uma perna para entrar em sua cueca de couro ridícula. Sete em ponto! Isso me deixa exatamente 45 minutos para chegar ao supermercado. Merda! E ainda preciso tomar banho. Mas faço isso em casa. Aqui é muito perigoso. Por causa das saboneteiras na altura do peito.

ESCOLA PARA MOÇAS JOSEF STALIN

Menos de uma hora mais tarde, estou no supermercado e deixo meus olhos se perderem entre ofertas das geladeiras. As pizzas congeladas Ristorante agora vêm com papel no fundo! Deve-se esquentá-las a 220°C, se seu forno não for de convecção. Estou impressionado: 220°C. Sempre pensei que essas temperaturas só existissem no Sol. Sol pra cá, Sol pra lá, a verdade é que já estou há dez minutos no corredor dos congelados esperando pela Dörte. Será que ela tem um forno de convecção? Se não, talvez um apartamento ao sol também resolva. Estou de banho tomado, fui pontual e estou com a minha camisa preferida, xadrez marrom e amarela. E a garota ainda não chegou. Oba! Um prato que não conheço. Bolinhos de cenoura com mozarela. Parece nojento. Eca. Quem tropeça perdida entre portas de vidro do supermercado e pega a última cestinha de plástico suja e cheia de lixo? Apesar de não ter um círculo feito à caneta em volta dela, logo a reconheço.

– Dörte!

Coloco os bolinhos de cenoura de volta na geladeira e pisco pra ela. Depois de alguns olhares perdidos para a direção errada, ela me reconhece e se apressa na minha direção girando os braços com um olhar confuso.

– Ainda temos exatamente cinco minutos! – ela pia e me pega pelo ombro de um jeito comercial, como se eu tivesse acabado de comprar um incrível carro usado com ela. E continua correndo. Uma coisa já está clara: a mulher pirou faz tempo.

– Oi, sou o Simon e fico feliz em te ver! – grito de trás, e ela se vira e faz um aceno com a cabeça para mim.

– Ai, meu Deus, desculpe... acabei de sair de uma reunião... sou a Dörte!

Ela acabou de sair de uma reunião! Dá pra ver. Talvez tenha precisado demitir quarenta pessoas e agora esteja com um pequeno problema de consciência. Por razões que não sei explicar muito bem quero saber o que estamos fazendo aqui.

– Qual é o plano para hoje à noite, Dörte?

– Então... pensei que a gente podia comprar alguma coisa e cozinhar.

Cozinhar? Pirou? Faz dois anos que não cozinho! Como se a sugestão não fosse monstruosa por si só, ela ainda faz uma pergunta.

– Tem alguma ideia?

Sim. Tenho. E a ideia é a seguinte: eu aponto para algum lugar atrás dela, grito "Olha!" e aproveito o segundo de distração para fugir. Então apago o telefone dela e o da Lala do meu celular, procuro outra faxineira e me disfarço de treinador de beisebol em Cuba, até as coisas ficarem mais calmas.

– Gosto de fazer filé de peixe congelado com espinafre, por exemplo – digo ao invés disso e como punição sou tirado da geladeira.

– Peixe congelado? Isso não é cozinhar – ela me corrige.

Boa sorte! Ela passou para o último ano da escola para mulheres Josef Stalin.

– Cozinhar? Mas onde a gente vai cozinhar? – me arrisco a perguntar.

– Eu moro em Colônia-Deutz! – é a resposta.

— Lá em casa não dá — respondo rápido, como se o time do Colônia estivesse em desvantagem em casa.
— Pensei que você morasse aqui perto.
— Como você sabe?
— A Lala me disse!
Sensacional. Provavelmente a Lala também aproveitou a oportunidade para passar o extrato da minha conta por fax.
— Por que a gente não pode ir pra sua casa?
Sem me dar conta direito, sou arrastado para o corredor das massas. De repente estou lá.
— Porque...
Se eu já não tivesse desmaiado uma hora atrás, teria caído sobre os espaguetes. A resposta pra pergunta da Dörte não está atrás das embalagens de Barilla? Esquece, Simon. Você não vai mais conseguir escapar. O número "minha casa não está arrumada" é ridículo e o papo de "não tenho cozinha" só cola nos comerciais.
— Ah, na minha casa? — finjo que só tinha entendido agora. — Claro que dá!
— Super. O que vamos comer. Ahhh... aqui. Vamos fazer uma massa, não?
Provavelmente ela acha engraçado me encurralar. Por que simplesmente não digo o que acho?
— Ei... escuta, Dörte, por que não te digo o que eu acho?
— Como assim? O que você acha?
— Eu... então, por que a gente não vai a um restaurante e pedimos alguma coisa?
Pela expressão no rosto dela, achei que tinha falado um palavrão.
— DURANTE a semana?
Definitivamente essa mulher funciona com um sistema operacional completamente diferente. Bom, todas as mulheres são

assim, mas aqui temos a diferença entre um Windows XP Professional Edition e os primeiros Commodore 64 Basic.

— Não, a gente vai fazer uma massa. Com qual molho?

— Eu... tomate, talvez? — murmuro.

— Eu tomate! Você Jane! — ela brinca e solta um cacarejo estridente.

Pelo amor de Deus! É exatamente essa a risada histérica que os roteiristas de Hollywood imaginam que faz o personagem principal ir embora depois de um encontro. Chamo isso de Cacarejo-da-Galinha-de-Hollywood, ou CGH, que acredito ser uma doença causada por pouco sexo e muito estresse.

— O.k.... o que você acha de salmão e creme de leite? — ela me pergunta.

— Também é bom! — respondo como se estivesse em transe.

— Então você pega o salmão e eu pego o creme de leite. Você tem vinho em casa, né? — com essas palavras ela parte em direção aos derivados de leite.

Eu TENHO vinho em casa. De todos os tipos. Mas não vou dar nenhum golinho pra você, sua vaca louca e histérica! Porque na verdade quero beber meu vinho sozinho e assistir videoclipes na tevê, e quer saber por quê? Porque nesses vídeos dançam mulheres que são muito mais bonitas que você e não cacarejam de um jeito tão estridente, e se tiver um pouco de sorte, pode ser que passe um clipe com uma bunda de salsa.

— Aqui está o creme de leite!

Merda. Devia mesmo ter dado no pé. Agora estou aqui, como um idiota, deixando uma gerente com problema na cabeça me tratar como uma criança malcriada. Exceto pelo fato de que não tenho com o que me defender. Uma Magnum 45 por exemplo. E isso tudo me aconteceu só porque normalmente arrumo os dois lados da cama e uma aeromoça da Lufthansa bebeu tanto que não conseguiu voltar pra casa. Uma casualidade arriscada, mas mesmo assim correta, que agora me força a comprar salmão e um vinho barato. Dez minutos mais tarde, já estamos na minha casa.

Enquanto a Dörte sussurra ordens sem parar dentro da minha própria cozinha, fico imaginando como seria fazer sexo com ela.
— Colocou azeite e sal na água?
— Coloquei!
— Que bom, às vezes a gente pode esquecer e a massa precisa do azeite, sabe?

Se ela entrar em pânico na cama do mesmo jeito que na cozinha, então deve ser um fiasco.

Já teve uma ereção?

Tive!

Que bom, porque às vezes a gente pode esquecer isso, e para fazer sexo a gente precisa de uma ereção, sabe?

Como se ela quisesse ir pra cama comigo. Talvez só queira alguém para falar do trabalho.
— Os pratos precisam estar quentes!
— Pra que isso? – pergunto. – Pensei que a gente ia comer a massa e não os pratos...

Minha piada é punida com um cacarejo de galinha agudo e aparentemente sem fim. Depois que ela se acalma, informa com um olho tremendo de nervoso sobre os verdadeiros motivos por trás da ação com os pratos. Enquanto isso, coloca dois pratos no forno e liga a 100ºC.
— Pratos frios são os inimigos naturais da massa, sabia?

Sim. E galinhas estridentes são as inimigas naturais dos homens que querem transar! Espera, me passa pela cabeça que se eu apagar três das cinco velas que acendi na sala, simplesmente porque uma estressada com trabalho como ela pode sofrer um ataque de nervos com tanto romantismo, talvez, também penso comigo, ainda não seja tarde demais para bater em retirada. Talvez ainda consiga tirá-la de algum jeito do meu apartamento.

– Você me lembra muito a minha mãe! – digo pra ela na cozinha e espero ela juntar suas coisas e ir embora. Sem muita certeza, insisto: – Na verdade, minha mãe é a coisa mais importante do mundo pra mim.

– Sei, sei... os homens dizem isso às vezes – ela devolve com um pequeno ataque de CGH na sequência. Como punição, apago mais uma vela e acendo a luminária mais clara que tenho. Podia fumar um baseado. Mas obviamente o Phil arranjou um novo esconderijo para a sua ponta, debaixo do sofá é que ela não está. Por um momento penso em fugir do meu próprio apartamento. Mas e se a minha galinha executiva pirar e destruir a minha poltrona nova? Uma vez na escola fingi que estava com o nariz sangrando durante uma prova oral difícil e deu muito certo. Mas agora? A Dörte vem com a panela de espaguete e o vinho, e coloca tudo na mesa.

– Ei... você acendeu uma vela, que romântico!

Ela parece mais relaxada do que nunca e quando olho bem para a garrafa de vinho, sei o porquê. Está pela metade.

– Usei um pouco para o molho!

– Claro!

E eu rego as minhas plantas com rum.

Quando finalmente começamos a comer, ela conta em detalhes em quem precisou dar uma bronca no trabalho na semana passada. Se entendi bem, Dörte trabalhou meio ano para o Museu de Design de Londres e está extremamente orgulhosa disso.

– Philippe Starck, almocei com ele em agosto! – revela, enquanto se serve de vinho e esquece de mim. Para deixar bem claro, pego a garrafa antes que ela a coloque de volta na mesa e encho meu copo até a borda.

— Philippe Starck?
— O famoso designer francês! Você deve saber quem é!
— Desculpe, não conheço.
Uma coisa está clara. Quando ela estava almoçando com o Philippe na semana passada, o homem devia estar no meio de uma grave crise criativa.
— E o que você faz? – ela me pergunta.
— Profissionalmente?
— Sim...
Agora preciso pensar. Se eu disser que empurro tevês de tela plana-DSL para viúvas de noventa anos de idade, é possível que ela ache isso legal. Então falo uma coisa que deve fazer com que ela chame um táxi no máximo depois da sobremesa.
— Então... estou... desempregado e cheio de dívidas!
Tenso, espero pela reação da Dörte. Depois de um segundo de terror ela tem um ataque de cacarejos de intensidade 7,8 na escala galinácea.
— Você é tão engraçaaaado! Gosto disso. De verdade.
Quando finalmente esclareço que realmente estou desempregado, as coisas ficam um pouco mais quietas sobre os nossos pratos quentes cheios de massa.
— Desculpe, achei mesmo... você não tem cara de desempregado, sabia?
Por favor, que cara tem um desempregado? Devia ter me lamentado em voz alta vestindo roupas sujas no meio do supermercado e me jogar na cesta com pães velhos?
— E o que você vai fazer? Tem alguma coisa em vista?
— Eu... talvez eu comece a trabalhar por conta própria... com umas... coisas...
Pensa, Simon! Pensa bem e escolhe uma coisa bem retardada!
— ...com limpeza de esgoto! Mais vinho?

Isso foi realmente retardado.
— Ah... obrigada... agora não!
Ficamos em silêncio. Dou de ombros e brinco um pouco com a minha massa. Finalmente ela quebra o silêncio:
— Sabe de uma coisa?
Sim, eu sei, que Deus deveria terminar essa noite rapidinho se quiser que eu vá à Igreja mais uma vez. Ao invés disso, claro que quero saber da Dörte o que eu não sei.
— Vamos fazer um plano hoje à noite.
— Vamos fazer o quê?
— Um *business plan* personalizado! Como você vai fazer com a sua empresa, sua empresa de limpeza de esgoto!
— Eu não tenho uma empresa!
— Você é a empresa!
Ai, que merda! Ela está falando sério. Não consigo ver muito a diferença entre o real objetivo da noite, quer dizer transar, e um *business plan* para uma empresa que com certeza nunca existiu. Sinto como vou ficando puto aos poucos. Comigo, com ela e com o fato de que ela está me mantendo como refém no meu próprio apartamento.
— Não quero fazer nenhum *business plan* hoje à noite!
— A gente faz juntos!
— Então... é que não quero fazer!
— Você vai se animar depois que a gente tiver feito!
Esse era o meu argumento para uma rapidinha depois do jantar. Posso fazer o que eu quiser. A mulher está comigo na palma da mão. Desde o primeiro SMS que me mandou, ela me tem nas mãos e estou impotente. Mas de uma coisa eu sei! Temos que sair daqui. E o mais rápido possível. Por uma infelicidade ela sugere o Starbucks, e eu sugiro o Scheinbar. Ela aceita rapidinho e decidimos tomar mais um drinque lá. Ela deve ficar muito feliz por eu ser tão flexível!

Estamos sentados em um bar retrô com colunas cheias de glitter e salsa no som, ela com seu terno de executiva da velha economia cor de burro quando foge e eu com a minha camisa preferida amarelo e marrom. À nossa esquerda, alguns estudantes conversam sobre esse e aquele professor e sobre as provas que têm pela frente. Enquanto isso, minha acompanhante executiva digita ocupada alguma merda em um laptop cinza como um pica-pau em alta velocidade. Me pergunto quantas mulheres levam um laptop para um encontro, e chuto que seja algo em torno de 0,1 por cento. Enquanto isso, peço meu quarto *pint*. Depois do terceiro, desisti de me opor a fazer o *business plan* no bar. Não faz nem três horas que eu conheço essa mulher e ela já conseguiu pegar o restinho de autoestima que eu tinha e colocar naquela bolsa de laptop pequena e ridícula. Olho através do barman para os *single malt* escoceses.

– Como você imagina os custos fixos do seu escritório? – ela me pergunta da direita.

– Não preciso de um escritório para uma empresa de limpeza de esgotos!

– Então zero!

– Isso!

É um espanto. Tudo o que eu digo essa mulher transforma em números em uma questão de segundos.

Quanto vinho branco ainda preciso pedir para ela até que ela saia do balcão e vá para o *lounge* com as suas tabelas de Excel idiotas?

– Quantos esgotos você faz por semana, mais ou menos?

– Mil!

– Quanto você precisa para viver por mês, incluindo aluguel e todos os seguros?

– Meio euro.

Dörte digita cinquenta centavos na coluna F e dá um gole no seu vinho. O barman, um rapaz bem-humorado de uns vinte anos

vestido com roupas dos anos setenta, me dá um sorriso reconfortante enquanto limpa os copos.
— *Bussiness plan!* — esclareço com um movimento maluco dos braços.
— Deve ser bom! — ele me responde desinteressado e coloca o copo polido na prateleira. E daí meu salvador entra pela porta. Ele é muito grande e não tem pescoço. Ontem teria me escondido dele dando um pulo cinematográfico para detrás do balcão, agora dou um abraço nele.
— Popeye!!!
Ele também fica feliz de me ver. Está usando outra camiseta com um Pitbull, mas dessa vez branca com letras pretas.
— Ei, já está de pé de novo, Snoopy!
Não só já estou de pé, como também superalerta. E como um perfeito anfitrião puxo um banco para que o Popeye possa se sentar e peço um *pint* pra ele. Conto para a Dörte que ele salvou a minha vida hoje colocando minhas pernas pra cima, que o conheço de uma academia gay, que ele é muito mais forte do que eu, que eu gosto disso, que lá há códigos e que Snoopy quer dizer que eu gosto por trás.

Ela até parece um pouco triste enquanto desliga seu Windows XP Professional e fecha o laptop. Escrevo meu e-mail para ela me mandar o *businness plan*: gaymatador@gayweb.com. Isso deve ser suficiente para não ouvir mais falar dela. Se eu não tivesse chegado tão bêbado em casa, talvez ainda tivesse criado esse e-mail. Ela pega o porta-copo de papel com meu endereço muda e sai pela porta com sua bolsinha de couro e seu sobretudo executivo cinza sem dar um cacarejar. E se ela não encontrar com o Phillippe Starck, vai pegar o último trem e ainda ligar para a melhor amiga quando chegar em casa. O que ela fez de errado, vai perguntar, e quando sua melhor amiga não souber o que responder, então ela vai dizer alguma coisa como: Tudo!

A FACÇÃO DA CORUJA VERMELHA

— Você vendeu um telefone com câmera e um plano pós-pago para uma garota de oito anos?

Não faço a alegria da minha chefe e não me escondo de vergonha. Ao invés disso, observo pela persiana do escritório como alguns transeuntes malvestidos se escondem da chuva forte que acabou de começar. No café norte-americano ao lado, a menina do Starbucks está fazendo espuma de leite para um careca ensebado. Talvez o Phil tenha razão e eu devia rever minha posição em relação ao Starbucks. Se não levantar a minha bunda branca e for até a loja dela, não vou conhecer a mulher dos meus sonhos, simples assim. Claro que também poderia escrever "Casa comigo?" na vitrine, mas escrever ao contrário é difícil.

Casar. Não deve ser a pior coisa do mundo. Devem existir mulheres que são feitas pra isso. A menina do Starbucks, por exemplo, é uma mulher assim. Bonita de verdade, dá pra sentir de longe. Tudo nela é perfeito: seu cabelo preto brilhante na altura dos ombros, o rosto macio e moreno com lábios grossos e seu corpo de tirar o fôlego. Perto dela certamente a Lara Croft iria ter um ataque de inveja e se jogaria na frente de um entregador de pizza.

O mais sensacional da garota do Starbucks é seu olhar de vampira que quer ir pra cama. Um olhar que embrulha seu estômago em segundos como a carne assada da Baviera. Um olhar que te congela no lugar e que faz você querer pagar um milhão de euros apenas por um beijo na bochecha. Um olhar assim. O alcance desse olhar de vampira é enorme, tanto que uma vez, pelo menos eu acho, nossos olhares se encontraram através da vitrine. Não consegui mais comer o dia inteiro por causa do meu estômago embrulhado.

Agora sorrio para ela dentro do café, mas obviamente meu alcance é insignificante, já que a beleza da espuma de leite está atendendo outro cliente e não percebe que estou ali. Sim, claro, valeria a pena arrancá-la logo dessa loja de merda e levá-la para o Caribe no meu Peugeot amarelo. Eu alugaria uma casa e ainda hoje à noite conceberíamos gêmeos, apesar da diferença de fuso. Por causa dos nossos filhos, seria preciso que houvesse uma escola internacional perto da casa, aliás, uma escola renomada.

Tenho que falar com ela. Porque todo homem deve falar com a mulher que revira seu estômago a centenas de metros de distância. A natureza não faz isso por diversão. A natureza não tem bom humor. Podemos ver isso por causa de todos os deslizamentos e tempestades.

— Estou falando com você, Simon!

Ah, sim, minha chefe também não tem bom humor. Ela é uma vaca chata e paranoica que só está querendo acabar comigo. Trinta e poucos anos, frígida e maníaca depressiva, não é nenhuma surpresa que nenhum homem fique com ela mais do que seis meses. E provavelmente ela só tem três dias, quatro horas e 45 minutos até a última ovulação. Ploft! Lá se foram os herdeiros. Que azar. Morro de rir. Minha chefe não é feia por natureza. Eventualmente, até seria um pouco atraente. Só que parece gastar uma hora todas as manhãs para ficar feia. Ela ficaria muito melhor, por exemplo, se espirrasse cem mililitros de laquê a menos no cabelo seco. Daí se pareceria menos com uma apresentadora de programa de entrevistas depois de passar uma semana andando de montanha-russa. O melhor são os óculos. Grandes e redondos, feitos de plástico preto. Ela parece uma coruja com eles.

– Uh, uh – faz a Coruja. – Clic, clic, clic – a sua caneta.

– Simon, por favor!

Não respondo mais rápido quando ela bate com sua caneta barata de propaganda de celular na mesa. A garota do Starbucks faz ainda mais espuma de leite. Nossos filhos serão lindos, estou convencido. Acho que Deus não é gay e por isso acho que grande parte de sua beleza arrebatadora iria fluir para nossa piscina de genes conjunta.

– Simon, na verdade a gente poderia resolver isso de outro jeito. O fato de eu estar conversando com você antes que esse contrato ridículo vá para a central, é uma enorme concessão da minha parte!

Ahhhhhh... muito obrigado! O fato de eu não ter pendurado essa Coruja perto do seu certificado de "Gerente do ano de 1999" é uma enorme concessão da MINHA parte!

– Simon? Você está me ouvindo?

– Siiiiiim!

– O que está acontecendo com você nesses últimos tempos?

O que está acontecendo comigo? ELA está ME perguntando o que está errado COMIGO? Cara de pau.

– Posso ir agora?

– Não!

Eita! Parabéns pelo seu joguinho de poder de primeira classe. Simon Peters não pode ir embora! Simon Peters está em poder da Facção da Coruja Vermelha! Está escrito "dia 387" no seu cartão.

– Quero que você resolva esse contrato e pegue o celular de volta antes que os pais venham aqui na loja. E hoje! O que você estava pensando? Você não pode fazer isso. O contrato não vale nada porque uma criança não pode fazer dívidas. Não se pode fazer um contrato com uma criança de oito anos. Talvez em Timbuktu, mas não na Alemanha!

– Ela queria o celular!
– Claro que ela queria! Meu Deus!
– Ah, vai tomar...
– O quê?
– Nada.
– Simon, não torne as coisas mais difíceis para mim do que elas já estão. Sou sua chefe. O que é que eu posso fazer?

O Estado não tem força. A Facção da Coruja Vermelha ataca novamente, onde quer. DSL aqui, RDSI ali. A polícia sempre chega um minuto tarde demais. Carta da FCV assumindo a autoria. E mais uma conexão banda larga com LAN wireless e dois megabytes por um preço fechado para um casal recém-casado.

– Simon?
– Sim!
– Simon, você tem alguma ideia de como vai resolver isso?
– Sim, vou tirar as entranhas dos pais e colocar as fotos em uns sites de necrofilia na internet.
– Você está me dando medo ultimamente.

Ótimo. Pego o contrato do celular, faço um sinal com a cabeça para a Coruja e desço a escada batendo os pés até a sala de convivência da nossa loja. Uma sala minúscula com tapete bege, que em algum momento já foi branco, uma cafeteira com dez anos de idade e um rádio com a antena quebrada. A decoração é constituída por uma estante *Billy* imunda, um fogão elétrico em cima de uma geladeira também imundos e uma mesa de plástico grande com cinco cadeiras de palha, das quais duas estão quebradas, porque o colega Flik está ficando cada vez mais gordo. Não parece com a sala de convivência de uma empresa que quer mudar o mundo com a sua tecnologia. Só por isso já devo dar o fora daqui. Ir embora e fazer minhas coisas. Provar do que sou capaz. Ou alguém já ouviu falar de um vendedor de loja de celular que tem uma casa no Caribe? Não? Então! *Simon Peters já trabalhou na T-Punkt? O quê??? O milionário que mora com aquela supermodelo ninfomaníaca nas Ilhas Virgens? Esse! Sempre achei que ele não seria vendedor por muito tempo.* Seria ridículo se eu não conseguisse isso! Mas ainda estou numa loja de celular de merda numa cidade sem praia. E já estou com quase trinta. Geração Golf, sem inspeção. Alguém ficou pra trás? Não tem nenhum guincho que arrasta a gente até o próximo nível, quando a nossa bateria arreia? Preciso ir embora, fazer alguma coisa, rápido. E acordar também não seria ruim. Como sou preguiçoso para lavar louça, sirvo o café em uma xícara suja da sexta-feira. Descubro que o café também é de sexta. Com nojo, jogo tudo na pia.

Estou com a sensação de que hoje não é meu dia. Fico pensando com qual objeto posso aliviar a minha raiva e decido-me rapidinho por uma cadeira de palha, que chuto com muito barulho contra o aquecedor. Agora só temos exatamente duas cadeiras intactas. Me sinto um pouco melhor com isso e posso fumar meu primeiro cigarro.

– Oi, Simon! Tudo bem? Que barulhão!

É o gordo do Flik, que está parado na porta com a sua calça da C&A cor de burro quando foge e um boné azul estúpido. Grande parte da sua camisa listrada está pra dentro da calça, mas não a parte da frente, que cobre a sua pança impressionante. Enquanto coloco um filtro novo na cafeteira, o Flik enche a chaleira elétrica para fazer seu chá verde com aroma de baunilha.

– Você precisa fumar aqui dentro? – ele me pergunta cauteloso.

– Sim. Preciso. Porque sou fumante e não estamos nos Estados Unidos.

— Você e seu discurso antiamericano.

Coloco dez colheres de sopa de café para cinco xícaras no filtro, porque ficar meio acordado também é uma bobagem.

— Sabia que em Nova York você tem que pagar uma multa se deixar um cinzeiro em um lugar de circulação pública? Acho que chama *ashtray violation* ou algo assim.

Ligo a máquina e um ponto vermelho aparece no mostrador. Hora de sentar de novo. Flik olha para mim incrédulo.

— Sério?

— Sério.

— Mesmo assim... você podia apagar o seu cigarro, me faz mal cheirar isso tão cedo.

— Também faz mal deixar a janela aberta por dois segundos, cerveja a mais de 20°C e o macarrão duro demais.

— Preciso cuidar bem do meu estômago!

— Você precisa cuidar da sua pança!

A cafeteira velha deixa cair as primeiras gotas do tubo sujo. Flik acabou mesmo com a minha paz. No seu lugar eu já teria ficado puto com o que eu falei.

— Por que você está tão irritado? Falou com a Coruja?

— É. Tomei uma bronca por causa de um contrato de celular — Flik pega a cadeira que eu chutei e senta com o encosto virado, de frente para a mesa. Ela estala enquanto ele cai.

— Parabéns, rei momo. Número quatro! — dou risada.

— Merda. Tô gordo mesmo!

— Te falei.

— Idiota!

Com o rosto vermelho, Flik encosta a cadeira perto das outras que estão quebradas e pega a última cadeira intacta. Às vezes me sinto mal de ser tão horrível com o Flik, afinal de contas ele é meu amigo. Gosto muito dele, possivelmente porque ele é o único que me faz tolerar essa grande merda. Às vezes tenho a sensação de que ele também gosta de mim. E também sei por que: na verdade ele queria ser um pouco como eu, sofisticado e descolado. Com seu jeito simpático demais, suas roupas da liquidação de inverno da C&A de 1978 e sua cara de sapo, não parece um herói das mulheres. Ele precisava comprar alguma coisa melhor para vestir, cortar o cabelo e perder dez quilos, então não pareceria uma merda total, só uma merda. Tá bom, digamos quinze quilos. Acima de tudo, o famoso pessimismo do Flik me faz subir pelas paredes. Por favor, vamos receber agora: o presidente da associação dos preocupados. Quando ele sai de um engarrafamento na estrada e já pode acelerar, não diz algo como "Legal, agora o congestionamento já passou!" mas "Ah, espero que não tenha outro engarrafamento!" Não é nenhuma surpresa que não consiga pegar nenhuma mulher. É óbvio, porque ele sempre tem manchas nas roupas. Enquanto procuro pela "Mancha do Dia", ele dá uma olhada no contrato do celular. Quando chega nos dados pessoais, franze o rosto.

– 15/07/96? Você vendeu um celular com câmera para uma criança de sete anos?

– Oito!

– Parabéns! E agora?

– A Coruja disse que tenho que falar com os pais e resolver isso hoje.

– Ai... que vergonha.

– Sua água está fervendo.

– Ahhh....!

Não sem esforço Flik se levanta da cadeira de palha e enche cuidadosamente sua caneca da Telekom.

– É só água quente, não é plutônio! – murmuro.

– Tá, tá! – é sua reação concisa. A tranquilidade do Flik me dá nos nervos. Me pergunto o que há de errado com ele.

– Como foi o seu *rendez-vous* arranjado pela faxineira?
– Ninguém fala mais *rendez-vous*, Flik!
– Tá bom... seu encontro, então...!
– Era uma verdadeira gatinha pornô! – minto. – E... então... foi supersexy! Não sei o que você quer saber.
– Você... na primeira noite? Pfuiii!
– Pfuiii? Ninguém diz isso mais também.
– Eu acho legal! E aí? A coisa vai durar?
– Acho que com três vezes em duas horas, já durou bastante! É um pequeno mundo de mentiras de merda, mas pelo menos é o meu pequeno mundo de mentiras de merda. Fico tão impressionado com a minha mentira quanto o Flik.
– E o seu final de semana? – pergunto.
– Ei. Pra mim também deu certo! Legal, não?
– Como assim? Deu certo?
Sabia. Alguma coisa estava diferente hoje. Essa calma maldita que irrita o ambiente, por exemplo. E o fato de ele não ter nenhuma mancha nas roupas.
– Então... essa Daniela... a gente... então... finalmente deu certo!
O Flik me encara com um olhar ansioso e uma caneca na mão. Eu deveria ficar feliz. Ao invés disso, meu mundo se despedaça de maneira patética como num pega-varetas para portadores de Parkinson.
– Daniela? Quem é Daniela?
– Se você estivesse no curso de espanhol, você saberia quem é.
– Eu queria muito ir – digo –, mas à noite simplesmente não estou a fim.
De vez em quando o tartaruga tem que ir sozinho! Não consigo conceber que, entre todas as pessoas do mundo, o gordo do Flik tenha uma chance mais rápido do que eu. Porque acho que o gordo do Flik não deve fazer sexo. Principalmente quando eu não faço. O gordo do Flik deve sentar do meu lado no bar e ser gordo.

O gordo do Flik está ali para que eu me sinta melhor do que quando estou sem ele.

— Por que você não bebe o seu chá?

— Porque ainda está quente e vou me queimar!

É de matar.

— Claro. E aí? É bonita, essa Daniela?

— Ah... feia ela não é!

Ainda isso. Maldição!

— Talvez vire alguma coisa séria — responde Flik sem que eu tenha perguntado nada e faz uma cara cheia de significado, como sinalizando uma fusão entre a Deutschen Telekom e a General Motors.

— Quando você e os seus cem quilos transam com uma mulher, é sempre uma coisa séria! Você podia ter esmagado ela!

— Você é nojento, sabia? Não sei por que vou levar justamente você para ver o Schalke jogar.

Os dois maiores relógios de igreja da Alemanha fazem ding-dong. E eu só olho porque estou exatamente debaixo deles. É ISSO! Jogo de futebol! Sabia que estava esquecendo alguma coisa. Tento continuar parecendo descolado.

— Cara, Flik, é isso. O jogo. Você sabe quando é?

Sem dizer nada, Flik tira uma camisa do Schalke da bolsa e joga pra mim. É sua forma sutil de me dizer: hoje, idiota!

SCHICKLGRUBER

O Flik conhece alguém que conhece alguém que trabalha na sala de imprensa do Schalke. Eu preferiria que ele não conhecesse ninguém. Então teríamos uma entrada normal para a arquibancada do estádio. Em vez disso, estou sentado junto com alguns funcionários na mesa do patrocinador usando uma camiseta do Schalke que não foi lavada e tentando, com um sorriso bobo, tirar a casca de um camarão. Mais uma vez muito obrigado, Flik, pela surpresa! Se ele tivesse me dito alguma coisa, também teria colocado um terno, em vez de estar sentado aqui como o último caipira da face da Terra com uma camiseta de time. Com a exceção de que não sou torcedor do Schalke e não entendo nada de futebol. Aha! A casca do camarão saiu.

– Bingo! – exclamo e apresento com orgulho meu camarão para o restante da mesa. Uma performance que é pouco apreciada pelos meus companheiros de mesa metidos, mas que é reprimida pelo Flik.

– Simon! Por favor!

– Tá bom!

Deixo pra lá, porque o Flik é o maior torcedor do Schalke do mundo e talvez uma noite na sala dos patrocinadores seja algo re-

almente especial para ele. Enquanto uma voz alta chama os jogadores pelo alto-falante, imagino Flik com seus cem quilos em cima da Daniela. Meuuuu! Ela não pode ter gostado disso.
– Eca!
– O camarão tá ruim? – Flik pergunta.
– Não, só pensei em uma coisa.
Os espectadores vaiam cada jogador que entra em campo, e me dou conta de que provavelmente se trata do time adversário e não do Schalke. Estava certo, porque os torcedores começam a cantar os nomes depois que o narrador do estádio diz os sobrenomes.
– Ebbe... SAAAANNND!!!!
– Gerald... ASAMOOOOOOAHHHH!!!
Simon PEEEEETTTTERS!!!
Uma tradição esquisita, essa dos nomes, mas tanto faz, não sou torcedor do Schalke. Os velhos senhores e senhoras que sentam ao meu redor obviamente também não são, porque não participam da brincadeira com os nomes, provavelmente porque estão usando ternos caros e as mulheres estão usando muita maquiagem. Como o segundo camarão antes que o Flik o devore e fique ainda mais gordo. Em uma mesa alta dois homens com gravatas do Schalke conversam sobre um espanhol que queriam comprar para o time, mas ele estava muito caro. Espanhol. Droga! Os pensamentos sobre o Flik e a Daniela no curso de conversação de espanhol. Não sei por que tenho a impressão de que ela deve ser bonita! Como se uma coisa assim fosse acontecer! Flik, que está sentado à minha direita com sua camiseta de torcedor, sorri que nem um bobo e está em silêncio. Parece que está se divertindo.
– Mais uma cerveja, senhores?
Uma menina muito nova de avental branco carregando uma bandeja sorri para nós.

– Com prazer!

O único lado bom da noite: bebida de graça. Pergunto para o Flik qual é mesmo o jogo de hoje à noite só pra ter o que perguntar.

– Você já me perguntou isso no carro..

– Perguntei?

– É!

– Me conta mais uma vez.

– Final da Copa Intertoto da UEFA. O jogo de volta contra o Pasching!

– é a resposta um pouco nervosa. Agora sei por que tinha esquecido disso. Porque alguém teria que lembrar de uma coisa tão impossível.

– Isso, era isso!

Tenho a impressão de que o Flik parece um pouco nervoso. Talvez agora ele tenha se dado conta de que, com nossas camisetas puídas da última temporada, não combinamos com as mesas de mogno.

– Tudo bem, Flik?

A menina com o avental branco coloca a minha cerveja na mesa e tomo agradecido um grande gole. Flik mexe a cabeça um pouco na direção de um homem grisalho que está sentado bem do meu lado esquerdo. Ele está conversando com uma jovem, está fumando cigarrilha e sopra a fumaça na nossa direção, para não incomodar a moça. O.k.! Hora da minha boa ação do dia e talvez de me redimir pelo que falei de manhã. Com um sorriso no rosto, me viro para o homem.

– Desculpe interromper...

Infelizmente o homem não se deixa interromper tão facilmente. Flik balança a cabeça em pânico e chuta minha perna.

– Deixa pra lá, Simon!

Claro que não vou desistir assim. Só porque estamos com camisetas idiotas não significa que as pessoas podem fazer o que quiserem conosco.

Dessa vez me expresso com mais força:

— Oi? Com licença?

E toda a mesa fica em silêncio. Finalmente não só consegui a atenção do fumante de cigarrilhas, mas de todos os metidos da mesa.

— O senhor se importaria de fumar em outro lugar? – pergunto com uma voz segura. – A fumaça está vindo direto na gente e faz mal para o meu amigo. Seria uma gentileza!

Silêncio na mesa. Eu também poderia ter dito "Desculpe, mas o senhor parece o garoto de programa com aids que furtou meu celular ontem". Teria conseguido a mesma reação. Os olhos de sapo do Flik se mexem um pouco mais rápido que antes. Finalmente o homem grisalho quebra o silêncio.

— Os senhores são...

— Simon Peters. Meu camarada aqui e eu temos convites VIP. E o senhor?

— Rudi Assauer. Espero que estejam se divertindo.

Com isso ele se vira novamente para sua jovem acompanhante. As outras pessoas da mesa também começam a falar de novo, mas claramente mudaram de assunto, pois sou capaz de ouvir nitidamente frases como "incrivelmente corajoso", "o que ele estava pensando" e "devia ser colocado pra fora!" O pálido Flik se levanta e pede que eu o siga. Não estamos nem a dois metros da mesa e ele explode.

— Me diga, você tem ideia de quem ele é?

Enquanto isso o coitado do Flik ficou vermelho. E claro que eu não sei quem ele é.

— Ele disse Assamer ou coisa assim.

— Assauer, seu merda! Rudi Assauer. Você não pode simplesmente impedir o treinador do Schalke de fumar em sua própria casa!

Ops! Como é que eu faço para sair daqui? Posso tentar.

— Você-cê–cê olhou tão esquisito para a fumaça e apontou para o Assamer!

— Assauer, idiota!

Brigamos por mais uns dez minutos e enquanto isso cada um de nós bebeu mais duas cervejas. O gordo do Flik precisa de mais uma para ter coragem de voltar para a sala. Cagão. Quando finalmente nos esprememos nos dois últimos lugares VIPs na frente da sala dos patrocinadores, o jogo já tinha começado. O senhor grisalho também tinha desaparecido. Pego mais uma terceira cerveja por conta do clube. Não é preciso ser um entendido para saber que o Schalke está jogando muito mal. O Flik também olha pouco para baixo, porque tem pouca coisa acontecendo por lá. O único ponto alto do primeiro tempo é o nome do goleiro austríaco: ele se chama Schicklgruber e pega o chute a gol de um tal de Altintop um pouco antes do intervalo.

Suporto o tédio do intervalo com mais duas cervejas. Na segunda metade, os torcedores do Schalke vaiam. Motivo suficiente para que eu, depois de cada passe errado, pegue mais uma cerveja e encha o Flik com mais algumas perguntas bobas sobre futebol, com o que ele vai relaxando aos poucos.

– Qual o seu jogador preferido do Schalke agora?
– Ebbe Sand. Talvez o Hamit Altintop também.
– Esse que não conseguiu fazer o gol antes do intervalo?
– Exatamente!
– É... o Schicklgruber é bom!
– É, é...
– E esse Altintop... em comparação... gostam mais dele do que do Ballack?
– O Ballack joga no Bayern!
– Ah, é mesmo!

Posso fazer o que eu quiser. Flik parece entretido e solta monossílabos. Em algum momento me encho com os zeros do placar e volto para a sala, onde nesse meio-tempo uma espécie de bufê de sobremesas foi montado. Como não vejo mais cervejas, pego uma xícara de café e um pedaço de um bolo azul e branco com o formato de uma bola de futebol pela metade. O bolo está delicioso. Decido não voltar mais para o meu lugar, acompanhar o jogo ali de dentro e relaxar um pouco. Meu ego se enche de satisfação porque posso sentar em um sofá de um designer italiano e encher minha barriga de camarão e bolo de graça, enquanto os torcedores comuns devem ter pago uns trinta euros pelo seu lugar na arquibancada. Pego mais um pedaço de bolo com um número seis engraçado e me sirvo de mais café. O juiz apita o final da partida e um Flik frustrado senta ao meu lado no sofá.

– E aí? – pergunto de cara.
– Zero a zero, mas o importante é ainda estamos na parada!
– Se dependesse de mim, eles não iam adiante!

Percebo um olhar bravo de Flik e dou mais uma mordida no meu pedaço de bolo azul royal. Enquanto isso, os homens de terno voltam com suas senhoras emperiquitadas para suas mesas com champanhe. Parece que as senhoras e os senhores que ganham bem planejaram formar um meio círculo em volta do meu amigo da cigarrilha que deu o ar da graça de novo. A jovem com quem ele estava falando na mesa começa a fazer um pequeno discurso com palavras como "aniversário" e "sessenta anos", e surpreende o grisalho Rudi com o resto do bolo em formato de bola de futebol com o número zero. De repente todos olham para mim e pro meu pedaço de bolo com a metade do número seis. Segundos mais tarde, Flik e eu saímos rapidinho da sala. Provavelmente porque nós éramos convidados VIP, fomos acompanhados por dois senhores grandes com fones de ouvido até o meu Peugeot amarelo. Eles não acenaram quando saímos do estacionamento P3 em direção à estrada.

Não trocamos uma palavra no caminho para casa. Flik está bravo. Para não dizer que está puto da vida. Enquanto passamos pela antena de televisão com o logotipo cor-de-rosa da Telekom,

me lembro de que ainda tenho que resolver uma coisa. Informo o Flik. Ele não fica muito feliz.
— Você é completamente imbecil. A essa hora e ainda por cima bêbado!
— Prometi pra Coruja que ia resolver isso hoje. E ainda é hoje, porque depois já é amanhã, e daí vou ter problemas.

Obviamente não me fiz muito claro, porque Flik gira o indicador perto da testa, ao mesmo tempo em que eu tiro o contrato do bolso do meu jeans enquanto o farol está vermelho.
— Simon, você quer mesmo ir até lá?

O Flik está furioso. Não entendo onde está o problema.
— Simon! O que eles vão pensar, quando você tocar a campainha a essa hora? E o que você pretende dizer? "Boa noite, meu nome é Simon e vendi um celular com um contrato de um ano para a sua filha de sete anos por pura sacanagem."?
— A filha tem oito! E é um contrato de dois anos.
— Você pirou!
— E não falei nada sobre tocar a campainha.

Preciso arrumar uns amigos mais legais. Já não dá mais com o Flik. Ele faz nas calças só porque vamos pegar de volta um contrato com uma menininha, que nem tem validade.
— Não vou participar disso, Simon!
— Então fique no carro, faça um chá e fique feliz que o Schalke ainda está no campeonato! Mas espere um pouco antes de beber, senão você se queima e morre!
— Babaca!

Deixo o carro parar na frente de uma grande casa branca num bairro chique. Desligo o rádio, acendo um cigarro e digito o número fixo que a pequena Ulrike ditou para o contrato. Depois do sexto toque, cai na secretaria eletrônica. Espero pelo toque e arroto "Telekom, nós fazemos!". Divertido. Nenhuma reação do Flik.

— Tem muita chance de não ter ninguém em casa — tranquilizo-o.
— E... o que isso quer dizer?
— Que eu volto em dez minutos!

Flik olha para fora do carro balançando a cabeça e bufa de um jeito engraçado, como se estivesse muito estressado. Mas ele só está ali sentado parecendo um bobo. Talvez isso seja um esforço infernal para pessoas gordas. Saio do carro e vou até a entrada da casa. Mommsenstrasse, 88, como está no contrato. Bingo. Em cima da campainha está escrito "Günther". Pulo por cima do portão de ferro fundido do jardim, tropeço em uma bicicleta de criança que está do lado de fora da casa antes de chegar à varanda. Subo em um pequeno muro e quase não tenho problemas para chegar na sacada. Fico feliz em ver como as pessoas facilitam as coisas pra mim, porque a porta da sacada abre com muita facilidade. Se eu tivesse um barraco como esse, colocaria um cadeado em cada buraco de rato. Empurro a cortina um pouco para o lado e não vejo nada. Dou mais um passo no quarto e continuo em completa escuridão. Simon Peters está em uma missão secreta da Facção da Coruja Vermelha. São exatamente esses detalhes que mostram se uma empresa globalizada vai dar certo ou não. Se todos os funcionários demonstrassem tanto envolvimento quanto eu, o preço das ações não estaria fodido. Mesmo assim: vou registrar as horas extras amanhã mesmo, está decidido.

Abro os olhos o máximo que posso e dou mais um passo no quarto. Agora posso reconhecer a silhueta de uma cama de criança. Está vazia. Parece que estão todos fora de casa. Passo a mão sobre a roupa de cama. Está fria. Talvez os pais já tenham mandado a filha para um internato na Suíça por causa da merda que ela fez com o celular. É muito conveniente pra mim que a casa esteja vazia. Não tem nada mais agradável que uma menina com um ursinho de pelúcia na mão gritando "Mãe!" bem alto porque tem um cara bêbado com uma camiseta do Schalke perto da sua caminha. Mais agradável ainda seria se o celular e o contrato assinado estivessem perto da cama. Tateio a parede e acho um interruptor. Clic. Como não sou nenhum ladrão e só estou aqui para resolver uma coisinha, posso acender a luz, acho. Olho ao meu redor. Em cima de uma escrivaninha de laca vermelha com pernas de alumínio está pendurado um quadro de cortiça com dois cartões postais da Flórida e uma foto do Ricky Martin recortada de uma revista. Coitadinha! Quando ela vai se tocar que o cara é veado? Decido fazer minha segunda boa ação do dia e escrevo "Ricky Martin gosta por trás!" perto da foto. Então digito o número que dei para o celular da menina. Depois de alguns segundos, ele toca em algum lugar da casa. Quer dizer, toca uma toque polifônico de uma música do Ricky Martin. Quando ouço o barulho, canto junto, primeiro baixo e depois mais alto.

Un dos tres... mais um pouco e pego o celular.

Apago a luz e entro no corredor. A melodia fica ainda mais alta.

Un dos tres... e devolvo para a Coruja.

Através de várias claraboias, a lua brilha sobre o chão de um hall chique. Tateio atrás de um interruptor, encontro um e aperto. Um mar de lâmpadas de halogênio iluminam o corredor. Amostras de arte moderna estão penduradas na parede. Parece que a recessão ainda não pegou os Günther. Consigo ver mais duas portas, sendo que o Ricky Martin está tocando mais alto na que está mais perto de mim. Por diversão, abro a porta como se fosse um agente do FBI e uso meu celular como uma 45.

– Parados, filhos da mãe, é a polícia! – grito. Acendo a luz e vejo que cheguei no escritório do papai. Cadeira de couro, armários caros, arquivos feitos com a melhor madeira. Nada mau! Em cima de uma mesa de madeira de lei pesada está o objeto do meu desejo: um Nokia 5140 vermelho. Strike!

E ainda há um presente inesperado para mim, a cópia do contrato está bem embaixo dele. O papai já confiscou. Essa família ainda está intacta. Muito satisfeito, coloco o celular e o contrato no bolso, e deixo uma nota de um euro sobre a mesa. Esse foi o preço desse treco.

Quando chego lá fora, meu carro está vazio. E encontro um bilhete do Flik em cima do banco.

Você é um cretino. Estou com a Daniela. Flik.

ARMAGEDOM DO LATTE MACCHIATO GRANDE

Entre todos os cafés da cidade, claro que o Phil precisava escolher o Starbucks para um encontro. Não sei se meus nervos vão aguentar porque já vi a menina do Starbucks de longe atrás do balcão. Ela simplesmente está lá em todo o seu esplendor e faz espuma com leite pasteurizado de forma banal, em vez de cuidar dos nossos filhos fofos na nossa mansão de doze quartos no Caribe. Respiro fundo e saio da T-Punkt para atravessar os vinte metros de distância até o Starbucks e o Phil. O senhor Hoje-À-Noite-Vai-Rolar--Alguma-Coisa estava enfiado em um blazer de veludo com uma cor enjoada, como se ele já não parecesse fora de moda o suficiente com o pulôver afetado cor de pudim de baunilha que usava por baixo. Cumprimento-o de mau humor e forço um sorriso.

– Starbucks, que boa ideia!

– Pensei em trabalhar com o seu bloqueio cultural – Phil alfineta e aponta sorrindo para uma bandeira dos Estados Unidos perto do logotipo do Starbucks.

– Agradeço muito!

– Eu sabia! Vamos entrar!

Ele fala e joga o seu cigarro de maneira sofisticada no meio do calçadão. Então segura de maneira galante a porta e me avisa de maneira amistosa que quer um Latte grande e um sanduíche Cajun Chicken, o que quer que isso seja. E antes que eu possa pedir dinheiro ao Phil, ele desaparece em uma poltrona de couro bordô e começa a falar ao telefone. Ele sempre consegue achar um jeito pra se livrar de pagar.

A fila tem apenas uma mulher de uns trinta anos de cabelo comprido e roupas ecológicas. Com os olhos abertos ela observa o quadro com os diferentes tipos de café, em vez de simplesmente pedir alguma coisa. Um caso evidente de nariz que ronca, que a polícia dos narizes que roncam deveria punir logo. Dou uma olhada ao redor. O café está entupido de jovens mães falantes que balançam uma bateria de carrinhos de bebê coloridos. Aha! Isso acontece com o Starbucks por causa de sua política rígida contra o cigarro! Virou o café de todas as mães. Isso tem um custo! Até onde sei recém-nascidos não estão entre os maiores consumidores de café do país. E que mãe deixa seu filho recém-nascido quinze minutos sozinho esganiçando entre dois sofás de design italiano, só pra pedir mais um café com leite? Tenho certeza que a loja vai à falência logo. A incrível garota do Starbucks ainda está atrás do balcão e digita alguma coisa no caixa. Ela não tem nenhum carrinho de bebê e é ainda mais bonita do que quando vista do lado de fora. Não me resta outra coisa senão pedir algo logo. Olha! Ela está olhando na minha direção! Ou não? Não! Está olhando para a rua. Também olho pra trás, mas lá não tem nada. Ela está olhando para o nada. No que será que ela está pensando? Com certeza não em café. Ou será que sim? Talvez esteja pensando no príncipe dos seus sonhos! Em uma empresa administrada de maneira tão rígida, as pessoas podem pensar em coisas pessoais? Ou precisam perguntar primeiro? A gente pode esperar que em uma empresa americana as pessoas passem por uma lavagem cerebral profunda no estilo militar antes de poder encostar em um Latte Macchiato:

"Senhor, e se um cliente demorar muito e eu olhar para fora pela vitrine da frente?"
"Você quer dizer, se você ficar olhando para o nada?"
"Isso, senhor, para o nada. No que eu devo pensar, senhor?"
"Sorria, dane-se tudo, e imagine um delicioso Latte Macchiatto grande!"
"Obrigada, senhor, ótima ideia, senhor. E obrigada mais uma vez, por me pagar tão bem, senhor."
"Bons funcionários valem para nós três euros por hora. E você tem seios incríveis, alguém já te falou isso?"
"Não, senhor, mas muito obrigada, senhor!"

Sobre esses seios perfeitos está a camisa mais justa do mundo. Claro que não olho diretamente para esse ponto, mas para o crachá verde, que está enfiado nessa região muito erótica. Márcia P. Garcia. Um nome lindo! Me pergunto o que quer dizer o P. Enquanto isso a desleixada ecológica já conseguiu pedir e passou para o balcão de entrega, onde fica lendo sua nota como se tratasse de seu próprio anúncio fúnebre.

Márcia P. Garcia. Meus olhos descem do quadro acima e caem direto nos seus olhos verdes. Quero olhar para o outro lado, mas não consigo. Gostaria loucamente de mergulhar nesse olhar divino, mas não trouxe toalha. Ela sorri. Meu Deus, essa boca! Um bloco de granito de sete toneladas com a palavra AMOR despenca no meu estômago. A dor se transforma em uma corrente elétrica cheia de calor, que me anestesia um pouco e ao mesmo tempo me deixa nervoso. Esse segundo poderia ser o momento mais importante da minha vida? Um momento sobre o qual pais, amigos e colegas vão nos perguntar várias vezes no nosso casamento? Um momento sobre qual a Márcia e eu sempre vamos falar dando risada na cama, e logo depois vamos nos abraçar apaixonados e

finalmente nos atracar loucamente? Por que estou perguntando? Já sei. É um momento desses!
— É a primeira vez que o senhor vem ao Starbucks? Posso ajudar em alguma coisa?

Gosto do som da voz dela. Imagino como ela vai sussurrar meu nome, tão perto da minha orelha que vou poder sentir sua respiração quente. Imagino como essa voz maravilhosa vai dizer outras coisas em vez de "É a primeira vez que o senhor vem ao Starbucks?". Coisas como: "Você acha que essa casa é grande o suficiente para nós e as crianças?" ou "Tenho medo de trovão, Simon, me abraça forte?"

Como gostaria de passar por cima dessa fase inútil e tensa dos encontros, das avaliações e de se conhecer melhor. Gostaria de simplesmente pegar nas mãos macias dessa pessoa incrivelmente maravilhosa e levá-la para casa, fazer ela sentar no meu sofá e olhá-la por muito tempo, até dormirmos com o rosto colado. A gente poderia falar no dia seguinte. Afinal vou ter uma vida inteira junto com ela.

— Oi?

Minha futura esposa olha pra mim com um sorriso ainda mais largo, também porque desperto alguns sinais de preocupação em seu rosto de boneca por causa do meu silêncio. Só posso imaginar como pareço para ela nesse segundo, a coisa mais próxima é um cervo sob um farol alto em uma estrada.

— Oi! Estou no Starbucks! — gaguejo e já posso me matar por causa disso. Claro que estou no Starbucks. Estou no balcão de pedidos e só preciso pedir o que quero. Se a primeira impressão é a mais importante e se essa impressão se dá nos primeiros dez segundos, então posso me enrolar em mil guardanapos do Starbucks e sair da fila. Diz alguma coisa, Simon. Qualquer coisa que tenha a ver com café!

– Vocês têm café? – escuto minha pergunta boba, enquanto me ponho de castigo na sala ao lado. Claro que eles têm café. Estou em um café. Sou uma besta quadrada em um café.

– No quadro acima estão todos os tipos de café que temos. Talvez eu possa atender o senhor aí atrás, enquanto o senhor escolhe?

– Senhor? Tenho quarenta anos ou o quê? – Me viro um pouco e olho para dois olhos de porquinho vitrificados. Um executivo pequeno, bochechudo, careca e com óculos sem armação. Não gosto dele.

– Não, vou pedir primeiro – exijo convicto.

– Então o senhor precisa me dizer o que quer! – responde a mulher dos meus sonhos ainda sorrindo. Ela tem razão. Pergunta ao diretor: você pode voltar a cena dois minutos e começar daí? Seria possível fazer isso agora? Ou primeiro preciso tomar um banho de licor de amêndoas, atear fogo em mim mesmo e sair correndo e gritando como uma bola de fogo pelo vidro da frente até o calçadão? É isso que você quer ver?

Obviamente é isso, ninguém vai rebobinar nada, Simon, recomponha-se, dane-se. Você não tem dezesseis anos! E essa não é a primeira mulher bonita com a qual você fala na vida!

– O.k... desculpe... ah... eu quero... Funciona!

– Quero então um café...

– Que tipo de café?

– Um café bem normal.

– Um *Café do Dia*?

– Exatamente!

– Tall, grande ou venti? – ela me pergunta, e fala *ventchi* ao invés de venti. Como posso me concentrar em uma palavra estrangeira, quando minha pulsação está a 240 por hora? Me sinto como um alemão oriental que foi a primeira vez ao McDonald's três minutos depois que o muro caiu.

— Pequeno, médio ou grande? — a Márcia me ajuda.
— Pequeno, não, grande!
— Qual dos dois?
— Médio?
— O.k.!
Para minha surpresa o sorriso continuou no rosto dela, sim, parece que ela não ficou nervosa comigo. Um fato que me dá coragem para terminar o pedido.
— E um latte tall e um tal de sanduíche Cajun Chicken, por favor.
Até o Cajun, fiz tudo certo, então ela corrige meu *cachunn* com sotaque espanhol para um largo e americanizado *keytschn*. Um pouco antes de eu querer ir para ao balcão de entrega, vejo uma caixa de plástico com alguns biscoitos do Starbucks com glacê branco.
— Quanto custam os biscoitos? — pergunto.
— Dois euros cada. Quer um?
— Não... só queria saber — respondo, pago e dou espaço para o executivo bochechudo e careca. Se eu soubesse!
Quando passo para o balcão de entrega com a minha nota, fica claro por que a desleixada ecológica estava tão chocada. Era o preço! Oito euros por dois cafés e um sanduíche! É assim que eles recuperam a grana que perdem com os bebês. Quando recebo meus dois cafés e o sanduíche de frango do Phil, minha futura esposa Márcia Garcia me presenteia com mais um sorriso. Quero retribuir, mas perco o momento certo. Olhar como um bobo nos primeiros cinco segundos e depois sorrir de volta seria uma idiotice. Então eu só digo "Ei!" e balanço a cabeça. Meu prêmio é mais um sorriso dela para mim. Ela sorriu pra mim! De novo! Só pra mim! Ela já poderia ter esquecido de mim. Mas o mais importante desse sorriso é que era um sorriso particular. Nada do *keep smiling at your costumer* americano, mas um puro e simples olhar de paquera brasileiro-alemão, que queria dizer: Ei, você que estava no

balcão, não te odeio! Isso! É isso! Você não me odeia! Um ótimo, ótimo primeiro passo!

Quando ultrapasso sete carrinhos de bebê com uma bandeja e chego até o Phil, ele ainda está no telefone. Claro. O mundo da tevê é assim. Como qualquer panaca da tevê, a pessoa precisa falar pelo menos durante uma hora com a redação por telefone para que ninguém de lá se esqueça de quão otária a pessoa é.

Márcia P. Garcia. O que ou quem me impede de ir até lá e dizer o que eu sinto? De todo o coração? O Phil me impede, porque ele desligou o telefone e deixou seu celular prateado e chique escorregar para dentro do bolso interno do seu blazer Hugo Boss.

— Desculpe, precisava checar uma coisa na redação.

— Sem problemas — respondo e polvilho meu café normal com um adoçante nada normal que vem em um saquinho cor-de-rosa.

— Eles vendem biscoitos a dois euros! — informo ao Phil.

— Sim, e...?

— Esquece.

Jogo todo o adoçante no meu café e misturo com um pauzinho.

— A garota no balcão é aquela de quem você me falou? Que você acha bonita? — Phil quer saber.

— Não... — minto porque não estou a fim de passar por bobo.

— Só tô perguntando! — Phil se desculpa e encosta na poltrona. Enquanto tomo o primeiro gole do meu café, ele tira um papel do bolso interno do seu blazer.

— Queria falar com você porque... então... é um pouco constrangedor para mim, mas estávamos um pouco bêbados, então...

Fico bêbado quase todos os dias, então essa não é a melhor dica. Tento descobrir o que ele tem nas mãos. Uma conta de cartão de crédito. O que diabos tenho a ver com o cartão de crédito do Phil?

Ele me dá uma mão rapidinho.

— A dica é Chuck Norris.

Merda! A coisa com o canal de vendas antes das férias.
– O ator. E daí?
– Simon, liguei para o cartão de crédito e para a QVC. Alguém foi muito simpático comigo às quatro da manhã e comprou algumas coisas em meu nome.
Não tenho a menor ideia como vou me safar dessa.
– Que legal que você não precisa fazer as suas próprias compras.
– Não me zoa.
Um a zero pra ele. É um argumento convincente. O pior: apesar da enorme quantidade de álcool naquela noite, me lembro direitinho de ter feito esse pedido. O Phil estava deitado em cima da lesma quando essas propagandas legais passaram na tevê. Mas primeiro ele precisa provar!
– Desculpe, Phil, mas não tenho nada a ver com isso. Talvez você tenha deixado o cartão largado em algum lugar, ou você pediu alguma coisa na internet, e então alguém...
– Fecha o bico por pelo menos cinco segundos, Simon! Naquela noite a gente estava com as modelos da Lufthansa na sua casa. E estávamos com a luz acesa. Nos divertimos muito, demos risada e eu recebi uma conta de 978 euros de você! – Com essas palavras estranhas e decididas, Phil se deixa cair na poltrona.
– E o que eu supostamente comprei? – pergunto em voz baixa.
– Um helicóptero com controle remoto, um Chuck Norris Total Gym e um jogo de facas.
– E por que você tem tanta certeza de que fui eu quem comprei?
– Porque o senhor Hupatz da QVC me deu o endereço de entrega e eu conheço esse endereço.
– Que endereço?
– Da SUA casa!
– Ah!
Minha última chance: preciso ferrar com a Kátia-Pulp ou com a lesma.

— As duas aeromoças também não ganham muito bem!
— Não perca seu tempo Simon, a coisa está clara. Uma aeromoça não compra um Chuck Norris Total Gym!
— Uma aeromoça fraquinha sim! Elas também precisam carregar coisas muito pesadas... Já viu o quanto pesa um suco de tomate?

Percebo pela cara do Phil que ele não está mais com saco de brincar e só quer o dinheiro dele de volta. Com isso também conseguiu me fazer sentir como um menininho bobo que foi pego roubando vinte centavos da carteira da mãe para comprar balas.

— Te devolvo a grana.

Phil rabisca o número da sua conta em um *post-it* amarelo e com isso fechamos esse assunto desagradável. Depois disso, ainda preciso achar duas ideias para programas do Phil superlegais e voltar para a loja. Quando chego lá, tento manter o mínimo contato com os clientes. Depois de uma hora, me esgueiro para nossa sala de convivência, fumo cinco cigarros e bebo meio litro de café.

Existem algumas coisas que um homem precisa saber de qualquer jeito. Coisas que são muito, muito importantes. Que não se deve guardar o cortador de unha junto com a escova de dentes, porque as mulheres acham isso supernojento e logo chamam um táxi. Que uma mulher nunca deve lembrar sua própria mãe, senão elas chamam rapidinho dois táxis, e nunca se deve ficar falando muito sobre a ex-namorada. Mas a informação mais importante para qualquer homem entre quatorze e 89 anos é: fique longe da Paula! Conheço a Paula desde a quinta série, e desde que eu me lembro, quase todos os homens ficaram apaixonados por ela. Ao longo dos anos, ela se transformou em uma especialista em relacionamentos. Não que ela mesma tenha tido um relacionamento que funcionasse. Não, mas ela teria, se quisesse! A Paula sempre conseguiu o que quis! Não tenho nada a ver com isso, o que é bom. Posso dizer que tenho sorte por nunca ter começado nada com a Paula. Claro que eu acho ela gostosa e tal, mas simplesmente conheço histórias demais. A minha querida Paula, e não há saída, ferra com os homens quando ela precisa. Deus não a fez especialmente feia, mas à primeira vista ela parece um anjinho ingênuo e desprotegido. Meus Deus, se os caras soubessem! Quando a Paula saia com um cara por mais de quatro semanas e ele era bonito o suficiente, o que naturalmente acontecia em quase todos os casos, ela o apresentava para o nosso círculo de amigos da época. Claro que éramos simpáticos com ele porque era o "novo" da Paula. Mas na verdade já desistíamos de conhecê-lo bem depois do primeiro aperto de mão porque depois de algumas semanas haveria outro no lugar. Na maioria das vezes esses pobres caras também ficavam orgulhosos por estarem com uma mulher tão legal quanto a Paula. Nossas emoções logo tendiam para a pena: espera pra ver, pobre coitado.

Ela não apenas conhece todos os livros do tipo "Como agarrar um homem" ou "Homens são de Marte, Mulheres são de Vênus", mas tem uma regra rígida para cada problema entre homens e mulheres. Regras que vão muito além das conhecidas "Nunca ligue no dia seguinte" ou "Amor nunca é demais". É por esse motivo que estou sentado, fumando e tomando café na última cadeira de palha boa da sala de convivência, e estou ligando para a Paula tremendo. Toca cinco vezes e cai na caixa postal. Deixo uma mensagem, apago meu cigarro e fico olhando para a parede. Devo ter soado muito desesperado, porque depois de dois minutos ela me liga de volta.

— Desculpe, estava no caixa! — ela canta ao telefone, bem-humorada como sempre. — Tudo certo com você, Simon?

— Nada certo! Me apaixonei e está tudo confuso! — suspiro.

— Você? Apaixonado? Não acredito!

— Por que não posso me apaixonar? Agora sem falar merda, Paula, preciso te ver logo, dessa vez é sério! Você precisa me ajudar!

Pausa do outro lado.

— Agora não dá, acabei de pagar por duas horas na sauna. E depois já tenho compromisso.

— Você sempre tem compromisso! – xingo. – E amanhã?

— Viajo pra Munique.

— Mas preciso te ver! Se eu não te encontrar, vou começar a usar crack hoje à noite!

— Tá louco? Você fica sem me ligar meio ano e agora preciso cancelar minha sauna?

Merda! Faz mesmo meio ano que não falo com ela?

— Se você quer me ver, então tem que vir aqui na sauna.

Preciso mesmo. Existem momentos na vida que as pessoas precisam lidar com isso. E se eu não estivesse viciado na Márcia, nunca me perdoaria por isso. Desligo o celular e olho para o relógio. Falta pouco para as quatro. Se eu usar a saída dos fundos, posso sair da loja sem que ninguém perceba. Levanto e visto minha jaqueta. Subo a escada e olho mais uma vez para a Márcia pela janela do corredor. Ela não está mais lá.

O ESPAGUETE DE PISCINA DE YOKOHAMA

Odeio sauna, e na verdade há dois motivos para isso. O primeiro é que não consigo entender por que as pessoas se sentam nuas em uma sala cheia de desconhecidos para suar e depois, ainda com desconhecidos, tomar uma ducha gelada e dizer: *Ahhh... e Ohhh... como é bom!* Me sinto melhor num ambiente a vinte graus, e nessa temperatura provavelmente estou em melhor companhia. Em segundo lugar porque sei que existem vários homens que são mais bonitos do que eu quando estão pelados. Vou explicar o que acontece: sou muito magro. Braços magros, pernas magras e, como se não fosse suficiente, um peito igual ao da Kate Moss depois de três meses de greve de fome. Um corpo como esse não foi feito para ser mostrado assim. Um corpo assim gosta de camisetas largas, jaquetas grandes ou pelo menos uma luz fraca. Me enrolo em uma toalha de mão branca enorme, fecho meu armário e fico feliz porque não preciso lembrar de nenhum número. Mas a alegria só dura até me olhar no espelho perto de mim. É a imagem do inferno. Preciso comer mais ou malhar mais. As duas coisas seriam o ideal. Para a Márcia não preciso apenas de uma estratégia de paquera bombástica da Paula, mas também de um corpo bacana. Uma mulher como a Márcia pode fazer exigências. Uma mulher como a Márcia não fica em dúvida por muito tempo quando percebe que aquele que está sem fôlego em cima dela na cama é um cara pálido e de cambitos finos. Uma mulher como a Márcia precisa de um homem de verdade. Com músculos, bom humor e espírito. Amanhã eu cuido dos músculos, mas a estratégia será traçada hoje. Pareço pelado e inseguro quando saio à procura da Paula enrolado na minha tolha de rosto. ESTOU pelado e inseguro. Essa sauna é a maior que eu já vi, e muito chique. As paredes são feitas de pedra, aqui e ali há castiçais com velas pelo caminho e um cheiro de flores e limão. Sigo a placa "Área de Sauna" e desço com cuidado uma grande escada. Para minha surpresa preciso dizer que não estou sozinho na sauna, porque homens e mulheres um pouco cobertos ou completamente nus passeiam por ali. Os primeiros exemplares do gênero me dão força, porque quase sem exceção todos ali são tão feios quanto eu.

Paula me informou por SMS que eu poderia encontrá-la na grande sala de descanso, uma sala que, naturalmente, não está indicada em nenhum lugar. Em vez disso, sigo uma placa com os dizeres *Banho Real com Música Submarina Relaxante*. Em uma pequena piscina estão três corpos nus e imóveis sobre espaguetes de piscina vermelhos. A música submarina parece realmente relaxante. Curioso, tiro a toalha de rosto, pego dois espaguetes e desço devagar a escada até a piscina. A água está agradavelmente quente. Coloco os espaguetes atrás das costas e da cabeça, e me deixo levar como os outros três corpos. E realmente: quando deixo a cabeça submergir, escuto ao longe uma música de meditação, provavelmente do Ryuichi Sakamoto. Em seu minimalismo a música parece um pouco industrial e realmente relaxante. Imagino um robô apaixonado tocando xilofone em um depósito abandonado em algum lugar ao sul de Yokohama. Dingdingding... faz a música... e klaklaklakkkaaa... Bing!

Deixo escapar um "Puta que pariu, isso é relaxante!" em voz alta, o que é recebido com um "Não acredito!" e diversos olhares irritados dos outros corpos na água. Balanço a cabeça pedindo desculpas e deixo minha cabeça cair na água termal quente novamente. O robô apaixonado ainda faz bling e blong e ding e dong no seu pequeno xilofone, e tem a esperança de que sua amada esteja ouvindo na outra sala. Devagar e de maneira quase imperceptível, flutuo ao som do robô apaixonado e pego a rota para o Caribe. Imagino que passeio de mãos dadas com a Márcia em uma praia nas Ilhas Virgens. Quase não há ondas. A Márcia está usando um vestido de noiva e por cima dos meus ombros musculosos vejo nosso filho acenando na praia. A música agora faz ding e bling e zing e zong, o robô está se esforçando ao máximo na minha trilha sonora submarina, e escuto a voz macia da Márcia, que diz que me ama mais do que tudo nesse mundo e que nunca tinha pensado que encontraria um homem tão legal. Sussurro no seu ouvido que também a amo, quando tropeço em um polvo gigante. O polvo é gordo e feio, e puxa meu espaguete de trás das minhas costas. Então ele espirra em mim:

– Você bateu em mim! – Não bati em ninguém. Só porque é a primeira vez que relaxo em um ano, mas respondo à altura.

– Você bateu em MIM, porque o senhor não presta atenção aonde vai com toda essa gordura!

O polvo se irrita, vira-se com seu espaguete e diz que não ia gostar de uma toalha de rosto como a minha. Não entendo, porque não estou usando mais a minha toalha de rosto, mostro pra ele o dedo do meio, enquanto ele sai da piscina com a cabeça fervendo e seus espaguetes. Como ainda estou puto da vida, grito atrás dele "Vai tomar no..." Sua rapidez na resposta não permite nada mais do que um "Meu Deus!" irritado.

Que babaca. O relaxamento agora já foi embora. Saio do banho relaxante do Sakomoto, me enrolo na toalha de rosto e saio à procura da Paula. Dobro uma esquina e chego em uma grande área com várias saunas e uma piscina comprida no meio. Olho para todos os lados, mas não vejo a Paula. E como vou reconhecê-la se nunca a vi pelada? Um amante latino com peito peludo e sarado entra na piscina da sauna. Entre as pernas dele balança uma piada de cinco centímetros. Tenho certeza que ele mesmo nunca riu dela.

Entro em diversas salas de sauna, olho aqui e ali, mas ainda não vi a Paula. Lembro que ela disse que iria me encontrar na sala de descanso e pergunto a um funcionário com uma camisa pólo azul onde fica. Passamos por uma placa que diz bem a calhar "Silêncio. Tudo já foi dito." e entramos em uma sala quente cheia de fumaça e realmente bem tranquila. Sobre as tábuas de madeira alguns frequentadores tiram uma soneca enrolados em roupões, outros leem. No fundo da sala vejo a Paula usando um roupão cor-de-rosa. Feliz vou até ela e sento no lugar vazio ao seu lado.

– Paula, há quanto tempo! – alegro-me.

– Shhhhhiiiiuuu! – pelo menos dez outros frequentadores fazem para mim.

Que ideia sensacional encontrar a Paula aqui. Preciso de conselhos femininos urgentes e estou no único lugar do mundo em que as pessoas não podem falar.

O que aconteceria se dois velhos veteranos de guerra se encontrassem nessa sala tranquila pela primeira vez depois de cinquenta anos? Sendo que um deles achava que o outro tinha morrido como prisioneiro de guerra dos russos?

Heinz, pensei que você tinha morrido!

Shhhhhiiiiuuu!

Nãããão, fugi de lá em 47!

Shhhhiiiiuuuu!!!

Essa sala tranquila idiota deveria ser bombardeada. Em silêncio, naturalmente.

– Ei, Simon! – Paula sussurra, abana pra mim e coloca uma revista feminina de lado.

— Faz tempo que você está aqui? — sussurro de volta.
— Uma meia hora. Você vai na sauna comigo?
— Vou pra qualquer lugar onde se possa conversar. Balanço a cabeça para ela e menos de três minutos mais tarde estamos em uma sauna finlandesa a noventa graus passando sal grosso pelo corpo, como se fôssemos *pratzels* caseiros. Para minha grande felicidade estamos sozinhos nessa sala, por cuja janela se pode olhar a grande área interna da piscina. Não fui até ali para ver como é a Paula pelada, mas fico positivamente surpreso. Talvez eu devesse começar alguma coisa com ela. O calor é insuportável. É inacreditável como essas duas velinhas na janela podem aumentar a temperatura. Conto com a Paula para que ela entre direto no assunto.

— Então, você foi fisgado, não me enrola!
— Não fui fisgado, encontrei a mulher com quem vou me casar!
— Nada mal!

Enquanto enxugo as primeiras gotas da testa, começo a contar a história. Paula quer saber que tipo de garota é a Márcia e o quanto eu a conheço para estar tão amarrado assim. Digo que se trata de amor à primeira vista e que praticamente não a conheço. E claro que digo como foi nosso primeiro encontro no Starbucks e que provavelmente me comportei como um nerd.

— Quem sabe, talvez ela tenha achado você bonitinho — Paula supõe. Pode ser.

— Mas, de qualquer maneira você precisa conhecê-la primeiro — continua.

— De jeito nenhum! Ainda não cheguei lá! — respondo, como uma metralhadora.

— Como? Ainda não chegou lá?
— Eu... quer dizer... tenho medo de estragar tudo! E... ainda não estou pronto!

— Que besteira. Sai com ela primeiro. Fica tranquilo, você não precisa casar com ela de cara!

Se a Paula soubesse que o problema é exatamente esse. As pessoas não deviam ficar nervosas a noventa graus. Mas eu preciso. A gente sempre fica nervoso se depois de dez anos de bebedeira de repente começa a pensar nas coisas mais importantes da vida.
— O que você já fez até agora com as suas namoradas? — Paula quer saber.
— Não fiz nada. Sempre foi assim. Sempre quis só transar sem ter um relacionamento.
— E? Transou?
— Claro! E como!
— Simon!
— De vez em quando... não muito, na verdade! Digamos que uma vez esse ano — assumo em voz baixa. Paula não demonstra muito respeito no seu "o.k.". — Paula, tudo o que eu quero é um conselho master da Paula. Como as de antes, lembra quando fizemos um plano juntos para fazer a Britta, a assistente do dentista, ficar com ciúmes, e deu certo, lembra?
— Britta? Meu Deus, isso foi no colegial!
— Tanto faz! Me diz alguma coisa! Me dá um conselho!
— Ok, Simon. Um conselho seria: acalme-se, você está muito alterado, esquece essa coisa do casamento e conheça primeiro a sua Márcia!
— E o verdadeiro conselho da Paula?
— Seria o mesmo, senhor Peters! Agora vou tomar uma ducha. Você vem?
— Já vou! — respondo e fico olhando para a ampulheta. A Paula enrola sua toalha de rosto na cintura, abre a porta de madeira e sai. É uma ótima ajuda. E o que eu deveria fazer se estivesse alterado? Esperar e me acalmar? Vou me acalmar quando achar necessário!
Pego minha toalha de rosto para procurar pela Paula e tirar um sarro, estou quase na porta, então me sento novamente. Engatinho bem para cima e me escondo em um canto atrás do forno, onde

está ainda mais quente. Noventa e dois graus mostra o termômetro. Só pode ser! Não vou sair daqui! Estou tremendo e puxo meus joelhos para bem perto do peito. Não consigo entender o que acabei de ver pela janela. Não posso acreditar em quem estava conversando completamente nua bem na frente da porta da minha sauna.
Era a Márcia.
Márcia P. Garcia.
O que ela está fazendo aqui? Como pode fazer isso comigo? Quando ainda não estou pronto? Não era óbvio que eu precisava de mais um tempo pra me preparar? Agora não! Vai embora, mulherão. Vai fazer espuma de leite! Só por um tempo. Vai, pra que eu possa ir até você! Márcia. Agora não. Ainda não estou moldado pra você, nem o corpo, nem a autoconfiança. Talvez amanhã ou talvez daqui uma semana, mas por favor, por favor, por favor, não agora! Não no meu momento de fraqueza, não em um território desconhecido e obviamente não pelado. Não depois de minha melhor amiga ter me dito que estou alterado. Não depois de ter que olhar duas vezes no espelho para me reconhecer.

Estou passando mal. Mal e com calor. Combina? Claro. Procuro alguma possibilidade de sair da sala sem cair direto nos braços dela. Não tem. Seria também a primeira sauna com duas portas. Olho com cuidado novamente pela janela. Ela ainda está lá. E é inacreditável como é bonita. Absolutamente perfeita, uma verdadeira deusa do sexo, que eu gostaria muito de chamar de minha e a partir daí adorá-la. Vou sacrificar coisas em nome dela! Várias coisas, *tall*, *grande* e *venti*. Estou com calor de novo, mas não estou mais suando. Alguma coisa me tira do sono. Há quanto tempo estou aqui? Meia hora? Mais? Não sei. Talvez um mártir convença a Márcia a se casar comigo. A gente sempre vê na tevê que essas coisas acontecem. Perto do forno está um balde com uma colher de sopa e um líquido. Preciso pensar na música do banho de relaxamento, Klaklakla... Bing... e estranhamente no Popeye, aquele veado sem pescoço da minha academia. De mãos dadas boiamos no mar do Caribe. Seu vestido de casamento é muito, muito bonito! Derramo o líquido do balde sobre o forno, que respinga e faz vapor. A Lala devia ver isso, como ela iria secar isso com seus rolos de papel toalha! Não vejo mais nada, tanto faz. O que há pra ser visto? Dingding faz a música na minha cabeça e eu pulo em uma caneca do Starbucks cheia de água gelada. Faço Ohhhh e Uhhh. Os torcedores do Schalke cantam: "Vai ser duro, meu amigo, vai ser duro, meu amigo, vai ser duro, vai ser duro!". Dou um abraço no robô pela linda música de amor e digo a ele que era uma ótima ideia, mas que ele precisa me desculpar, porque preciso sair de Yokohama agora por causa de outras obrigações particulares, que de acordo com o costume alemão deve-se casar pontualmente, ainda mais com a mulher mais linda do mundo, com a Márcia...

Márcia.

Márcia P. Garcia.

Márcia Peters Garcia.

Márcia Peters não usa mais o Garcia.

O polvo abre a porta da sauna e grita "Meu Deus!". Então sou carregado e levado para fora pelo homem de camisa pólo azul e trazido para uma sala sem madeira.

Meia hora mais tarde estou sentado com a Paula e minha toalha de rosto do Snoopy no restaurante da sauna, e esvazio minha quarta garrafa de refrigerante de maçã. Os funcionários da sauna parecem menos preocupados com meu estado de saúde do que com a minha conta. Porque uma garçonete com pierciengs me pergunta duas vezes se não quero alugar um roupão por cinco euros. Se ela perguntar pela terceira vez, vou me oferecer para vestir um roupão só se ela mandar polir todo esse ferro na cara dela primeiro. Afinal de contas, essa também não é uma visão bonita para os frequentadores da sauna. Um pouco depois um senhor sem ferros e com maneiras mais finas me traz meu quinto refrigerante. Paula e eu estamos sentados no canto do fundo do restaurante da sauna, porque ainda tenho medo de trombar com a Márcia. Mas gostaria de saber se ela me viu quando o cara da camisa azul me tirou da sauna. Tremendo, pego um cigarro do maço da Paula. Sempre pensei que uma visita à sauna fosse uma coisa relaxante. A Paula também não parece relaxada quando me dá o fogo.

– Qual é o seu problema, Simon? Pelo amor de Deus! – ela quer saber.

– O que você teria feito se o Brad Pitt estivesse pelado na sua frente na sauna?

– Teria marcado um encontro!

– Ótimo! Estou apaixonado e tudo o que você faz é tirar sarro da minha cara!

– Você não está apaixonado, está maluco!

– Obrigado!

– Acho que você precisa se dar um bom tempo!

Eu, por exemplo, não acho isso!

– Minha vida inteira até agora tem sido um tempo de merda, Paula. A loja da T-Punkt, minhas histórias com as mulheres, tudo isso é um tempo! Preciso de uma mulher com a qual possa levar minha vida adiante, e não dar um tempo!

Paula olha pra mim ainda mais preocupada e se encosta na cadeira devagar.

– Você realmente precisa cuidar de você mesmo!

Obrigado. Agora até meus melhores amigos querem me ver pelas costas. Por que precisaria cuidar de mim? Tenho um emprego, uma casa e, quando atravesso a rua, olho primeiro para a esquerda e depois para a direita. Menos na Inglaterra, é claro.

– Estou falando sério! – diz Paula, como se pudesse ler meus pensamentos.

– Só estou apaixonado! – revido, mas claro que a Paula não entende. Por um tempo não falamos nada. Uma mulher em um roupão azul claro olha rapidamente para o restaurante. Por um segundo, tenho medo de que seja a Márcia e estremeço.

— Tira umas férias! — a Paula me aconselha.

— Acabei de voltar de férias!

— Ah...!

— Quanto tempo você vai ficar em Munique?

— Só amanhã!

— Que bom, então vou te ligar.

— Faça isso!

Paula parece um pouco mais relaxada, paga meus cinco refrigerantes e até minha entrada da sauna. Gostaria de recusar, mas não posso, porque não tenho tanto dinheiro comigo. Finalmente consigo convencê-la de não me levar pra casa, mas sim para o *pub* irlandês. Pego cinquenta euros emprestados e prometo devolver logo. Então lhe dou um beijo e saio do carro. Ela precisa ir para o seu próximo compromisso e eu abro a porta do meu *pub* irlandês com um empurrão.

Sento-me num lugar livre no bar, bebo cinco *pints* e olho bêbado para as paredes irlandesas de tijolos como se elas fossem culpadas pelo caraoquê. Com certeza é a milésima vez que tenho que ouvir *Country Road, Take me Home* na vida. Só me sinto bem mesmo depois do sexto *pint*, como um caubói solitário no bar. Poderia ligar para o Flik, mas por algum motivo não estou a fim. Ele ainda está puto por eu ter comido o bolo do senhor Assamer. Em vez disso, conto para uma meia dúzia de pessoas sobre a minha futura esposa Márcia. Pessoas que nunca vi e nunca vou ver de novo. Talvez esteja contando porque nenhuma delas me pergunta qual é o meu problema. Depois de ter assobiado *My Way* do Sinatra no palco após mais dois *pints*, pego minha jaqueta e minha bolsa da sauna, deixo minha nota de cinquenta euros para o gordinho irlandês atrás do balcão e vou pra casa. Acho que cantei bem.

KEBAB
DE CAMARÃO

Tenho certeza de que se trata de uma conspiração. Ou qual outro motivo haveria para o lixeiro e o carteiro sempre tocarem a minha campainha quando estou na cama de manhã com uma terrível dor de cabeça depois de alguns *pints* no *pub* irlandês e preciso urgentemente da minha tranquilidade? E por isso há anos sigo a regra mais importante em relação ao terrorismo da campainha feito por lixeiros e carteiros que é não abrir a porta uma única vez. Se a gente atende a campainha uma única vez, lá estão eles, para o resto da sua vida. Os lixeiros e os carteiros percebem essas coisas, afinal cada segundo conta para eles!

Quando tiro o cabo do interfone, imagino como seria se ficasse na cama hoje. Tomo a decisão rapidamente. Vou ficar em casa, simples assim, porque eu posso. Apoio minha decisão espontânea me arrastando de volta para o quarto, colocando dois travesseiros atrás de mim e ligando a tevê. No mais tardar às dez horas preciso avisar a loja. Avisar que estou doente é sempre uma coisa chata. Na época da escola era preciso fingir alguma coisa para os pais, agora para nós mesmos. A solução para o problema naturalmente seria ter um trabalho de que a gente goste, mas isso não existe.

Pelo menos nunca ouvi falar. Zapeio para o canal de notícias. As cotações da bolsa estão passando pela tela. *Allianz 106,70 -2,8%, Bayer 19,30 -4,7%, Commerzbank 15,90 -1,0%,* mostra o texto que corre no rodapé da tela, e um cara de batata empolgado explica para os telespectadores alguma coisa sobre os lucros. Me pergunto como alguém pode lucrar com a cotação caindo. Mas é por isso que estou na cama e o cara de batata está na tevê e não em outro lugar. O relógio ao lado direito da janela mostra 9h57. Ainda há tempo para pensar com calma em uma doença bonitinha. Olho pro teto e penso no assunto. Ontem o vendedor profissional Simon ainda estava lépido e faceiro, então uma gripe não seria uma desculpa crível. Uma gripe vietnamita relâmpago? Besteira. SARS ou AIDS também seriam um pouco exageradas, e AIDA é no máximo o nome de um cruzeiro e não de uma doença. Peste negra acho divertido, mas provavelmente viriam dois homens de jaleco do Instituto de Doenças Tropicais de Hamburgo até aqui e me deixariam dois anos de quarentena. E daí eu não poderia tomar mais cerveja, mas me dariam uma mistura de suplemento alimentar e antibióticos, como fazem com os pobres camarões. Uma intoxicação por camarão? É isso! Um camarão minúsculo, desonesto e contaminado me pegou quando saí para comer alguma coisa lá pela meia-noite. Abaixo o volume da tevê e limpo a garganta. Daí falo duas vezes em voz alta "Teste, teste" e "Oiiiiiiii Colônia! Tudo bem?" e pego o telefone. Ele toca três vezes e fico mais do que contente que não é o Flik ou a Coruja quem atende, mas meu colega quatro olhos, o Volker. Tento parecer o mais doente possível enquanto explico sobre o camarão envenenado.

– Onde você conseguiu camarões à meia-noite?

Merda. Não tinha pensado nisso.

– No árabe! – respondo e ouço que o Volker fica em silêncio do outro lado da linha.

— Comi um kebab de camarão — explico sem convicção.

— Ah! Para que o Volker consiga ter uma ideia melhor da minha doença, ainda o informo da atual consistência dos produtos do meu metabolismo, e não deixo de mencionar minha opinião sobre um país que produz esses produtos podres e que não sai da União Europeia. Volker me deseja melhoras antes que eu possa falar sobre a situação dos direitos humanos e do problema dos curdos, mas já está de bom tamanho. Deu certo! Coloco o telefone debaixo do travesseiro perto de mim e me concentro novamente na tevê.

Schering 41,70 -1,2%, Siemens 56,89 -3,8%, Simon Peters 0,29 -180,0%.

Simon Peters?

Por causa de dificuldades financeiras e problemas pessoais, a cotação do vendedor da T-Punkt Simon Peters caiu dramaticamente. A maioria dos analistas aconselha se afastar rapidamente de Peters. Os investidores esperam há anos por medidas de reestruturação na área social e profissional que foram adiadas muitas vezes. O próprio Peters disse ontem em uma coletiva de imprensa de balanço realizada em um pub irlandês que dificuldades na esfera feminina, o goleiro do Pasching, Schicklgruber, e, nas palavras de Simon, seu "trabalho de merda" são os responsáveis pela queda.

Desapontado com minha baixa cotação na bolsa, desligo a tevê e tomo mais uma aspirina, que tinha deixado por precaução perto da cama. Então espero a dor de cabeça ir embora e tento pensar em coisas boas pra conseguir cair no sono de novo. Infelizmente não me lembro de nenhuma coisa boa, só de merdas. A cada minuto me sinto mais ferrado. Inacreditável, penso comigo mesmo, enquanto me viro para a direita em direção à janela, inacreditável, como alguém pode se afastar da sociedade por um tempo curto de maneira rápida e sem problemas. Basta um simples telefonema e a gente entra num retiro autoimposto e enche a cabeça de programas de entrevistas. Então um belo dia Simon Peters não está lá. E se amanhã Simon Peters também não estiver lá? E depois de amanhã? De repente me dou conta de que não sou nada não apenas hoje, mas a minha vida toda. Simon Peters e o nada! Definição da negação, talvez digam os psicólogos. Talvez não, não conheço nenhum psicólogo. Posso listar mil coisas de que não gosto, mas do que eu realmente gosto? Me viro para o lado oposto à janela e enfio a cabeça debaixo do travesseiro. Simon Peters não gosta do Starbucks. Simon Peters não vai trabalhar. Simon Peters não vai mais beber nada com canudo, porque canudo é coisa de veado. Simon Peters não vai mais à boates nas quais as pessoas não façam o seu estilo! Se EU fizesse meu estilo, iria querer me conhecer? Tenho receio que não. Lá está ele de novo! *Não!* Penso rapidamente se deveria folhear um pouco do *Não se Preocupe, Viva,* mas por falta de energia fico na cama, viro de novo para a janela e depois de bruços. Se entrasse um ladrão, ele não poderia me bater, porque li muitos livros de detetive e sei que o ladrão sempre quer bater no estômago, só não na Rússia, onde eles batem nos rins. Por segurança deito de costas novamente e coloco um travesseiro na barriga. Fico procurando um motivo para levantar. Não encontro nenhum.

    Seleciono o número da Paula, talvez ela tenha um motivo pra mim. Infelizmente cai na caixa postal. Falo apenas uma palavra: "Socorro!"
E adormeço.

    Por volta do meio-dia, um estrondo alto vindo do corredor me acorda. Que diabos é isso? Me viro de bruços e ouço tenso. Por quase um minuto, prendo a respiração e não me movo. Então uma música folclórica croata e o barulho do meu aspirador de pó me tiram do estado de pânico. Ai meu Deus! É dia da Lala! Logo hoje! Se soubesse disso, claro que teria ido trabalhar! Nervoso, entro na minha calça de ginástica e na minha camiseta de universidade, e vou para a sala. Ao contrário de mim, a Lala fica feliz ao me ver e desliga o aspirador.

– Simon, pensei que você estava no trabalho!

– Tô doente! Comi alguma coisa estragada – respondo e caio exausto na minha poltrona *Jennylund*.

– Simon, sinto muito pela caixa de som!

O que ela tem a ver com a caixa de som? O que aconteceu?

– Sem querer eu passei o aspirador nela semana passada, mas ainda sai música!

Apavorado com a novidade, me precipito até minha caixa Bose de trezentos euros e realmente: uma membrana solta balança feliz ao som da música da Lala.

– Fiz merda, Simon?

Como não sou uma pessoa ruim e tenho dinheiro pra caramba, digo que ela não fez merda e que foi minha culpa, porque eu não tinha colocado uma cobertura ali. Lala fica muito aliviada – e vou tomar uma ducha. Enquanto estou ensaboando meu cabelo com um xampu antiqueda de dez euros, me lembro que não esqueci de colocar a cobertura na caixa. A Lala a estragou um ano atrás porque pensou que era parte da embalagem. Vou na ponta dos pés e enrolado apenas em uma grande toalha de rosto até o quarto para vestir alguma coisa. Não tinha aberto nem um centímetro do guarda-roupa quando a Lala me intercepta e mostra um cartão amarelo.

– Simon, você recebeu uma encomenda!

Tiro o cartão da mão da Lala. Ali está escrito que posso buscar hoje as coisas maravilhosas que comprei bêbado na televisão. Meu humor melhora. Talvez consiga fazer meu helicóptero com controle remoto voar ainda hoje. Além disso, esse papel é um bom motivo para sair de casa e deixar a Lala sozinha com seus rolos de papel toalha e sua música. Visto minha jaqueta e vou à pé em direção ao correio central. Claro que faço um grande desvio para evitar a loja da T-Punkt, apesar de que gostaria de dar uma olhada na menina do Starbucks. O ar fresco de novembro me faz bem. E como sempre, me faz especialmente bem porque me acabei ontem. Deve-se passear sóbrio durante um dia de outono e respirar um ar normal, banal e natural. Tenho pena dessas pessoas que são contra o álcool e que são viciadas em controle, porque nessa época do ano não podem curtir um ar fresco como eu. Sim, elas não sabem o que é isso: ar fresco.

A fila no balcão de encomendas do correio está surpreendentemente pequena. O pacote que recebo em troca do meu cartão, pelo contrário, é surpreendentemente grande.

– Como vou carregar isso? – protesto.

– Você que encomendou isso, não eu! – queixa-se o funcionário com a cara franzida.

Antes que consiga me animar, vejo que dos dois lados da caixa de papelão do tamanho de uma banheira estão impressas as palavras *Chuck Norris Total Gym* em letras garrafais. Tiro os três pacotes de perto do cara mal-humorado, e, porque sou muito mais esperto do que os outros, me viro rápido e amarro as duas caixas menores em cima da caixa grande do *Total Gym*. Então saio do correio como o Obelix. Não vou muito longe. Depois de exatos vinte metros, dou de cara com a minha chefe, a Coruja.

Na vida existem momentos bons e não tão bons assim. Por exemplo, tomar uma cerveja deitado em Copacabana e ficar olhando umas bundas de salsa jogando vôlei é um momento muito bom. Explicar para sua chefe no café da estação de trem por que você está carregando meia academia de ginástica pela rua depois de ter dito que estava com intoxicação porque comeu camarão estragado não é tão bom assim. A Coruja fuma um atrás do outro, quase tão nervosa como se ELA tivesse sido pega quando tinha dito que estava doente e não o contrário. Ela fica tentando fazer contato visual e diz algo como: "Sabe, Simon, não estou completamente puta com você, mas precisamos resolver isso de algum jeito!" Dou um gole em uma Orangina, olho pela janela e murmuro coisas como "Não vou voltar..." e "... já estava mais do que na hora, de qualquer jeito". Ela só balança a cabeça, como tem feito nos últimos tempos, quando chego perto dela, e diz que posso confiar nela se estou com algum problema.

Digo a ela que estou muito confuso por causa de um telefonema que recebi do hospital em San Sebastían, onde minha irmã mais nova está na UTI depois de um grave acidente de carro. Ela só queria fazer um curso de espanhol de duas semanas, mas esse entregador de jornais em cima de uma vespa não prestou atenção e a atropelou bem na frente do Prado.

– O Prado? Em San Sebastían? – pergunta a Coruja.

– A loja de roupas, não o museu! – tento corrigir. Preciso urgentemente melhorar meus conhecimentos gerais. Então tento chorar um pouco. Consigo três lágrimas. Sei que isso é afeminado e bobo, mas de vez em quando é preciso fazer essas coisas para salvar um emprego. A Coruja me abraça, diz que tenho todo o seu apoio e que eu deveria ir agora mesmo para a Espanha, que estaria tudo bem com as faltas. Então ela paga, vamos para o carro dela e ela me leva para casa. Ela me deixa no meu apartamento com desejos de melhoras para a minha irmã.

Me sinto pior do que de manhã. Provavelmente porque a minha irmã caçula estuda em Bamberg, italiano e não espanhol e dirige uma BMW e não uma vespa. Quero acender a luz, mas não acontece nada. Em cima da mesa da cozinha está um papel rabiscado.

Fiz merda com a luz. Beijos. Lala. Olho ao meu redor e descubro partes da minha luminária *Leutchan* na minha pazinha de lixo *Kehran*.

Passo o resto da tarde na frente do meu pacote com o helicóptero guiado por controle remoto. Pela primeira vez o conceito de *Kit de Montagem* se releva para mim em toda sua extensão. A merda da coisa é feita de mais de mil peças! Desisto por hoje e escrevo um SMS para o Flik, no qual esclareço que estou me sentindo melhor e que desde as 17h15 tenho oficialmente uma irmã internada em um hospital basco. Não custa garantir, técnica da Coruja. Flik escreve de volta dizendo que sou um idiota, mas que ainda beberia uma cerveja comigo porque quer comemorar alguma coisa. Me animo que ele tenha feito as pazes comigo e digo que vou.

"TAG AM MEER"

Ainda não estamos no terceiro *pint* e já nos acabamos de falar mal do Phil e então um Flik irritantemente orgulhoso começa a falar. Conta como agora tudo está bem com a Daniela e o quão fofa ela é, e que ele não tinha ideia de como ele precisava ter uma mulher como essa ao lado dele. E ainda por cima as coisas agora eram oficiais, porque ele tinha perguntado a ela se estavam juntos e, ao invés de hesitar, ela respondeu: "Parece que sim!"
– Ela disse isso "Parece que sim?" – pergunto desconfiado. Preciso me esforçar para esconder minha surpresa.
– Isso!
Olho para o Flik e realmente: já dá pra notar as primeiras mudanças. Não é apenas mais uma noite sem manchas, nem só a falta da ponta da camisa pra fora da calça horrível da C&A. Mesmo assim: apesar de tudo ele ainda parece a mesma merda.
– Fique feliz por mim! – Flik exige e levanta o copo para fazer um brinde comigo.
Como sinal do meu protesto silencioso, faço um brinde às ex e arroto:
– Fico feliz!

Que mentira deslavada. Não me interessa se o Flik e a idiota da Daniela agora estão juntos oficialmente. Também não quero saber se o sexo é bom ou não. E estou definitivamente pouco me fodendo em saber como é bom rir e conversar com ela. Falo exatamente isso para o Flik, porque sempre se deve dizer a um amigo o que estamos sentindo.

Flik parece um pouco passado e me pergunta por que fiquei tão irritado se ele só queria dividir a felicidade dele com um amigo. Dou risada da cara dele, porque acho muito bizarro que meu amigo queira dividir sua felicidade comigo.

— Qual é a minha parte da felicidade? — xingo e pego mecanicamente meu quarto *pint*. — Devo sentar com a Daniela no sofá e assistir a televisão? Devo sair com ela de férias e dar uns amassos no cinema? Só uma parte do ano? Ou duas semanas por mês? Dois ou três dias por semana? Aha! Tá vendo? Claro que não. Até parece que você quer dividi-la comigo. — Consegui. Aparentemente não dá pra ver mais nada na cara do Flik.

— Você sabe o que eu quis dizer! Era uma metáfora!

— Tanto faz o que você quis dizer. A felicidade não se divide, porque ela não pode ser dividida. Ela pode ser comunicada, só isso. Babaca!

Com essas palavras, deixo ele sentado em sua mesa feliz. Deixo ele ali porque não suporto ser incomodado com a felicidade alheia não solicitada. Se ele quiser, pode terminar de beber sua cerveja feliz e ir pra sua mulher feliz. Daí ele pode comê-la inconsciente e com um pouco de sorte terão um filhote feliz daqui a nove meses. Enquanto isso, eles podem ficar tendo conversas superlegais. Sem dizer nada, saio pela porta de entrada do *pub*. O Flik não tenta ir atrás de mim.

Passa um pouco das dez da noite e um vento frio sopra sobre a rua úmida. Ainda dou um gole no *pint* que trouxe pra fora comigo. Pela janela entreaberta do bar, vejo o Flik olhando para a multidão perdido em pensamentos. Saio de perto da janela para acender um

cigarro. Um Golf de janelas abertas com quatro ou cinco imbecis empetecados para cantando os pneus em um farol vermelho. Lá de dentro dá para ouvir uma música house lenta e babaca. Uma loira do banco de trás grita "Foooooodaaa!" e me mostra a língua. Meu dedo do meio responde no meu lugar. Então todos gritam "Babaca!" e "Filho da puta!", e o carro vai embora cantando os pneus. Chuto uma lata de lixo e continuo.
Quero ver a Márcia.
Agora!
Coloco meu copo vazio em cima de uma caixa de energia e continuo em direção ao Starbucks. Corro como um Robocop bêbado, guiado por controle remoto e totalmente decidido a fazer alguma coisa contra o mal no mundo. E agora? Milhões de pensamentos me passam pela cabeça. Me pergunto o que realmente vou fazer quando estiver de pé na frente da loja da Márcia. Preciso chamar sua atenção de alguma maneira. Poderia pegar impulso e me atirar contra a vitrine da frente com toda a força. A questão é se depois disso eu ainda conseguiria falar com ela. Poderia entrar lá e pedir mil Lattes Macchiato. Então ela precisaria ficar lá até amanhã de manhã e eu poderia olhá-la fazendo espuma de leite a noite inteira. Com tanto café eu não teria dificuldades para ficar acordado. Um bonde passa a menos de um metro de mim. Que sorte. O Starbucks da Márcia fica exatamente a uma quadra de distância.
E agora? Pensa, Simon. Provavelmente a coisa é mais fácil do que parece! O que eu quero? Simples: a Márcia. Então preciso falar com ela. Agora mesmo. Não amanhã. Nem depois de amanhã. Simples assim. Decido contar até dez e entrar na loja com passos decididos e um sorriso carismático de vencedor. Então perguntarei a ela o que vai fazer depois do trabalho. Milhares de homens fazem isso todos os dias. E não poucos deles saem segundos mais tarde com suas futuras esposas de cafés, supermercados e pistas de boliche.

"Tag am Meer"

Bom, mas frequentemente ainda existem alguns problemas como tiroteios, chantagem e infidelidade, mas no final dá tudo certo. Afinal de contas, vi muitos filmes como esse.

Só mais dez segundos, daí entro e falo com ela! Respiro fundo e conto até dez. Então repito tudo em inglês e em espanhol. É muito prático usar um pouco de línguas estrangeiras no seu dia a dia. Assim é possível, sem perder tempo, recordar as estruturas aprendidas. A proximidade com o latim me ajuda com os números em italiano, mas só chego até cinco. Acendo um cigarro e percebo que estou tremendo. Preciso assumir que essa coisa de conversar não vai dar certo. Ir embora também seria uma opção, naturalmente. Ótimo. Vou simplesmente passar em frente e com um pouco de sorte ganho um sorriso. Um sorriso que vou esconder no meu casaco e colocar perto da minha cama pra poder dormir em paz.

E se eu não conseguir apenas o sorriso, mas algo mais? Quem sabe até tudo? Pra isso é claro que eu preciso entrar, entrar no café, na toca do leão, preciso me recompor e pedir mil Lattes. Também poderia pedir um milhão de Lattes, daí ficaríamos juntos pelo resto da vida, a Márcia e eu, só que dentro do Starbucks, mas de qualquer jeito juntos. Eu ficaria lá sentado observando e ela ficaria fazendo espuma de leite até ficar velhinha. Ficaríamos velhos juntos e talvez pudéssemos ter filhos juntos. Vi uma porta para uma sala contígua no café, na qual poderíamos nos amar, e em algum momento seríamos três, e quando meu filho – com certeza será um menino –, quando meu filho ficar grande o suficiente, ele poderá ajudar sua mãe a fazer espuma de leite. Quando me dou conta que meu pequeno sonho de leite custaria mais de três milhões de euros, meu celular toca. É a Paula. Ficou preocupada com meu pedido de ajuda na sua caixa postal. E logo percebe que eu tomei mais de um *pint*. E como eu tinha mesmo bebido mais de um *pint*, conto pra ela que estou a menos de vinte metros do café no qual a Márcia trabalha e

que vou pedir um milhão de Lattes e casar com ela ainda amanhã. A Paula não diz nada, e esse não é um bom sinal. Por isso digo:
— Só quero vê-la, conversar com ela! É o meu direito!
— Seu direito? — a Paula fica indignada.
— Você mesma disse que eu devia conhecê-la antes de casar!

Do outro lado da linha, ouço a Paula acendendo um cigarro. Aparentemente falei uma tremenda besteira. Então, finalmente, ela diz alguma coisa.

— Imagine o seguinte: uma babaca bêbada entra na T-Punkt um pouco antes do horário de fechar e declara seu amor enrolando a língua. O que você iria achar?

Não tenho certeza se quero ter essa conversa.
— O quão bêbada ela está e ela é bonita?
— Leva alguma coisa a sério pelo menos uma vez!
— Tááá... ia achar uma merda se essa babaca entrasse bêbada na loja. Era isso que você queria ouvir?

Era isso que a Paula queria ouvir.
— Vai pra casa e me liga de lá, daí você vai ganhar o seu plano da Paula.

Era isso que EU queria ouvir.
— Um plano da Paula de verdade? Que nem com a Britta, a ajudante do dentista? — pergunto muito animado.
— Como com a Britta!
— Você é a melhor Paula do mundo!
— Promete que vai pra casa?
— Prometo!
— Então até daqui a pouco!
— Até!

Guardo meu celular e sorrio pela primeira vez no dia.

É fácil seguir a Márcia. Primeiro fiquei chocado porque dentro do café só as luzes de emergência estavam acesas, mas daí ela e sua colega saíram da loja, fecharam e foram conversando em direção à parada do bonde. Não sei bem o que estou fazendo aqui. Só sei que quero ficar perto da Márcia. Na parada, ela se despede da colega e entra no nove. Sento-me a uma distância segura no mesmo vagão. O bonde sai chacoalhando. Depois de um tempo, passamos pelo Reno e deixamos uma Colônia muito iluminada em direção à escuridão. Minha cabeça não para de novo. Não chego ao final de nenhum pensamento. E quando consigo pensar em alguma coisa de forma clara, é uma pergunta sem resposta. E se ela me descobrir e se sentir perseguida? E se ficar com medo de mim? Depois de mais duas paradas, somos os únicos no vagão. Observo seu reflexo na janela. Ela escuta música com um fone e olha para fora perdida em pensamentos como eu. E está linda como sempre, mesmo parecendo muito cansada. Meu celular toca duas vezes e leio o seguinte SMS da Paula: *Me liga quando chegar em casa. Não faz merda!*

O bonde chega à Königsfort, o ponto final da linha nove, a mais de quinze quilômetros de Colônia. Ela aperta o sinal de parada e finalmente as portas se abrem. Quando desço e começo a segui-la, é como se entrasse num set de filmagens bizarro. As janelas das casas estão às escuras, não há uma alma na rua. E só passa um pouco das onze! Para passar despercebido, espero um pouco dentro do vagão antes de segui-la. É um pouco engraçado pra mim. Não posso dizer que me sinto especialmente orgulhoso de seguir uma mulher completamente desconhecida até a casa dela à noite. O mais engraçado da situação é que tenho mais medo do que ela. Tiro meus sapatos porque nesse silêncio inacreditável é possível ouvir cada passo. O asfalto está frio e molhado. Depois de apenas alguns metros, ela desaparece para dentro de uma casa que dá direto para a rua. Deixo ela entrar, sento-me em um pequeno muro de pedra do outro lado da rua e ouço seus passos na escada da casa. Então é ali que mora a mulher mais bonita do mundo. Numa casa alugada construída depois da guerra e coberta de azulejos brancos, a quilômetros de distância do centro de Colônia. Gostaria de poder tirá-la dali ainda essa noite e oferecer algo melhor. Uma vida melhor em uma casa melhor em uma cidade melhor. Ou ainda mais: em uma linda casa no Caribe. De repente, uma luz acende em uma janela do segundo andar e consigo vê-la. Vejo como tira sua jaqueta de maneira cansada e abre a janela. Então apaga a luz novamente e acende algumas velas. Daí não vejo mais nenhum movimento ou sombra. Provavelmente foi dormir. Começa a soar uma música da sua janela, primeiro baixinho e depois mais alto. Reconheço logo a música e ela atinge meu coração como um raio. Em algum momento, esta já foi minha música preferida. A Márcia está escutando a MINHA música preferida.

sinta a energia de vida que flui por você
a vida ainda está em harmonia e aproveite
não há nada para melhorar, nada pode ser melhor
além de ter você comigo aqui e agora à beira-mar

É o sinal de um deus amoroso bem-humorado que quer me dizer: Simon, você está no caminho certo. Vai dar tudo certo. Deito-me no muro frio e deixo minha alma vagar até o apartamento da Márcia. Se não posso bater na sua porta, quero estar o mais perto possível dela. Ficar perto e fazer a mesma coisa que ela: deitar de costas e ouvir nossa música preferida. Uma vez, duas vezes e três vezes. Talvez ela também esteja sentindo agora o mesmo arrepio aconchegante e agradável que eu. Tenho certeza de que está sentindo, ela só não consegue saber por quê. Márcia e eu ouvimos a música uma quarta vez. Então adormecemos, com os rostos colados e bem juntinhos. Entre nós há apenas uma cortina de seda, uma rua de duas mãos e um pequeno muro de pedra. Ligados por "Tag am Meer".

O PLANO
DA PAULA

– Me diz uma coisa, você pirou completamente? – o Flik ataca e puxa uma cadeira de palha quebrada pra mim. Em uma escala de zero a dez, em que zero é *um pouco puto* e dez é *puto da vida*, daria cem para o Flik. Até agora nunca tinha vivido nada parecido. E o pior: só consigo imaginar por que ele está tão irritado.

– Pela décima vez: desculpe pelo bolo do Assamer!

– Não tem nada a ver com isso! E o nome dele é Assauer!

– Então o que é? – pergunto em voz baixa. Depois da minha noite no muro em Königsfort, ainda me sinto completamente moído. Em algum momento, devia ser umas três da manhã, uma ligação da Paula me acordou. Graças a Deus, se não provavelmente eu ainda estaria lá. Ela foi me buscar e me levou pra casa, não sem insistir que estava preocupada comigo e que devia voltar pra casa. Daí ainda bebemos uma cerveja no meu apartamento e lá pelas quatro horas a Paula e eu tínhamos bolado o plano perfeito para conquistar a Márcia. E se o gordo do Flik não ficasse gritando tanto, já poderia ter dado o primeiro passo para colocá-lo em prática.

– É que você pirou completamente! É que ninguém sabe mais o que está acontecendo com você! O ataque de ontem, que a Paula me contou.

— O que ela te contou?
— Que ela teve que te buscar em cima de um muro a dez quilômetros de Colônia? Que você estava quase congelado e ainda assim não queria ir embora! — Fiquei louco da vida. Que boca grande inacreditável!
— Eu estava ouvindo música e adormeci!
— Em cima de um muro. A dois abaixo de zero. Você não está batendo bem!
— Ninguém pode me falar isso...! – protesto e vejo pela primeira vez como o Flik arrasta uma cadeira pela sala.
— O que foi agora? — quis saber.
— Nada! E a coisa com o roubo do cartão de crédito do Phil, e sua irmã em hospital na Espanha? Sua irmã mora em Bamberg e estuda direito!
— Administração! – corrijo.
— É a mesma merda! – ele devolve.
Deixo meu último cigarro escorregar do maço. No todo, se contarmos tudo, tenho que admitir que meu comportamento anda um pouco esquisito.
— O que está acontecendo?
— Estou apaixonado! – digo.
— Apaixonado? Você está puto porque EU tenho uma namorada e VOCÊ NÃO, é isso!
— Me deixa!
A porta abre e uma Coruja preocupada olha ao redor. Seu cabelo parece pior do que nunca. Aparentemente comprou um secador novo de quinze mil watts.
— Ah, Simon! Como está a sua irmã?
— Melhor! – murmuramos juntos. A Coruja faz uma cara de que "Foi a hora errada" e fecha a porta com cuidado, como se fosse feita de açúcar.

– Hoje à noite, às oito – diz o Flik e bate decidido na mesa.
– O que vai acontecer hoje às oito – quero saber.
– Vamos nos encontrar hoje à noite, e vamos ficar felizes se você não der o cano dessa vez!
– Escutei um "nós"?
– Exatamente. Nós. A Paula, o Phil e eu.
– E daí bebemos algumas cervejinhas e vocês vão perguntar pela décima vez qual é o meu problema e eu vou dizer "nenhum", e vocês terão cumprido sua obrigação de amigos, vão se sentir superbem e vão pra casa, não é isso?
– Você é um idiota!
– Não contem comigo. Eu não vou!
– Você não precisa ir. Vamos nos encontrar na sua casa.
– Ah, mas que ideia ótima.
– Ei! Vou faltar na minha aula de espanhol por causa disso, tá?

Também digo "tá", porque não estou mais a fim. Termino de fumar e vou para a loja. Nessa tarde, fecho três contratos, pego 150 euros do caixa e compro duas entradas para o show do Fantastischen Vier.

O resto é fácil, como pensei, o resto é o meu Plano da Paula. Os Planos da Paula não apenas são fáceis, como dão certo na maioria das vezes, porque eles incluem a visão feminina da coisa. Ir a um restaurante com um cara desconhecido é muito arriscado para uma mulher, a Paula me disse. A gente senta lá, a mulher também, fica completamente entediante e não há como ir embora. Ir a um show com um desconhecido depois do trabalho, pelo contrário, é muito melhor. É possível suportar isso, principalmente se for o show da sua banda favorita. Parece tudo bacana, mas também não fico muito animado de entrar na fila do Starbucks um pouco antes da hora de fechar só para ver a Márcia. E quando finalmente fico na frente dela, minha pulsação fica um pouco alterada.

Infelizmente a Márcia está fantástica novamente. Além disso, percebo que seu crachá está um pouco mais para a esquerda do que na minha última visita. De maneira amigável e impessoal, peço um Small Latte e lhe dou tempo para digitar o pedido. Então preciso dizer a frase que treinei com a Paula. Uma frase cuja elaboração não pode ser descrita como brincadeira de criança. Passamos uma hora analisando todas as possibilidades para finalmente escolher a melhor tática de conquista. Sem a Paula, não tenho dúvida, eu teria pego meu Latte depois da primeira pergunta e ido me encolher na poltrona de couro:

Alguém da sua equipe está a fim de ir ao show do Fanta Vier amanhã? Tenho um ingresso sobrando!

Essa era a minha primeira opção. Atirar, apontar e vergonha! Muito metida, muito solta, muito impessoal. E ninguém mais "fica a fim". Com exceção do Flik, talvez. Além disso, não quero me livrar de um ingresso, mas ir com a mulher do caixa no show.

Me diz uma coisa, você conhece alguém que gosta do Fanta Vier? Tenho um ingresso sobrando.

Menos quatro. Melhor, mas ainda não está bom. Ninguém cai nessa casualidade batida e ensaiada. Também não vou ao banco e pergunto ao cara do caixa se ele não conhece alguém que pode aumentar meu crédito.

Além disso: personalize! E claro que ainda seria melhor, se eu tivesse recebido o ingresso de presente, porque daí ela não se sentiria pressionada a pagar por um ingresso caro.

Eu nunca faço essas coisas, mas preciso te perguntar se você não quer ir comigo amanhã no show do Fanta Vier? Tenho um ingresso de graça sobrando.

De jeito nenhum! Elas dizem que os homens que nunca fazem essas coisas, fazem isso todos os dias, pelo menos é o que pensam as mulheres. Resultado: ser o mais sincero possível! Claro que o melhor seria não dizer nada. Mas: AGORA!

O plano da Paula

– São 2,30, por favor! – a Márcia sorri.
Junto com a minha nota de dez euros, sem querer é claro, puxo um ingresso do Fanta Vier da minha carteira.
– Já te dou!
E realmente: ela olha para a minha carteira e descobre o ingresso. Bingo!
– Legal! Fanta Vier! Você vai?
– Claro! Estou esperando há semanas. E você?
– Bem que eu queria. Mas 35 euros é muito caro pra mim!
– Hum.... – murmuro.
A Paula disse que esses segundos de espera são muito importantes, porque fazem a ação parecer espontânea e não planejada. Então faço como se estivesse pensando por alguns segundos e então entrego um dos ingressos para ela.
– Quer saber? Pega esse. Ganhei de graça e meus amigos não gostam de Vier Fanta!
Márcia pega o ingresso. A Paula disse que é mais difícil devolver um presente que já está nas nossas mãos do que simplesmente dizer não. Claro que a Márcia não vai fazer isso porque seu rosto se ilumina quando pega na minha mão.
– Posso ficar com esse ingresso, é o que o senhor quer dizer? – ela pergunta mais uma vez sem acreditar. Aiiii... isso dói. Ela me chamou de senhor!
– Você – digo.
– Claro... meu nome é Márcia – ela diz.
– Simon – respondo e aponto para o meu peito. – Desculpe, esqueci meu crachá. Divirta-se, quem sabe a gente se encontra por lá!
Com essas palavras, pego meu café, sento-me em uma poltrona de couro bordô e folheio uma edição especial da revista *Pais*, que uma jovem mãe tinha deixado pra trás. É incrível como se pode fazer tudo errado com a alimentação durante a gravidez. A fase de

ignorar a Márcia é de longe o ponto mais difícil da empreitada. Agora só posso esperar e rezar. Quando estou lendo um artigo sobre gangues de adolescentes, a Márcia me traz um pedaço de um delicioso bolo de cenoura e pergunta se a gente poderia se encontrar no show. Digo a ela que vou esperar na entrada principal. Eu poderia sair abraçando todo mundo de tão feliz!

¿SOYJULIANCÓMOTELLAMAS?

Quando entro pela porta do restaurante de tapas onde acontece o curso de espanhol, já havia três alunos lá. Daniela chama minha atenção logo. Ela é exatamente como o Flik a descreveu: cabelo curto e preto, um pouco forte, mas não gorda. Tem um rosto especialmente bonito, um nariz bonitinho e, como logo percebi, um jeito simpático e aberto. Quando me apresento por motivos de segurança como Nils, ela sorri para mim e diz seu nome: Daniela. Ao lado dela estão sentados dois filhinhos de mamãe vestindo jaquetas esporte. Debaixo das jaquetas, dá pra ver dois pulôveres de gola rolê cinza. Os dois são extremamente feios. Os pulôveres e os caras. Não fico supertriste pelo fato de nenhum dos dois ter percebido a minha entrada porque estão debruçados sobre sua lição de espanhol e ocupados com alguma tabela de conjugações. Fazem isso com muita seriedade, como se tratasse não de uma simples aula de línguas, mas de um acordo de entrada da Turquia na União Europeia. Sorrio para a Daniela e sento-me em frente a ela, perto de um dos dois horríveis funcionários da União Europeia.

– O que vocês aprenderam até agora? – quis saber e também olhei amigavelmente para os lados, para incluir os dois caras vestidos de pulôver cor de cimento na pergunta. Claro que os dois ainda estão tão mergulhados em suas tabelas que praticamente não me ouvem.

Daniela parece ficar muito agradecida ao perceber que vai haver um pouco de vida no curso.
— Então, como dizer oi e onde moramos! — ela me responde.
— Ei! Isso eu sei fazer! — me animo.
— Então faça!
— Oi. Eu moro em Colônia.
Daniela ri alto. O cara de pulôver da esquerda percebe pela primeira vez a minha presença, olha cético através da armação de seus óculos sem graça e estica sua mão de peixe úmida e fria para mim.
— Oi! — e me dá um sorriso frio. — Eu sou o Malte!
— Parabéns! — respondo e fico impressionado com o aperto de mão de água-viva. Malte! Pelo menos os pais tiveram intuição suficiente para dar ao seu filho já feio naquela época um nome que combinasse.
O que é? Menino ou menina?
É um monstro!
Um monstro? Ótimo. Vamos chamá-lo de Malte.
— Parabéns? Como assim? — o monstro quis saber e parecia estar levando muito a sério.
— Desculpe, você estava com cara de quem faz aniversário — digo e lanço uma expressão pensativa para o homem que estava ao meu lado. Finalmente o outro cara de pulôver cor de cimento percebe que tem outra pessoa na sala.
— Nils — apresento-me e estendo a mão para o outro monstro. Aparentemente são gêmeos, porque esse aperto também tem a energia de uma água-viva em um balde de chá de valeriana.
— Broder! — disse o segundo cara de pulôver de cor de cimento.
— Ah! — respondo e preciso me conter muito para não morrer de rir de um nome tão idiota! Malte e Broder! Se eu fosse o chefe de programação de um canal de televisão, daria para essas duas peras secas um programa humorístico rapidinho. Enquanto isso a Daniela se diverte

atrás do seu livro de espanhol. Pra mim é um mistério completo como uma mulher como essa tenha transado com o sem-graça do Flik. Talvez ele tenha alguma qualidade que me passou desapercebida até agora. Quem sabe talvez seja bom de cama e ainda por cima seja o feliz proprietário de um pepino gigante sempre alerta? Mas me dou conta que mesmo pessoas que tenham pepinos gigantes precisam chegar uma primeira vez. E Flik não é o tipo que vai todo descolado até uma mulher atraente no bar do hotel, oferece a ela um dry martíni e cochicha na sua orelha que gostaria de levá-la a três orgasmos vaginais com sua arma pulsante.

Estranhamente, penso, nunca vi o Flik pelado durante todos esses anos. Ou ele tem uma coisa incrivelmente pequena ou absurdamente grande. Poderia ir com ele um dia ao banho do robô-sakamoto, então ficaria sabendo. Solto um pigarro e escrevo a data no alto do meu bloco de anotações. Coloco meu celular no modo vibratório "Cala a boca!" para ninguém perceber a ligação revoltada que certamente o Flik, a Paula ou o Phil vão fazer. Daqui exatamente meia hora o trio preocupado vai chegar no meu apartamento e se perguntar bem irritado onde eu estou, e naturalmente, mais uma vez, qual é o meu problema nos últimos tempos. Então é uma boa manobra não estar lá. Um homem redondo e bronzeado com uma camisa colorida e cabelo preto entra na sala. É daquele tipo de cabelo que por causa de sua abundância precisa ser molhado e penteado de maneira a compensar o que está acontecendo na careca. Como sua bolsa é maior que a dos caras de pulôver cor de cimento e sua pele muito mais escura, chuto que se trate de nosso professor. Tenho certeza quando ele sorri para mim e diz:

– ¿¡Soyjuliancómotellamas!?

É o que eu chamo de um nome complicado! Digo que me chamo Nils, dizendo apenas "Nils".

– ¿Yquieresaprenderelespanoldverdad?" – me pergunta o cabeludo meio careca e pega um maço de papéis de dentro de sua bolsa.

— Se você quer aprender espanhol! — a Daniela me cutuca. Eu digo "Si!" porque não posso dizer que só estou aqui para ver de perto a queridinha do Flik. Nada de espanhol. Para tirar outras perguntas desagradáveis do caminho, não olho mais para cima e escrevo de uma maneira nervosa e tremida *O ônibus é vermelho* no meu bloco. Sem saber por que sublinho a palavra ônibus duas vezes. Espero muito que esse truque me ajude a tirar perguntas do Soyjulian do caminho.

Errado!

— ¿Quehasescrito?

É o mesmo método que já não tinha funcionado na época da escola. Pareço amedrontado e olho direto para dois olhos curiosos do professor de espanhol. Merda! O cara acredita realmente que quero aprender sua língua murmurante. Digo a ele em alemão que escrevi *O ônibus é vermelho*. Ele diz "muy bien" e escreve a frase em uma pequena lousa. Fico bem feliz de, em meio ao meu pânico, ter conseguido escrever uma frase simples como *O ônibus é vermelho* no meu bloco e não algo como *A composição da terceira geração do ICE não parece tão futurista quanto seu equivalente japonês*.

Os caras com os pulôveres cor de concreto limpam a garganta indignados, enquanto tento desesperado traduzir a frase do ônibus. Meu Deus, cara, é só um exercício de uma língua estrangeira em um bar e não o julgamento de Nuremberg! Uma coisa já é certa: vou colocar os dois monstros e suas maletas de couro falsificado dentro do meu ônibus vermelho e afundá-los logo depois do curso.

— El altobús... — gaguejo, pelo que o Soyjulian logo me elogia e escreve mais alguns vocábulos na mesa, *es* e *son*, e mais algumas palavras, as quais provavelmente tem a ver com cores. Escolho *rojo* e ouço na língua murmurante como estou indo bem para a primeira aula. Esse Soyjulian é um cara legal. Me faz me sentir bem. Pelo menos posso agradecer a ele por conseguir falar *O ônibus é vermelho* fluentemente depois de dez minutos de aula, uma frase que com certeza vai me ajudar se um dia ficar sem dinheiro e roupas com um ferimento na testa na frente de uma boate em Madri e precisar de ajuda urgente.

– *¡Senõr! ¡El altobús es rojo! ¡¡¡Rojo!!!*

Mas meu sucesso linguístico vai ainda mais longe. No final da aula posso comunicar aos meus colegas que o sofá é moderno, que o guarda-chuva é velho e que o táxi é caro. Começo então a misturar e explico para um dos caras de pulôver cor de concreto surpreso que o guarda-chuva era muito caro para mim e que agora pegaria um táxi e o que ele iria fazer contra isso. Gosto do curso, e a Daniela e eu quase fazemos nas calças de tanto rir. Os dois monstros, por outro lado, não parecem muito animados com o meu aprendizado e ficam sempre quietos. Depois ainda aprendo como dizer de onde venho:

– Soy de Alemania – digo.

– *¿Y Daniela?* – *Soyjulian* me pergunta.

– *Daniela también es de Alemania!* – respondo sem sotaque e sou elogiado pelo "*también*". Como fiquei sem saber até agora como um curso de línguas faz bem para o ego! Paga-se alguns euros, fala-se algumas besteiras e recebe-se elogios pelas merdas mais bestas. Eu podia soltar o maior arroto da história de Colônia e o resultado seria *muy muy bien, Nils!* Só se fosse um arroto em espanhol, claro. É o que se troca em uma língua estrangeira. Estou muito animado e no final ainda recebo uma pegadinha descarada do careca ibérico.

– *Son Malte e Broder de los Estados Unidos?* – ele quer saber.

– *No* – digo, – *Malte y Broder son monstros!*

Daniela e eu somos os únicos a rir, mas não tem problema, porque o curso acaba nesse momento. Quando vou escrever meu nome em uma lista para a próxima semana, quase escrevo meu nome verdadeiro, mas no último segundo me lembro que hoje me chamo Nils. Os caras de pulôver cor de cimento colocam suas canetinhas e pastas coloridas na sua bolsa de couro falsificado e vão embora sem dizer adeus. Enquanto arrumo minhas coisas, percebo como a Daniela me observa.

– Sempre bebemos alguma coisa depois do curso, tá a fim? – ela pergunta e parece um pouco ansiosa.

– Mas só umas três ou quatro garrafas de Rioja, porque preciso levantar cedo! – digo, e nem cinco minutos depois, estamos sentados, Soyjulian, Daniela e eu, com um delicioso vinho tinto no bar. Pergunto-me por que já não nos servimos durante a aula, mas provavelmente os engomadinhos de pulôver cor de cimento seriam contra. Sinto meu celular vibrar, mas não estou a fim de levantar. Quando ele finalmente fica quieto, tiro-o cuidadosamente do bolso do meu jeans. A tela me mostra um total de sete chamadas não atendidas. Três da Paula e quatro do Flik. É o que eu chamo de persistência. Olho meu relógio. Oito e meia. Isso quer dizer que teoricamente o Flik poderia entrar a qualquer segundo no Jonny Turista. Uma catástrofe social a ser evitada de todo jeito: se ele me vir aqui sentado com a sua Daniela ficaria completamente enlouquecido, então primeiro eu teria que explicar que não quero nada com ela, que só estava curioso, só queria me informar, o que tornava uma namorada do Flik tão bacana. Penso rapidamente se devo esperar pelos tapas, mas minha fome é maior que meu medo do Flik. Soyjulian, que não se chama Soyjulian, mas só Julian, me conta, sem que eu pergunte, que ele é de La Gomera, nas Ilhas Canárias, e que os idiotas de Bruxelas tinham esquecido de imprimir sua ilha nas notas de euro. Digo a ele que tinha acabado de estar nas Ilhas Canárias e que não sabia que era possível vê-las nas notas de dinheiro, quando ele tira irritado uma nota de cinquenta euros da carteira e aponta para um ponto minúsculo perto da África. Então nos conta que está participando de uma iniciativa civil, e junto com um advogado de La Gomera quer forçar o Banco Central Europeu a imprimir todas as notas de euro de novo. Então tá, boa sorte. Sempre achei que a Alemanha tinha um problema nacional. Antes que eu pudesse me opor, dizendo que via poucas chances de que todo o dinheiro fosse reimpresso, Julian termina seu Rioja e se despede de nós até a próxima semana. Ótimo. Agora estou sentado sozinho com a senhora Flik no bar.

– Ele conta essa história toda vez! – a Daniela ri e continua, – ei... essa foi de longe a aula mais engraçada que já tive aqui. Malte e Broder!

– Eles são uns babacas – digo e peço a ela um cigarro. Ela pega um e me dá o fogo.

– Obrigado – digo e decido dar vasão à minha curiosidade. – Quem mais está no curso? – pergunto e fico na expectativa sobre o que ela tem a dizer sobre o Flik.

– Então... os dois monstros, como você diz, e o Flik.

– Flik? – pergunto e tomo um gole de vinho. – Que nome engraçado. Como ele é?

Daniela dá um gole no seu Rioja e bate as cinzas do cigarro que acendeu cinco segundos atrás, e que naturalmente não tem cinzas.

– Simpático!

– Ele é simpático? – pergunto sem acreditar.

– Simpático, mas não tão engraçado quanto você... eeee... ele é só simpático!

Então ela bate com seu dedo no meu nariz e ri. Não é tão engraçado quanto eu? Eu acho o Flik apenas simpático, mas só vou com ele para o bar e não pra cama. Só simpático? Epa! O que essa mulher está me dizendo?

– Obrigado – respondo –, mas você gosta de rir, então é fácil ser engraçado.

A Daniela balança a cabeça e pede licença para ir ao banheiro um minutinho. Me passa pela cabeça que o Flik simplesmente inventou toda essa história com a Daniela. Mas por quê? Para não se sentir tão humilhado pelas minhas aventuras sexuais? Essas que eu crio na minha cabeça doente? Depois de pensar um pouco, chego à conclusão que um cara tão honesto quanto o Flik não inventa uma coisa dessas tão facilmente. Além disso: se o Flik tivesse mentido, por que a menina estaria tão nervosa? A pergunta mais importante da noite vai em uma direção completamente diferente: o que EU estou fazendo aqui? Junto com a namorada do meu amigo? E por que, se o meu encontro com a Márcia já está garantido? Tanto faz! Saio daqui a meia hora. E provavelmente só estou imaginando que a Daniela me acha legal, ou mais engraçado que o Flik. Deve ser isso. Arrogância simples. É assim que as coisas são com Simon Peters. Ele acredita em suas próprias mentiras. E o pior: pensa sobre si mesmo na terceira pessoa!

– Tudo bem? – a Daniela me pergunta e coloca sua bolsinha cor-de-rosa da Puma no banco livre ao lado dela. Não deve ter sido difícil perceber que eu estava perdido em pensamentos.

– Ahh – digo –, estava pensando no trabalho!

Cem euros para quem me disser o que vem a seguir.

– Ah é? E com o que você trabalha? – ela me pergunta.

Nesse segundo me lembro que hoje não sou Simon, mas Nils. E se eu falar na T-Punkt, vou chutar o balde mais rápido do que se ficar com o bico fechado. Não tenho muito tempo, porque normalmente as pessoas não pensam por um minuto quando alguém lhes pergunta sobre o seu trabalho.

Então digo:

– Corretor de imóveis!

Eu devia bater com a cabeça no balcão de vidro. O que é isso? Odeio corretores de imóveis! Tarde demais. Agora sou um. E quase digo "É mesmo", junto com a Daniela, quando pronuncio a expressão "Corretor de imóveis". Limpador de fossas seria muito melhor!

— Então você é o primeiro corretor que eu acho sexy — a Daniela diz e faz um carinho na minha mão.

Tóóóóóóiiiiiiin!
Aqui é o Canal Um com os assuntos do dia. Boa noite. Em um restaurante em Colônia, uma história de ciúmes chega ao fim de maneira trágica. Segundo testemunhas oculares, um funcionário de uma loja de telefonia enlouquecido matou um corretor de imóveis com um presunto serrano, depois de pegá-lo em flagrante com sua namorada. Outros clientes ficaram feridos com amendoins que voaram. Minha colega Lala está lá, ao vivo. Lala, você tem mais informações sobre o que aconteceu?

— Sim, senhor Wickert, deu uma grande merda aqui no Jonny Turista, um restaurante espanhol, mas dessa vez não foi minha culpa, juro. O amigo do Simon chamado Flik aparentemente viu pela janela quem estava sentado com a sua namorada, ficou louco e destruiu o lugar. Imagino que será preciso alguns dias e muitos rolos de papel toalha para limpar o bar! *De volta ao estúdio!*

— Obrigado! — digo e fico feliz que uma estudante minúscula com uma tatuagem enorme finalmente coloca nosso prato de tapas mistas em cima do balcão. A Daniela já está sorrindo de novo pra mim. Claro que não é só isso: ela me olha por dois segundos decisivos a mais do que as mulheres que não paqueram. Se o pouco conhecimento humano que já devia ter acumulado durante a minha vida miserável e horrorosa não estiver enganado, então essa menina de cabelo curto perto de mim não é apenas um pouco fofa, mas também não passa de uma filha da mãe. Normalmente isso pouco importaria para uma rapidinha, já estive com filhas da puta por uma noite, mas pelo menos a filha da puta era minha e não de um amigo. Se eu a tivesse conhecido há quatro semanas, as coisas já estariam certas. Mas agora? Um dia antes do concerto com a Márcia? Dois dias depois que o Flik me contou superfeliz que finalmente tinha uma namorada de novo? Preciso terminar de comer rapidinho e ir pra casa.

Para evitar outros ataques de paquera ou perguntas imobiliárias, pergunto para a Daniela o que ela faz quando não está aprendendo espanhol. Enquanto isso escondo duas tâmaras com presunto debaixo de uma folha de alface, porque antigamente sempre tinha que dividir tudo com a minha irmã e sem truques certamente teria morrido de fome. Infelizmente a Daniela percebe o roubo das tâmaras e as espeta de volta rindo. Então me conta que passa o dia em uma clínica de reabilitação fazendo massagens em pessoas. Deve ser um trabalho legal, porque tem muito a ver com pessoas. Que nada. Exatamente por esse motivo é que odeio meu trabalho. Não posso escutá-la bem, porque agora já estou muito nervoso. Fico olhando para os lados. O perigo de o Flik entrar a qualquer momento não foi completamente afastado. Minha tensão também não passa quando me dou conta pela primeira vez que um dia o Flik irá me apresentar a Daniela. E certamente ele não vai dizer que sou o Nils, o corretor de imóveis, mas que sou o Simon, o vendedor da T-Punkt. E com certeza a Daniela não vai dizer que me acha mais engraçado que o Flik. Por que, meu Deus, bem hoje eu tive que vir a esse curso idiota? *El altobús es rojo. Muy bien. Y el* bolsa da Puma *también.* Muito obrigado. Uma coisa é certa. Depois do lanchinho vou dar no pé, e rapidinho.

Uma música engraçada sai da bolsa da Daniela.

– Com certeza são os dois caras de pulôver cor de cimento! – brinco.

– Desculpe, rapidinho! – ela diz com os olhos apertados para a tela enquanto sai.

Aproveito a oportunidade para furar as últimas tâmaras e terminar o Rioja maravilhoso. Pela janela, vejo a Daniela andar com o celular pra cá e pra lá. Não parece feliz. Depois que fica mais cinco minutos ao telefone, penso se eu simplesmente não devia dar o fora. Ao invés disso termino de beber o vinho da Daniela e pego mais um dos seus cigarros. Se ela repudia o próprio namorado, pelo menos devia confessar. No entanto: será que aconteceu alguma coisa grave? Peço mais duas taças de Rioja e dou um trago no cigarro roubado. Devia ver as coisas de um modo mais relaxado. Nenhum de nós é casado ou está em um convento. Até agora não aconteceu nada e não vai acontecer nada. E sei por que: porque estou a fim da Márcia e não da Daniela. E porque a Daniela é a namorada do Flik, pelo menos um pouco. Depois de menos de quinze minutos, a Daniela volta e pede mil desculpas.

– Obrigada por ter esperado tanto tempo!
– Ei... tudo bem! – digo. Mas não está tudo bem.

Giro minha taça de vinho e prendo a respiração.

Ela toma um grande gole de Rioja e respira profundamente.

– Aconteceu alguma coisa? – pergunto.
– Não, é que... ah... esquece.

Quando ela tem razão, tem razão. De qualquer maneira, nos conhecemos há apenas algumas horas, então não posso perguntar quem era ao telefone. Meu telefone me informa vibrando que recebi uma mensagem de texto. Se eu a tivesse lido logo, teria ido direto pra casa.

De algum jeito continuamos lá, não sei exatamente por que. Provavelmente por causa do Rioja ou porque o perigo do Flik desapareceu depois de uma mudança de endereço. Rindo, paramos em um minúsculo bar persa dos anos oitenta, onde é possível apostar drinques. Já me perguntei como era possível fazer isso nos anos oitenta no Irã, mas depois do terceiro drinque já não importava mais. Cada país com seus anos oitenta! Por mim, até mesmo o Irã.

— Cara ou coroa? – o Amir me pergunta. Amir é o dono do bar e inventor do famoso jogo de cara ou coroa de drinques. O jogo é simples: pede-se um drinque, escolhe-se cara ou coroa e o Amir joga uma moeda altamente personalizada. Caso ganhe, a pessoa bebe seu drinque de graça, se perder, paga o preço normal. Amir não deve gostar muito de mim, porque ganho na maioria das vezes. E sempre diz que é só diversão, que em algum momento as coisas se equilibram, mas no fundo ele tem um pouco de medo que eu simplesmente não volte mais antes que as coisas se equilibrem. O bizarro do jogo dos drinques é que o Amir não faz nada para atrair mais gente para o seu bar, porque ele mesmo é um jogador sem esperanças.

— Coroa! – digo. Daniela ri e olha para mim e para o Amir.

— Tem certeza? – o Amir pergunta, mas não me deixo intimidar, porque ele sempre pergunta isso.

— Absoluta! – respondo. Amir joga, murmura e eu ganho uma deliciosa marguerita de morango. A Daniela se mexe pra lá e pra cá em seu banco toda animada, porque é a vez dela.

— Escolho... Coroa!

— Tem certeza? – o Amir pergunta.

— Não! – ela responde. – Prefiro cara!

— Como a dama quiser! – diz o Amir, joga a moeda de euro pra cima, pega-a e coloca-a nas costas de sua mão. Um número um prateado brilha para nós.

— Ganheiii!!! – a Daniela grita e fica tão feliz como só é possível ficar da primeira vez que se ganha um drinque no Amir.

— É sempre a mesma coisa com você — assobia o Amir, dá o drinque para a Daniela e se esconde atrás de seu balcão anos oitenta rangendo os dentes.

— Mais uma vez, obrigado! – grito –, estávamos sem dinheiro!

Amir me mostra seu dedo do meio sem tirar a espuma.

– A quem? – pergunto pra Daniela, enquanto ergo minha marguerita para fazer um brinde. Uma ideia muito idiota. A resposta faz meu coração bater mais rápido.
– A nós? – ela pergunta sorrindo.
– O.k.... digamos que a nós e o curso de espanhol superlegal!
– Tá bom! A nós e ao curso de espanhol!
Então puxo o freio de emergência. Conto a ela sobre a Márcia. Sobre como fiquei ligado quando a vi pela primeira vez, como a vi nua na sauna e tive um colapso. Conto que estou apaixonado de verdade, que ela não me sai mais da cabeça e que literalmente vou jogar todas as minhas fichas em uma aposta só e que estou muito ansioso. Pela reação da Daniela, vejo que não era exatamente essa história que ela estava esperando ouvir. Ela parece distante e mexe o gelo no seu copo com sua sombrinha de papel. A primeira coisa que diz depois do meu monólogo de confissão é:
– Você se apaixonou por uma mulher que simplesmente não conhece?
Isso eu é que não queria ouvir.
– Simplesmente não conheço, então... Eu a conheço um pouco!
– esquivo-me.
Então dou um gole no meu copo, embora já faça um tempo que ele só tem gelo derretido. A mesa está coberta de porta-copos de papel. Obra da Daniela.
– E você? – viro o jogo para descarregar um pouco o ar e talvez chegar nessa história de amizade. – Como estão as coisas para você do ponto de vista do amor?
– Pra mim? – ela pergunta.
– Sim! – respondo, – pra você.
– A mesma coisa! – ela responde.
– A mesma coisa?

– Então... me apaixonei por um cara que eu praticamente não conheço!
– Que legal! Me conta! As coisas estão indo bem?
– Uma merda!
– Por quê?
– O cara é você!

Ainda posso ver as lágrimas saindo dos olhos dela antes de ela se virar, pegar sua jaqueta e sua bolsa da Puma e sair correndo do bar.

Fico simplesmente sentado lá por uma hora. Não peço nenhum drinque, não fumo nenhum cigarro, só fico sentado lá. Amir vem duas, três vezes e pergunta se está tudo bem, e que quando tudo estiver bem, a gente poderia apostar mais um drinque. Mas não está tudo bem. Não quero apostar, não quero falar e, sinceramente, não quero nem respirar.

Vou ficar simplesmente aqui sentado olhando para o chão de azulejos. O que eu não daria para que os azulejos se abrissem debaixo de tanta culpa e me levassem para um mundo seguro, quentinho e acima de tudo sem mulheres! Em algum momento me mexo, me enfio sem vontade na minha jaqueta e saio na noite fria de novembro. Tiro meu celular do bolso e vejo que ainda não li a última mensagem que recebi.

Onde você estava? Briguei com a Daniela. Me liga. Por favor. Flik.

Um ônibus vazio e todo iluminado passa por mim. *El autobús es rojo.*

PIMENTÃO
FALANTE

É a primeira vez que vou à academia num sábado. Mais precisamente, estou rodando em um *transport* idiota, que o Sascha, gerente da academia, escreveu no meu plano de treino – talvez por puro ódio porque não vou virar gay nessa vida. Falta pouco para as onze horas e normalmente eu deveria estar de pé ao lado do Flik na loja. Mas claro que hoje não dava. Logo no superdia da Márcia. Pelo menos isso esconde o nervosismo que esse grande evento cria na minha barriga e a consciência pesada que estou por causa da história com a Daniela.

Minha pulsação está em cerca de 158. Sei o número exato porque há um elástico no meu peito que faz a minha frequência cardíaca brilhar diretamente na tela do *transport* idiota. Desde o meu desmaio na aula de step, não me deixam mais fazer ginástica sem um medidor de pulsação.

Em casa, a Lala está deixando meu apartamento um brinco. Não deixei nada para o acaso: roupa de cama fresca, banheiro limpo, o cortador de unha em um copo diferente da escova de dente. E claro que deixei dez camisinhas ultramodernas perto da cama.

A academia não tem uma alma viva. Na tela do *transport* pisca um coração vermelho e embaixo dele minha frequência cardíaca atualizada: 178. Cento e setenta e oito! Na janela da academia, que infelizmente dá para uma rua comercial movimentada, dois adolescentes cheios de espinhas apertam o nariz contra o vidro. Provavelmente querem espiar como é um veado em cima de um *transport*. Enquanto ainda estou pensando como vou explicar usando a linguagem de sinais que não sou veado, eles vão embora. Na tela piscam agora vários pontinhos amarelos que formam a frase *Cool Down*. Graças a Deus! Segundo o plano do Sascha, agora devo levantar uns ferros.

Vou até um aparelho de musculação com o nome de Abdominal Crunch, me dobro gemendo atrás dele e coloco o mostrador na posição um. Tá bom, talvez o peso esteja um pouco excessivo: para mim se trata apenas de duas placas de ferro nas quais estão escritos 2,5 e 5,0. Desde meu incidente com o step, as pessoas esperam menos de mim nesse quesito. Olho para um grande relógio no final da sala de ginástica. Onze horas em ponto, nunca estive aqui tão cedo. Onze horas, quer dizer que daqui exatamente a sete horas vou me encontrar com a Márcia. Daqui a míseras sete horas!

Pressiono meu torso contra o rolo forrado e me dobro para frente. Os cinco quilos são mais leves do que eu temia. Como vão ser as coisas com a Márcia? Eu conto. *Um*. Vou andar até ela sorrindo e ela vai dizer alguma coisa do tipo "Simon, que bom te ver!". *Dois*. Direi a ela que é ainda melhor vê-la e *três*, talvez seja melhor deixar isso pra lá. *Quatro!* Quem sabe já vou ganhar um beijo no rosto? *Cinco!* Vou estar mais nervoso do que agora, então provavelmente ela vai *seis* estar ainda mais fantástica que não vou conseguir dizer uma palavra, vou ficar parado olhando para o nada como um imbecil e babar como um idiota no meu pulôver do Bart Simpson. *Sete!* Besteira! Na hora penso em alguma coisa. Então, a Márcia e eu entramos na pista, eu pago uma rodada de cerveja, isso é importante, *oito!*, e então nos misturamos à multidão e o show começa, e NOVE, MERDA, AGORA ESTÁ FICANDO PESADO, e em algum momento os Fantas devem tocar a nossa música romântica predileta, a

maldita "Tag am Meer", e até lá DEEEEEEEZZZZZ certamente já estaremos na segunda ou na terceira cerveja, e quando tocarem "Tag am Meer", ONZE, DROGA MAIS UMA VEZ, e a Márcia já vai estar no papo, vai ficar sentimental e carente depois de ter bebido algumas cervejas, e logo após o primeiro refrão vou abraçá-la por trás e beijá-la no pescoço. DOOOOOOOZZZZEEEE... ISSO DÓI MESMO, e então, já está certo, nossos lábios vão se encontrar...
NÃO CONSIGO MAIS!
Os dois pesinhos tinham adquirido o peso da torre da Igreja.
— Você precisa pensar em sexo, daí você consegue! — uma voz conhecida me interrompeu vinda da esquerda.
Viro minha cabeça. No aparelho perto do meu está malhando o Popeye, o gay matador sem pescoço, em uma camiseta retrô vermelha e branca e sorri.
— Pensar em sexo? Vou fazer isso!
— E não esqueça de respirar! — completa ele gemendo.
Concentro-me novamente no meu aparelho e coloco meu torso em posição. Sexo! Márcia. Márcia pelada. Perto de mim, não, melhor em cima de mim. Na cama! Ela passa a língua pelos lábios, QUATOOOOOOOOORZE, ah sim, ela também está excitada, porque... porque... — tanto faz, porque ela está excitada, pega minha coisa, segura... não estamos no canal infantil... Ela pega no meu pau... QUIIIIIIIIINZEEEEEEE... Cara, parece que estamos num filme pornô, tanto faz... ela me pega com firmeza e esfrega na buceta dela, DEZESSEEEEEEIIIIIIS, e ela diz coisas como: Simon, quero que você me coma direitinho... DEZESSEEEEETEEEE..., por que tenho que pensar numa loja de departamentos logo agora? Tanto faz... então escorrego pra dentro, bem devagar, e sinto como estou dentro dela, cada vez mais fundo, e como eu DEZOOOOOOITOOOOO gozo logo em seguida.
— Aaaaaaahhhhhhhhh!

Deixo os pesos subirem, prendo-os e dou o exercício por terminado.

— Nada mal! — constata o Popeye, que aparentemente me observou o tempo todo.

— Cigarro?

— Mais tarde! — respondo respirando com dificuldade e saio da sala ainda um pouco tonto. Fico muito aliviado ao perceber que não gozei de verdade, mas que só estou com uma ereção respeitável debaixo da calça de ginástica. Em uma academia dominada por cidadãos de orientação homossexual isso pode ser descrito como uma grande imprudência. Infelizmente o Popeye também percebeu essa imprudência e se diverte muito levantando 1,8 milhões de quilos no seu aparelho.

— Então, Simon? Em quem você pensou? Quem foi o felizardo?

— A FELIZARDA! — corrijo. — Você nunca ia entender!

Não sei o que uma bicha sem pescoço tem a ver com quem fiz sexo durante a ginástica para conseguir algumas repetições extras. Mas como ele é uma bicha sem pescoço legal, ao invés disso eu digo:

— Uma mulher estonteante... vou encontrá-la hoje à noite!

— E por causa dela você quer criar mais alguns músculos extras?

— Eh... sim!

É vergonhoso, mas é verdade. Porque hoje de manhã, enquanto estava escovando os dentes, o complexo de ser magro demais bateu novamente. E apesar de saber direitinho que não adianta nada ir à academia algumas horas antes de encontrar com a Márcia, mesmo assim quis fazer alguma coisa a respeito.

— Adianta alguma coisa? — perguntei a ele.

— Sim... pelo menos um pouco... os músculos ficam mais duros... o que você também poderia fazer... é...

Enquanto ele fala, já começa a levantar os pesos. Inacreditável. Ele puxa as duas alças do peitoral ao mesmo tempo, como se fossem feitas de papel, e colocou o peso de uma casa inteira em cada um dos lados.

– O que você poderia fazer é beber bem pouco.
– Beber pouco? Por que isso?
– Porque daí os músculos aparecem melhor. Você nunca assiste aos programas sobre *Bodybuilding* no canal de esportes?
– Não, prefiro assistir ao *Show do Milhão*!
– Bom, de qualquer jeito os participantes não bebem nada antes da competição, isso define os músculos, faz muita diferença!
Agradeço pela dica valiosa e esvazio minha garrafa d'água.
– E sempre pense em sexo! – o Popeye ainda grita de longe. Pelo amor de Deus, somos os únicos na academia. Olho meu programa e sento no Upper Back Push. Devo puxar trinta quilos. Coloco cinquenta, visualizo uma transa com a Márcia e consigo fazer três sequências de quinze repetições. Então vou para o Leg Press, mudo minha posição com a Márcia e consigo fazer quatro sequências. No Torso Rotation, a Márcia está sentada no meu colo, no Pectoral Push transamos no clássico papai e mamãe. Quando vou para o vestiário depois de uma hora puxando ferro, já transei com a Márcia mais de duzentas vezes.

Completamente exausto, jogo minha mochila da academia no carro e digito o número da Paula no meu celular. Sinto meu nervosismo crescer apesar da minha ótima performance esportiva e sexual. Mais cinco horas e vinte minutos até o show do Fanta Vier. Estou quase tão nervoso como se eu fosse subir no palco. E ainda essa sede horrível! Mas... quem quer ter músculos, precisa sofrer. E quando a Márcia tirar a minha roupa lá pela meia-noite, talvez descubra um ou dois músculos definidos pelo treino de hoje, vai me derrubar excitada na cama...
– Siiiiiimooooon!
A voz da Paula grita no meu celular. Merda! Esqueci completamente que tinha ligado pra ela.

— Oi, Paula!
— Finalmente, seu furão! — ela me xinga.
— Ei, Paula, tudo bem?
— Nada bem! Onde você estava ontem, seu maluco? Esperamos durante uma hora na frente do seu apartamento! Estou puta. E o Phil também. E o Flik a mesma coisa!

Merda. Devia pelo menos ter pensado em uma desculpa antes de ligar. Felizmente a Paula está tão emputecida que não consigo falar nada.

— Te liguei quatro vezes, idiota! Você podia pela menos ter ido até lá — ela continuou xingando, enquanto eu saía do estacionamento e me enfiava no trânsito. Ela precisa deixar o nervosismo passar primeiro. Enquanto isso posso virar à esquerda e me safar dessa situação.

— Não fizemos isso pra te irritar, Simon, estamos preocupados, sacou? — Sim, saquei. Escuto essa frase dez vezes por dia. Da Coruja, da Paula, do Flik. — Se você não se importa, é só dizer, Simon. Daí não fica ninguém na sua porta. Está me ouvindo?

Todos me perguntam isso também. Tento dar uma olhada nas novidades sobre o ozônio, no *outdoor* com informações ecológicas na Rudolfplatz. Mas, no último segundo, um caminhão de mudança se enfia na frente do cartaz e fico sem saber se Colônia está poluída ou não.

— Sim, estou ouvindo!

Como preciso virar à esquerda, decido contar pelo menos parte da verdade para a Paula.

— Eu... desculpe. Devia ter avisado vocês, mas não estava nem um pouco a fim dessa merda de "Simon, qual é o seu problema".

Mesmo pelo telefone consigo ouvir a Paula acendendo um cigarro com seu Zippo.

— Tá bom...

Não sei como devo entender essa resposta. Talvez seja um "Tá bom" sem significado. Nenhuma opinião.
– Onde você está? – ela me pergunta.
– Entre Merzenich e a sex shop do Dr. Müller.
– Estou aqui perto!
– Você está na sex shop?
– Não! Na Ehrenstrasse. Quer tomar um café no Quattro Cani?
Hora do meu "Tá bom". Um pouco de treinamento de paquera antes do meu encontro não pode fazer mal, penso e jogo meu celular no banco do passageiro. Dirijo em passo de tartaruga pela rua onde moro. Nenhuma vaga para estacionar à vista. Claro, o que eu esperava? É sábado. Se eu der azar, vou ficar dando voltas até a hora do show e ainda vou ter um ataque de nervos antes da primeira música. É uma vergonha o que a cidade de Colônia faz com seus cidadãos! Se faço o favor de morar no centro da cidade, ela pelo menos podia me dar uma vaga de estacionamento. Mas não, esses consumistas catadores de beterraba das redondezas querem parar seus Passats polidos na frente de uma butique e não no campo! Mas nem preciso começar a me irritar. Como em um milagre, depois de duzentos metros encontro uma vaga apertada em fila dupla atrás do café. Fico indo pra frente e pra trás, de tal jeito que um BMW com placa holandesa não vai conseguir sair. E para evitar grandes nervosismos, tranco só o holandês. Afinal, não tem gente mais difícil de entender que um holandês irritado. E até eu entender o que o boi quer, já estou faz tempo nos campos de tulipas.

Já vejo a Paula pela janela. O que não é de surpreender porque o Quattro Cani é todo envidraçado. Uma loja metida que só recruta seu pessoal entre jovens engomadinhos e meninas bulímicas que serão estrelas de novela no futuro. A Paula está sentada lá dentro com um pulôver creme folheando uma revista idiota.
– Oi! – digo, sorrio e me deixo cair na cadeira branca assinada por um designer. A Paula já deve saber de bater o olho que está tudo bem comigo.

— Oi! — ela diz, mas não soa tão positivo quanto o meu "oi". Um "oi" sem significado.
— Desculpe mais uma vez por ontem! — digo e tento parecer o mais culpado possível.
— Ficamos preocupados de verdade!
Sim. Estou sabendo. É a quinta vez que ela me diz isso.
— Posso pegar um cigarro seu?
— Não!
— Obrigado!
Paula me dá fogo e coloca o Zippo de volta dentro do maço. Um garçom bem-vestido vem até a nossa mesa e só diz "Sim?" A Paula pede um Latte Macchiato. Eu não peço nada.
— Você não quer beber nada? — a Paula me pergunta surpresa.
— Não, não quero beber nada. O que é que tem?
— Nada, é que até hoje você sempre bebeu alguma coisa.
— Exatamente. E hoje não vou beber nada. Sobre qual assunto vamos discutir agora? Que eu não quero beber nada ou sobre ontem à noite?
— Por que você está tão agressivo?
— Não estou agressivo!
Paula balança a cabeça e tira de novo o Zippo do seu maço de cigarros.
— Você falou com o Flik nas últimas 24 horas?
— Vou ligar pra ele daqui a pouco, por quê?
— Acabei de falar com ele. Não parece nada bem. Passou a noite inteira com a Daniela no telefone.
Merda. Está quase na cara que tenho alguma coisa a ver com isso.
— E daí? Você sabe o que aconteceu?
— Está tendo problemas com essa Daniela. Brigaram no telefone, quando ainda estávamos te esperando na frente da sua casa. Não sei mais nada. O Flik não disse nada. Talvez vocês dois devessem ir beber uma cerveja.

Ótima ideia. Vou fazer isso. Mas melhor daqui uma semana.
– Ligo pra ele depois.
Tá bom que vou fazer isso.
– Ele vai ficar feliz.
Certamente. Lembro-me que não vim ao café para ser xingado, mas porque ainda preciso de umas dicas preciosas.
– Vocêêêêêêêê! Pauuuuuulaaaaa! – digo com a boca aberta e os olhos arregalados.
– O que você quer?
– O que eu faço depois do show com a Márcia? – a expressão da Paula se ilumina.
– Ai meu Deus! Seu encontro! É hoje!
– Em menos de seis horas! Você não tem alguma dica para o pequeno e indefeso Simon?
A Paula levanta os ombros e sopra a fumaça para a janela.
– Simon indefeso! Tá bom! Às vezes me pergunto o que devia dizer pra você. Você já está quase com trinta!
– Talvez, mas sem mulher.
O garçom traz o café da Paula, não sem lançar um olhar pra mim como se perguntasse "E pra você nada mesmo?" Dou o braço a torcer, estou com muita sede!
– Você ainda está super apaixonado por ela? – a Paula me pergunta.
– Ainda super apaixonado! – balanço a cabeça.
– Então não deixe ela perceber logo. Não leve a noite tão a sério. Ou pelo menos não dê bandeira. – Uma dica brilhante! Não vou levar a noite sobre a qual estou pensando sem parar 48 horas tão a sério.
– E...?
– Não faça elogios sobre a aparência dela. Provavelmente ela ouve isso o suficiente. Faça algo diferente!
Pego um pacotinho com adoçante e o sacudo.
– Como assim? Ela é linda!

— Não importa! Por isso mesmo ela escuta isso o tempo todo e não vai ficar surpresa.
— Esperta! Você é muito esperta!
— Se você quiser mesmo fazer um elogio para ela, então escolha outra coisa.
Fico pensando.
— Então... algo como... Menina, vi como você faz espuma de leite, e realmente ninguém faz isso como você!
— Exatamente algo assim... idiota! Você sabe direitinho. Diga que ela é engraçada ou inteligente!
Rasgo o pacotinho de adoçante e deixo cair um pouco na mesa. O pó é tão fino que parece cocaína. Engraçado!
— Devo dizer que ela é inteligente?
— Por exemplo! Claro que só se ela disser alguma coisa inteligente. Me diz uma coisa, você está me zoando? — A Paula apaga seu cigarro e dá o primeiro gole no Latte.
— Claro que não! — respondo, enquanto faço uma linda carreira de adoçante usando meu porta-copo.
— Ah, quer saber, Simon? Seja simplesmente você mesmo!
— Então um idiota completo!
É a primeira vez nesse encontro que a Paula dá risada. Tiro uma nota de cinco euros da minha carteira e faço um rolinho. A Paula continua falando rápido.
— Vire a mesa! Você não precisa provar nada, mas ela sim! Olhe bem para Márcia, e não para os lados.
Fico olhando para o teto. Ele tem a mesma cor que o pulôver da Paula. É isso! Ela tem que me impressionar, e não eu a mim mesmo. Um pensamento que vou levar comigo durante a noite! A Paula sorri, porque percebeu como gostei dessa dica.
— É ELA quem tem que te encantar, mostrar que merece um cara legal como você.

Exatamente! Ela tem que. Não tem dúvida! E por quê? Porque sou um cara legal! Aha! Acho que estou começando a entender. Ou não?
— Paula, sou um cara legal, não?
— Claro que não, mas ajuda se você acreditar nisso hoje à noite!

Coloco o rolinho de dinheiro na boca e sopro o adoçante em cima do pulôver da Paula.
— Ei... seu idiota! É novo!
— Desculpe, não sabia que ia se espalhar tanto!

Encosto e observo a Paula batendo seu pulôver cor de casca de ovo. Penso rapidamente se devo me desculpar, mas deixo pra lá. Em vez disso, me inclino na direção dela e digo:
— Então, resumindo: não faço nenhum elogio para a Márcia do tipo... ei... você é tão linda e finjo que não estou interessado. Faço isso porque sou um cara legal, espera, porque eu penso que sou um cara legal, e porque ela precisa provar para mim que ela me merece e não o contrário!
— Mais ou menos isso.
— Legal. Já parece que vou ter uma noite sensacional.
— Me manda um SMS se der certo!
— Como assim, der certo? Dar uns beijos ou ir pra cama?
— Oie! Com quem você está falando?
— Entendi, ir pra cama! Te mando uma mensagem.

A Paula paga e saímos do café. Ainda recebo um abraço e votos de uma ótima noite, então me coloco a caminho de casa. Quando estou no apartamento, coloco o CD de música *techno* mais pesada que tenho. Sento na minha poltrona *single* e fumo três cigarros na sequência. A Lala deixou tudo superarrumado. O apartamento está um brinco. Com certeza ela só fez a faxina tão bem porque eu sou um cara legal!

Ainda estou passado com a ideia de que vou testar a MÁRCIA e não ELA a mim. E se ela desmarcar? Prendo a respiração por um momento. Então solto o ar aliviado e sorrio. Ela não vai fazer isso porque:

SOU UM CARA LEGAL!
Um segundo depois meu estômago fica embrulhado de novo. Ela não pode desmarcar porque não tem meu telefone! Isso é bom ou ruim?

É bom. Eu, Simon Peters, deixo a mulher mais bonita da cidade na mão sem o meu número de telefone! ISSO é irado!

SOU UM CARA LEGAL!
Mas por que diabos não dei meu telefone pra ela? Porque isso é irado? E mais: EU tenho o número DELA? Não! E quando penso sobre a noite inteira e aparentemente é a primeira vez que faço isso, do ponto de vista da organização: QUANDO vou encontrar com ela?

SOU UM IMBECIL!
Levanto e dou um chute no CD player. O negócio para de funcionar na hora. Felizmente, já estava na hora de me livrar dele. Ouço as pessoas fazendo compras lá fora ao longe. O barulho de uma furadeira vem de um apartamento vizinho. Caio novamente sobre a poltrona, junto as pernas, trago os joelhos para perto do queixo e fico pensando.

QUANDO vou encontrar com a Márcia?

Aperto os dentes e fecho os olhos. Sede! Preciso beber alguma coisa! Já estou na geladeira quando me lembro que não devo beber nada, segundo o plano de musculação do Popeye. Resmungando, coloco a garrafa de refrigerante de volta.

QUANDO vou encontrar com a Márcia? Na frente da entrada principal, foi o que combinamos. Mas só sei o lugar e não a hora. Que merda!

Sinto uma raiva diabólica se formando em mim. Uma raiva que cresce em mim centímetro por centímetro, como se eu fosse

aqueles personagens de história em quadrinhos infantis, que vão ficando vermelhos até sair fumaça das suas orelhas. Quase não consigo respirar normalmente, está tudo tenso. Ando pelo apartamento em zigue-zague. Ninguém pode ser tão idiota! Tenho um encontro com a mulher dos meus sonhos e não sei quando! Certamente lembro disso de novo quando grito:
– Ahhhhhhhhhhhhhhhhhhh!
O barulho da furadeira para. Mas estou me sentindo melhor. Grito mais uma vez, mas a sensação libertadora do primeiro grito permanece. Com cuidado, escalo minha poltrona como se ela fosse um camelo cubano magro que poderia quebrar sob o meu peso. Preciso manter a calma. Preciso revisar o momento do Starbucks na minha cabeça mais uma vez. Eu também poderia ligar no café! E o que deveria perguntar?

Ei... estou tão nervoso com o nosso encontro, que não consigo lembrar de nada. Sabe como é isso, não? Não sabe? Claro que não!

Não vou ligar pra ninguém. Em vez disso corro até o quadro de avisos na cozinha e pego a entrada: início 19h30.

Ok... muita calma. Quando as pessoas NORMALMENTE se encontram antes de um show, quando a entrada diz sete e meia? Às sete? Às seis e meia? Às oito? O Fanta Vier vai ter um show de abertura? Talvez o Fanta Drei? Quando dou a volta na minha poltrona murmurando pela décima vez, as coisas ficam claras para mim: não me resta outra opção além de esperar pela Márcia às cinco e meia. Na frente da entrada principal. Me acalmo um pouco. Meu vizinho também já se recuperou do seu primeiro susto e voltou a usar a furadeira.

Duas e meia. Ainda me restam três horas, preciso me mexer. Que tensão só por causa de um show! Tenho 29 anos e me comporto como se tivesse 14! Preferia não ir mais! Hesito. Por que não tive essa ideia antes? É isso! Simplesmente não vou. Mas o que vou vestir? Não ir de jeito nenhum, isso seria irado! Então eu poderia aparecer no Starbucks na segunda-feira e perguntar se ela gostou. Mais legal que isso não poderia ser. A camisa branca e a jaqueta de couro marrom, ou é melhor um agasalho com capuz? Simplesmente não ir. E qual sapato? Sapatos são importantes. Tênis ou couro? Como está minha barba? Devo me barbear? Afinal de contas, estou bonito? O espelho do meu banheiro mostra claramente que estou com uma barba de três dias! Perfeito! Essa é a barba certa para não ir a um show. Essa é barba certa para uma aconchegante noite sozinho, companhia charmosa para um *six pack* de cerveja e uma deliciosa pizza congelada. Espera um pouco: se uma barba de três dias é a barba ideal para ficar em casa, por inversão, é a barba errada para ir a um show? A decisão já foi tomada? Então não fui eu, mas a minha barba que vai decidir se devo encontrar com a mulher dos meus sonhos ou não? Claro que isso não pode acontecer! Abro a torneira de água quente porque quero deixar todas as opções em aberto. Com a outra mão, pego o tubo de creme de barbear. A água está correndo e aos poucos fica quente. Sento na beira da banheira e seguro o tubo de gel, como se quisesse mandar uma foto para uma propaganda de lâmina de barbear. Sou um cara legal ou um imbecil? Um imbecil com uma barba de três dias? Ou um cara legal com a barba recém-feita? Enquanto isso, a água quente escorre para fora da pia. *Para peles sensíveis* está escrito no tubo de creme de barbear. O que isso quer dizer? Que o creme de barbear não machuca a pele quando eu aplicá-lo nela porque ela é muito sensível? Existe creme para peles com autoconfiança? Ou para peles atrevidas com menos de trinta? Exatamente! Em exatos trinta segundos vou decidir se vou ao show ou não. 30, 29, 28, 27... Espera aí! Não consigo pensar enquanto conto! E como posso tomar uma decisão tão difícil em tão pouco tempo, se não conseguir pensar? Pego um pequeno relógio azul de plástico que deixo no banheiro e que marca os segundos. Por causa do vapor preciso deixar ele bem perto do meu nariz pra poder ver alguma coisa. Quando o mostrador estiver no seis, vou ter me decidido! Já! Os pensamentos voam. O.k.... se eu não for... não vou ter dado um passo adiante com a Márcia e vou ter perdido setenta euros. Se eu for, vou ter uma chance de verdade com a mulher mais bonita que anda nessa cidade. E tenho uma chance. Porque... porque não sou um imbecil com uma barba de três dias, mas...

O mostrador dos segundos chegou ao seis.

...um cara legal com a barba recém-feita!

Mergulho minha cabeça na água...

– Ahhhhhhhhhhhhhhhhhhhhhhh!!!

...e tiro ela de volta. Meu rosto está em chamas! Em pânico, abro a torneira de água fria, e minha cabeça fica dando voltas, porque não sei o que fazer até a água ficar fria. Enfio minha mão na pia, como se isso fosse fazer alguma diferença. Então jogo litros de água fria no meu rosto maltratado. Depois de cinco minutos, olho pela primeira vez no espelho. Pareço um motorista de caminhão irlandês depois de passar três semanas no sol do Caribe. Ao poucos, volto para a beira da banheira. Sou um imbecil cor de camarão com uma barba de três dias. É preciso olhar os fatos: como uma paródia mal feita do Niki Lauda certamente não sou o primeiro da lista da menina. O fato é: não preciso olhar mais para o espelho para saber que não tenho mais nenhuma chance. Estranhamente, relaxo exatamente por esse motivo. Até dou risada! Se não tenho mais nenhuma chance, não preciso mais ter medo! E se não preciso mais ter medo, então na verdade posso ir! Não sou qualquer imbecil cor de camarão com uma barba de três dias. Sou um imbecil cor de camarão que tomou uma decisão! Que esse idiota cor de camarão vai ao show com a mulher mais bonita da cidade! E que antes disso vai à farmácia!

NOITE
NA PRAIA

Tiro o restante da pomada para queimadura do meu rosto e entro na minha camisa branca. Normalmente a camisa me cai bem. Mas como o branco impecável do tecido contrasta de maneira chocante com o vermelho-tomate do meu rosto, penduro a camisa de volta e pego minha jaqueta cáqui da Puma. Enquanto isso, estou realmente bem-humorado. Coloco mais um pouco de gel no cabelo, puxo aqui e ali, e finalmente me olho mais uma vez no espelho. A semelhança com o Bruce Willis aos 112 minutos do *Duro de Matar* é impressionante. Só preciso espalhar um pouco de sangue pela roupa e fazer uns furos. Daí pelo menos eu poderia dizer que tinha acabado de salvar a Catedral de Colônia de um ataque terrorista. Aperto minha bochecha com a ponta do dedo. Primeiro a pele fica branca e depois vermelha de novo. Olho a hora. Se eu pegar o bonde 26, vou estar pontualmente às seis horas na frente da casa de shows. E antes disso preciso me arrumar um pouco.

Pronto!

Deixo a porta bater de forma teatral, como se quisesse que o mundo inteiro ficasse sabendo: Aqui estou! E agora não tem volta! Enquanto espero pelo elevador, faço uma interpretação livre da música turca que ouvi em um Mercedes SLK rebaixado há alguns dias.

O elevador chega e desço os quatro andares que levam até o térreo. Já está escuro quando saio pela porta de entrada para o ar fresco. Quando coloco meu colarinho no lugar e dou os primeiros passos em direção à parada de bonde, um pensamento terrível me vem à cabeça, um pensamento muito, muito ruim, muito, muito horrível. Enfio a mão no bolso esquerdo da minha calça. Nada. Bato no bolso direito: também nada. Com a pulsação acelerada sinto todos os bolsos da minha roupa, mas o pressentimento ruim se confirma. Sou um idiota cor de camarão sem a chave de casa!

Fraco, apoio a cabeça na parede. Deixei a chave no apartamento! Eu, totalmente idiota, me tranquei para fora! Logo agora! Preciso ligar para a Lala! Ela é a única que ainda tem uma chave minha! Me viro rapidamente e tiro o celular do bolso da calça.

– Meu querido Deus, faça a Lala atender ao celular! – peço, enquanto procuro o número dela. Sem dúvida o pedido mais estúpido que chegou na caixa de entrada de Deus nesse dia. Toca uma vez, duas, três... e então, eu poderia gritar de felicidade, escuto a voz da Lala.

– Sim?

É impressionante como uma pessoa pode falar uma palavra tão curta como "sim" com sotaque croata.

– Lala! Que ótimo que você atendeu!

– Tocou o celular e eu atendi! Nada demais! Fiz merda no apartamento? – ela me pergunta preocupada.

– Não, de jeito nenhum!

Pulo de felicidade para o lado e quase sou atropelado por um senhor. "Olha por onde anda!!!" ele me xinga e faz um sinal. Ele me parece conhecido.

– Lala, me tranquei pra fora, preciso da minha chave! – gagueijo no telefone. – Posso te ver? Assim... agora?

Eu posso! Como a Lala mora do outro lado do Reno perto da casa de shows, combinamos de nos encontrar lá. Respiro fundo, estremeço um pouco e vou com passos cuidadosos em direção à Rudolfplatz, de onde sai meu bonde. Já perdi o 26, mas tanto faz.

Todos olham pra mim no bonde como se eu tivesse a gripe do frango, alergia a kebab de camarão e SARS ao mesmo tempo. Uma mulher idosa e magra com cara de ameixa seca reclama para si mesma sobre a maldade do mundo. Todo mundo ouve, mas ninguém olha. Eles estão olhando pra mim. Pelo menos fico de boca fechada. Depois de meia hora, salto do bonde junto com mais de cem outros espectadores e caminho em direção à casa de shows. Resolvo andar um pouco mais desencanado do que sempre, afinal agora sou um fã de hip-hop. Yo! Yo! Yo! Check dis out. MC Peters in da hoooouuusse!

Já vejo a Lala de longe. Em sua calça preta e seu casaco de inverno marrom ela não combina com os fãs do Fanta Vier, que passam apressados pela entrada principal usando bonés de beisebol e jaquetas esportivas.

– Simon! – ela me cumprimenta radiante. Os raios desaparecem quando chego perto dela.

– O que aconteceu com o seu rosto?

Que pena, tinha esquecido da minha aparência por um minuto.

– Isso é uma neurodermite! – minto.

– Seu rosto está todo vermelho, sabia?

Sim, eu sei. Hoje à tarde enfiei meu rosto em água quente a pelo menos 90°C. Lala percebe que estou irritado e tira a minha chave da sua bolsa sorrindo.

– A chave está aqui!

– Maravilha!

Abraço a Lala e de repente me sinto culpado de ter feito ela vir até aqui só porque sou maluco demais para sair do meu apartamento como uma pessoa normal. Sei que ela não está esperando nada, mas quero agradecer de alguma forma. Dar dinheiro seria meio bobo. Em vez disso, pergunto se posso pagar uma cerveja.

— Obrigada, Simon, é muito gentil, mas acho que já vou pra casa!

— Tem certeza?

— Tenho!

Mas a Lala não vai e olha ao redor com interesse. Talvez seja um antigo hábito croata, olhar ao redor por alguns segundos, antes de ir embora. Também deixo meu olhar se perder, na esperança de encontrar a Márcia em algum lugar. A Lala puxa minha jaqueta.

— O que é o Fantastische Vier, Simon?

Nesse instante, lembro que a Lala gosta de música. Não importa qual música, como ela sempre diz, desde que seja alegre. Mas Fanta Vier? Com mais de quarenta? Uma exilada croata? Não!

— É... um grupo alemão de hip hop — explico do jeito mais desinteressado possível. E falo em hip hop como se fosse uma forma muito grave de neurodermite. Nenhum sinal da Márcia ainda.

— Ahhh... Fantastische Vier. Ouvi quando estava passando roupa. Está no seu CD player, não?

Sim! O Fanta Vier está sempre no meu CD player. E se soubesse que a Lala poderia usar esse aparelho, com certeza já tinha me livrado dele antes.

— É aquela lá? — a Lala me pergunta. A princípio, não faço ideia do que ela quer dizer. Como ela sabe que eu tenho um encontro? Ela não sabe, percebo um segundo mais tarde quando ela repete a pergunta com um certo ritmo.

— Aquela lá, aquela lá, aquela lá... que está usando um pulôver vermelho? Ou a outra? Hahaha! Conheço do CD player. É bom!

Como não sei como está a caixa de entrada de Deus hoje, envio uma oração do tamanho de um SMS: "Meu Deus, por favor, não!"

A caixa de entrada está lotada.

— Você sabe se ainda tem ingresso? — a Lala me pergunta com os olhos grandes.

– Puxa... – respondo –, pode ser, precisa perguntar para algumas pessoas...
– Ah... cambistas! – ela se anima. – Vou dar uma olhada! – diz e se enfia entre as pessoas antes que eu consiga detê-la. Não consigo deixar de ter a sensação de que essa noite realmente não vai sair como planejado. Mas continuo otimista. A Lala não vai conseguir um ingresso. O show está esgotado há semanas. Posso ficar tranquilo. Quando a Lala for fazer faxina lá em casa de novo, vou deixar uma boa garrafa de vinho em cima da mesa, com mais dez euros, e está tudo certo. E afinal de contas meu livro *Não se Preocupe* diz que não devo me preocupar com as coisas que ainda não aconteceram, porque a maioria das coisas sobre as quais a gente se preocupa ainda não aconteceram. E se ao contrário das expectativas alguma coisa horrível acontecer, então a gente sempre pode começar a se preocupar.

A Lala pula na minha frente. Sorri de orelha a orelha. Agora seria um momento, por exemplo, para se preocupar.

– Simon! Simon! Tenho um ingresso para o show, olha!

A Lala pula como uma bola de borracha de alegria enquanto me mostra seu ingresso orgulhosa.

– Simon! Eu vou a um show de hip hop! O que você acha?

– Que legal! – digo e tento parecer pelo menos por um tempo que também estou feliz. Fico feliz de verdade. Por ela. Não por mim.

– Vamos entrar? – ela pergunta.

– Estou... esperando alguém!

– Ah! – ela responde e parece pensar por um segundo. Então seus olhos brilham novamente e ela bate no meu ombro.

– Então... vou buscar uma cerveja pra gente!

Ainda tento dizer que não quero beber cerveja, mas ela já foi embora, desapareceu em direção a uma barraquinha de cerveja.

Não reconheço a Márcia logo de cara. Primeiro vejo apenas duas botas de couro na altura dos joelhos que se aproximam lentamente da casa de shows e depois uma saia curtíssima. Finalmente tenho certeza de que é a cabeça cheia de cachos da Márcia que sai daquele pulôver de gola alta grosso e bege. E sem o uniforme chato do Starbucks ela parece ainda mais adorável! Minha autoestima se desfaz como em uma avalanche. Quero acenar para ela, mas por algum motivo não consigo levantar a mão. Não tem problema, ela ainda não me viu. Está a vinte metros de mim e olha ao redor como se procurasse alguém. Muito de repente, elas estão ali de novo, minhas dúvidas das quais achei que tinha me livrado. O que um cara como eu quer com uma garota como aquela? Uma garota, e para saber disso ela não precisa chegar nem um metro mais perto, cujas costas o George Clooney poderia massagear em seu iate dando risada para as lentes dos *paparazzi*. Todos iriam dizer: essa é uma mulher para o George Clooney!

– Ei...!!!

A namorada do George Clooney me reconheceu. Como em um transe, vou até ela. Faço muito esforço para dar um sorriso superior, mas infelizmente músculos do meu rosto até então desconhecidos vão para direções opostas, como naqueles programas de computador que fazem fotos engraçadas. O caminho até a Márcia dura meia eternidade. A cada metro que me aproximo, ela parece mais perfeita, mais feminina e mais sexy. E se eu nunca chegar até ela? E se eu só for um personagem animado da matrix da paquera a caminho do segundo nível? Remova do caminho um obstáculo após o outro. Cuidado, cara com balde de cerveja, para a esquerda, Bing! 100 pontos. Cuidado, meio-fio, tarde demais! Joystick pra cima! Dong! Tropeço e sorrio como um bobo, como se esse sorriso fosse desfazer a queda. Capof! Oh! Só mais uma vida. Dingdingding... Recebo o aviso para abastecer minha reserva de carisma. As vozes que ouço ao longe, falam ao mesmo tempo? *Carisma em 10%! Atenção! Capacidade de fala perto de zero! Reserva de carisma vazia!!!*

Isso é ruim, porque estou bem na frente dela. *Game over*. Coloque mais uma moeda. Ah, meu Deus! Ela riu! Eu tenho mais uma moeda? Em vez de dar um beijo na bochecha dela, estico minha mão molhada de suor.

— Um euro? Para mim?

— Para você! — digo sem gaguejar. São só duas palavras!

— Obrigada, você é muito gentil! — ela sorri e mostra seus dentes brancos e impecáveis. Ainda isso! Um buraquinho entre os dentes me ajudaria a não parecer tão tonto na frente dela. Mas ela não tem. Acho que faz de propósito. Ou levanto uma bandeira branca agora e me entrego com as palavras "Você é boa demais para mim!" ou simplesmente a beijo. Poderia afastar aquele cachinho preto da testa dela, sentir seu cheiro de baunilha e me aproximar cada vez mais de sua boca enorme.

— Você... é o cara do ingresso? — ela me pergunta.

— Sou eu! O cara do ingresso. Exatamente.

Digo isso porque sou o cara do ingresso. Esquisito. Realmente não havia muito amor na sua pergunta. Sim, nem um pouco de interesse.

— Como você se chama mesmo? Desculpe, esqueci completamente.

Cabrum! Mais um soco no estômago. Ela não gosta nem um pouco de mim? Tinha imaginado tudo de um jeito diferente! De repente o sotaque e os gestos ficam muito parecidos com os dos convidados de um programa de entrevistas da tarde.

— Seu nome!

— Ah... desculpe. Simon!

— Como?

— Siiiiimooooon!

— Ah... Simon. Entendi!

Essa é a prova trágica. Ela esqueceu meu nome. E pior: nunca prestou atenção nele! Eu só poderia continuar sonhando que tinha chance com uma mulher que poderia ser a capa da *Playboy* por doze meses ininterruptos. Eu, o monstro escaldado com barba de três dias, e a miss janeiro a dezembro! Um casal sensacional!

— O que aconteceu com o seu rosto? Está todo vermelho? — a minha coelhinha pergunta enquanto acende um cigarro branco com um isqueiro prateado fino. Existem equipamentos para fumar muito bonitinhos.

— Um pequeno acidente na cozinha...

— Ah...

— Queria fazer espaguete e...

Assim que o cigarro queima, ela tira um pequeno celular da moda de uma bolsinha de pele e olha para a tela. Minha história do espaguete deve ser realmente muito interessante!

— Vamos? — ela me pergunta.

Não é exatamente o que se pode chamar de interesse pela outra pessoa, mas mesmo assim é uma pergunta que pode ser respondida. Com coisas como *Sim, Não* mas também *Precisamos esperar pela minha faxineira.* Escolho *Sim*. Mas nesse caso também não tenho certeza absoluta se ela ouviu, porque agora está digitando um SMS.

— Desculpe — ela diz.

— Sem problemas! — respondo.

Deixar a Lala com suas duas cervejas na porta da casa de shows me corta o coração, mas existem coisas que simplesmente não combinam. Brasileiros e pontualidade, por exemplo, ou correios e serviço ao cliente, e certamente faxineiras e encontros dos sonhos. Além disso: o que eu quero com uma cerveja agora, um pouco antes de os músculos do meu abdômen ficarem definidos? Quando estamos na fila para entrar, arrisco outra tentativa de conversa.

— Como estão as coisas no Starbucks?

— Tudo bem!

— Que bom pra você!

Espero pela pergunta seguinte, mas claro que não vem nenhuma. Em vez disso, o celular dela apita.

Tento ser educado e não ouvir, mas claro que escuto cada palavra. Ela conta para alguém sobre a Nadine, a Jessy e a Sandy, que são todas uma vadias, que isso era óbvio. E que a Sandy podia calar a boca sobre o seu babaca da cervejaria.

– A Sandy é uma baita vadia, sabia? – a Márcia me esclarece quando finalmente guarda o celular.

– Sempre achei isso! – brinco.

– Mas você não conhece a Sandy, conhece?

Problema seguinte. Ela não tem senso de humor. Ou um diferente do meu.

– A Sandy é sua colega no Starbucks?

– Não, ela trabalha na administração do sistema de transportes! E agora ela está dando em cima do Chris, apesar de ela saber direitinho que ele está com a Iris, sabe?

– Que vadia! – indigno-me e a Márcia concorda com a cabeça. Estamos na entrada.

Um cara com a aparência estúpida e uma cabeça quadrada, cabelo curto, brinco e jaqueta de segurança me revista para ver se tenho explosivos, mas olha o tempo todo salivando para a Márcia. Eu poderia ter colocado quatro bombas atômicas no bolso da minha jaqueta que certamente ele não teria percebido.

– Tava bom ontem? – o cabeça de tijolo murmura para a Márcia.

– Foi uma noitada. Ouviu falar da Sandy?

– Que vadia! – sorri o cabeça de tijolo e se vira para o próximo espectador. Estou chocado com o tipo de gente que a minha acompanhante conhece. E aos poucos começo a me interessar em dar uma olhada na Sandy. Não demos dois passos lá dentro, minha coelhinha desaparece em direção ao banheiro com as palavras "Pega um *prosecco* pra mim?". A acompanho com os olhos e não sou o único a fazer isso. Ela parece saber e gostar. Uma certa impotência toma conta de mim. Não esperava que a minha menina do Starbucks enfiasse a língua na minha garganta logo depois de nos cumprimentarmos e perguntasse se eu estava mascando chiclete. Mas também teria sido legal se pelo menos tivéssemos trocado algumas palavras. Rabugento, pego o *prosecco* da Márcia e volto para onde estava.

Encosto em um pedaço de parede e observo as pessoas que, a maioria em grupos, passam por mim conversando. Quase todos estão entre a metade dos vinte e dos trinta anos, e quase todos não são os típicos frequentadores de shows. Ex-adolescentes que pagaram 35 euros para voltar aos velhos tempos por duas horas. "Fanda Via Superlegal!", grita um gordo com uma camiseta da banda como se fosse uma palavra de ordem e pega o copo de cerveja de um amigo. O que mais me choca nessas pessoas é que aparentemente gostamos das mesmas músicas. Olho a hora. A Márcia já saiu faz quinze minutos. Normal? Muito tempo? Ou pouco tempo? Muito tempo! Enquanto isso uma Lala bem-humorada pula pelo controle de segurança. Como se eu não tivesse problemas suficientes! Ela ainda tem nossos dois copos de cerveja nas mãos. Antes que pudesse pensar em me esconder, ela me acha e vem correndo animada.

– Simon... você está aí! Procurei você lá fora...

Ela não está nem um pouco brava por eu a ter deixado lá fora.

– Desculpe, pensei que você já estivesse aqui dentro! – minto e aproveito a única vantagem da minha queimadura: não posso ficar mais vermelho do que isso. Ela me dá um dos copos. Preciso fazer muito esforço para não beber. Minha sede está realmente monstruosa.

– Quando começa? – ela me pergunta animada e dá um gole na sua cerveja.

– Agora! – respondo e espio o relógio.

– E cadê o seu amigo? – Lala quer saber.

– Não é um amigo, é uma conhecida – esclareço para a surpresa da Lala.

– Ah, Simon... novo amor?

– Ainda não sei – assumo envergonhado. Me pergunto onde diabos a mulher está. Talvez tenha encontrado a sua melhor amiga Sandy no banheiro e resolveu lhe arrancar os dentes antes de lavar as mãos.
– E cadê a conhecida? – a Lala fuça.
– No banheiro, já vem – respondo.
– A Dörte não era boa o suficiente para você? Pelo amor de Deus. Dörte. Isso já faz anos. Ou talvez alguns dias.
– Isso com a Dörte... então, a gente é muito diferente.
– Ela me disse que vocês não se encontraram mais – ela lamenta e continua: – Que pena. Ela tem um apartamento tão bonito!
– Sinto muito – minto e então vem a Márcia se arrastando em nossa direção, bem devagar, porque na verdade ainda está digitando alguma coisa no celular com suas longas unhas brancas de coelhinha enquanto anda. Engraçado. Nunca tinha percebido isso no café. Aparentemente ela não encontrou com a Sandy pois está sem sangue nas mãos.
– Essa é a sua amiga? – a Lala sussurra com os olhos arregalados, quando ela está quase nos alcançando.
– Sim! – sussurro de volta.
– Mulher bonita! – a Lala balança a cabeça em reconhecimento e fica olhando para a Márcia.
A Márcia fica surpresa, quase chocada, quando lhe apresento a Lala, e é como se a Sandy tivesse deixado uma multa debaixo do seu para-brisas.
– Márcia, essa é a Lala... Lala, Márcia!
– Faço faxina para o Simon! – a Lala completa amigavelmente e estica a mão para a Márcia. Ela balança a cabeça preocupada e olha para mim ao invés de olhar para a Lala.
– Lala? Como? Faz faxina?
– A Lala é minha faxineira – explico.

– Sua faxineira? Você está me zoando?

Quanto mais fica claro que não estou zoando, mais a gentileza some do rosto dela. A Lala também parece um pouco menos relaxada quando se defende da pergunta pouco charmosa.

– Trouxe a chave e comprei um ingresso. Também vou ao show, mas sozinha, não precisa se preocupar com o Simon!

– Vamos entrar que já vai começar! – é a minha tentativa de mediação ignorada pelos dois lados.

– Ele me deu o ingresso de presente, mas não é meu amigo, tá bom? – conta a Márcia de maneira desbocada. De algum jeito esse tom não tinha me chamado a atenção até agora. Aparentemente o amor não só é cego, como também é surdo.

– Só estou dizendo que não quero atrapalhar vocês! – a Lala cospe de volta. Ai! Só a vi tão brava assim quando disse que ela tinha quebrado meu vaso de terracota. Entrego o *prosecco* para a Márcia. Sem agradecer, ela sai bufando para a pista. Fico um segundo inteiro de pé com a boca aberta e então corro atrás dela.

– Isso mesmo, vamos entrar! – chamo inseguro atrás dela e aceno para a Lala me seguir. Depois de alguns metros alcançamos a Márcia e nos enfiamos entre centenas de pessoas. Minha premonição de fã se concretiza. Em todo show a cada fila pelo menos uma pessoa grita um "Eiiiiiii...." ou um "Não empurra!!!" na nossa orelha. Os fãs do Fanta Vier dão um passinho para o lado e sorriem como bobos.

– Quer ir pra frente? Pra quê, de longe a gente vê melhor! Hahaha...

Quando finalmente nos decidimos por um lugar na frente da mesa de som, a Lala puxa a minha camisa e sussurra na minha orelha "É uma mulher ruim, Simon!". Logo depois completa "Tem cabelo preto!"

Não faço ideia do que quer dizer ter cabelo preto, mas não é coisa boa, posso imaginar. Alguns *roadies* ainda posicionam os instrumentos sobre o palco. Cada um é festejado freneticamente.

Infelizmente a Lala fica entre a Márcia e eu, mas dá um passinho pra frente quando percebe. Por outro lado, a Márcia parece me ignorar. Ei! Fui eu quem te deu o ingresso pra vir aqui! Por que está tão brava como se eu tivesse jogado uma pedra na sua janela? Ao mesmo tempo, já não tenho tanta certeza de como devo me sentir. Uma coisa é certa: a mulher que está perto de mim não é a mesma pela qual me apaixonei. Mas ainda não estou pronto para jogar tudo para o alto. Tudo bem, ela está distante e é um pouco grossa. Mas ainda é estonteante. A Lala a irritou. E eu...? Talvez tenha ficado brava só por causa do ingresso?

As luzes diminuem e cada músico entra no palco sob muitos aplausos. A Lala e eu gritamos e batemos palmas... A Márcia continua a digitar no celular, sem olhar ao redor.

— Vai começar! — grito pra ela. Ela faz que sim com a cabeça. A informação foi recebida e processada. As guitarras começam a soar e segundos depois Thomas D também entra no palco, todo de branco. Lala me informa gritando que não é possível tirar manchas de vinho completamente de um tecido branco. Thomas D senta em um banquinho e diz:

— Boa noite, Düsseldorf!

Engraçadinho. Depois que os assobios param, é possível ouvir os primeiro acordes de "Le Smou". A multidão se junta e se bate. É de tirar o chapéu, eles já têm o público nas mãos.

— "Die da"? — a Lala grita para mim.

— Não... mas com certeza mais tarde! — grito de volta. Quando viro novamente para a Márcia, ela desapareceu. Simples assim. Sem dizer uma palavra. Foi rápida. Vai voltar logo. Escutamos "Neues Land", "Die Stadt", "die es nicht gibt" e "Millionen Legionen". Nenhum sinal da Márcia. Fico pensando se isso ainda me incomoda, engraçado pensar como são as coisas, mas não chego a nenhuma conclusão. Pelo menos a Lala está se divertindo. Ela pula junto com milhares de pessoas ao som de "Picknicker" e sorri simpática para mim o tempo todo. Mas não quero pular. Quero saber o que está acontecendo. Quando soam os primeiros acordes de "Tag am Meer", digo para a Lala que vou ao banheiro. Com uma certa rispidez me enfio em meio à multidão. Lembro como ouvi essa música pela janela da Márcia e como estava feliz naquele dia. Engulo e luto contra as lágrimas nos meus olhos.

Então encontro a Márcia. Ela está no bar com dois caras enormes e musculosos usando camisetas coladas. Um deles está com a mão na bunda dela. Não entendo mais nada. Quero ir em frente, mas não consigo. Não posso deixar de olhar em direção a ela. Então nossos olhos se encontram por um segundo. Um segundo apenas. E ela olha para o outro lado.

Simples assim.

Entendi.

Que vaca maldita!

Achei que poderia ter acontecido tudo, menos isso. Se ela tivesse me dado o fora ainda no Starbucks: sem problemas. Se ela tivesse enfiado meu ingresso na espuma de leite: tudo bem. Mas fazer isso? Quem ela pensa que eu sou? Podia vomitar só de lembrar de cada lágrima que chorei e de cada cerveja que deixei de tomar para ficar com o abdômen um pouco mais definido, pelo qual ela não se interessa merda nenhuma. Nervoso, vou em direção a ela. Cara, estou furioso! Dou um soco tão forte no nariz de um integrante do batalhão de fãs idiotas e atrapalhados do Fanta Vier que ele nem sabe a placa do caminhão que o atropelou. Sob tensão, peço três cervejas, duas para mim e uma para a Lala. Pago e dou alguns passos para ficar ao lado da Márcia e dos brutamontes sem cérebro. Então me viro para ela.

– Divirta-se! – grito para Márcia.

– Você também! E manda um oi pra sua faxineira! – ela ruge de volta.

Os brutamontes morrem de rir.

É um reflexo, contra o qual não é possível fazer muita coisa. Por isso o conteúdo dos meus copos de cerveja – e estamos falando de mais de um litro no total – vai parar na cara da coelhinha de janeiro a dezembro. Ela fica tão furiosa que não consegue falar nada. Mas seus dois amigos primatas conseguem. Quero sair correndo, mas é tarde demais.

– Foi um reflexo! – ainda grito, mas então já tenho um punho no estômago e depois mais um, e depois os socos se espalham por diversas partes do corpo, as quais não sei mais dizer exatamente onde ficam. Não consigo mais respirar. Não sei mais o que é o chão e o que é o teto. Não tenho chance. Os dois são maiores e mais fortes do que eu. Tudo deve ter durado um minuto ou dois, não sei. De algum lugar aparecem dois seguranças, que são ainda maiores que meus adversários. Os brutamontes fogem, até onde consigo entender. Então vou mancando com dificuldade até o bar. Uma garota de óculos e aparelho olha pra mim assustada, diz algo como "Meu Deus do céu!" e empurra um atendente na minha direção. O atendente pega a cerveja que eu já tinha pedido da minha mão e pergunta como estou me sentindo. Digo que está tudo maravilhoso e que preciso voltar para a pista para encontrar minha faxineira e que tinha me enganado com o amor, e se podia ter minhas cervejas de volta, porque estou com muita sede. Então sou levado embora.

NA SALA PRIVATIVA PARA FICAR NA HORIZONTAL

O show já tinha terminado faz tempo, quando o psicólogo, o Dr. Wegener, me dispensa da sala da cruz vermelha balançando a cabeça.
– Tire umas férias! – ele ainda me aconselha.
– Vou tirar! – prometo a ele e me arrasto pelo hall pouco iluminado em direção à saída.
– E minhas lembranças à Lala! – escuto ele gritar, mas só levanto a mão para mostrar que tinha entendido. Uma simples mão, mas tão pesada.
Pego meu celular e escolho o número da Paula. Aparece na tela: *Ligação para Paula em andamento*. Desligo. O que tenho de especial para contar para ela? Não é culpa dela que nada deu certo hoje. No fundo ela já sabia. Já sabia no dia em que fomos juntos à sauna. Ela não queria me machucar. Os brutamontes da Márcia fizeram isso. Ao invés disso, ligo para o Flik. Ele está em casa e combinamos de nos encontrar no de-lite, um bar com DJ. O Flik ficou feliz por eu ter ligado. Pelo menos alguém. Empurro a grande porta de ferro para a rua e me apoio em uma parede no ar frio. Meu braço está doendo. E minha mandíbula também. Depois de meia hora finalmente consigo um táxi. O motorista me cumprimenta com um "Ai meu Deus do céu!"
O Flik não apanhou mas parece tão acabado quanto eu. Nos abraçamos e entramos no de-lite lotado. Para o esperado "Por que

você está assim?" respondo "Mais tarde!". Abro caminho até o bar e peço duas cervejas. O Flik se apoia em uma coluna um pouco perdido. Me dou conta de que quase todos os frequentadores são mais jovens do que nós. O Flik também parece bastante desorientado e um pouco distante. Já não é possível ver mais nenhum vestígio da pequena transformação positiva que tinha me surpreendido tanto nos últimos dias. O Flik está usando de novo suas calças curtas demais e uma camisa dos tempos em que era mais magro, que fica apertada na barriga. Apesar do frio, não deixou de usar seus mocassins que são um atentado à moda. Duas estudantes entediadas saem de seus bancos no bar, que agarramos com unhas e dentes. Quando nos sentamos, descobrimos o motivo do tédio: duas garrafas vazias de refrigerante. As coisas com os jovens estão indo ladeira abaixo. Faço um brinde com o Flik e bebo metade da minha cerveja em um gole. O Flik só dá um golinho.

– Muito gelada para o meu estômago – ele se desculpa.

Quero contar logo sobre o meu show catastrófico nos mínimos detalhes, mas ele sai na frente.

– A Daniela terminou comigo!

Sem palavras, fico olhando para o Flik. É isso que chamo de começar uma conversa!

– Que merda! – foi a única coisa em que consegui pensar rápido. Pego minha cerveja dando de ombros e fazemos mais um brinde. Tim! Coitado do cara! Será que devo dizer a ele que estive com a Daniela? Talvez ela já tenha dito alguma coisa e ele esteja suspeitando de algo. A pergunta que vem a seguir depois de uma frase como "XY terminou comigo" normalmente é "Por quê?".

Estou morrendo de medo de fazê-la. O Flik parece cansado. Aparentemente essa pegou ele de jeito. Não é de surpreender. A Daniela foi sua primeira namorada depois de anos. E o babaca aqui tinha que se meter. Viro a cerveja e peço uma vodca com tônica.

Então arrisco.

– E por quê?

O Flik estava esperando pela pergunta, pois a resposta veio rápido.
— Ela não está apaixonada por mim. Gosta de mim, mas não deu o clique — ele confessa em voz baixa.
— Legal, o velho papo de vamos ser amigos! — resmungo.
Flik se permite mais um gole de cerveja. Recebo minha vodca com tônica, jogo o canudo no lixo na nossa frente e dou um tapinha de apoio no ombro dele.
— Não tem o que fazer! Vai ser melhor com a próxima!
— É... — ele suspira. — Posso entender. Se eu fosse uma mulher como ela, bonita como a Daniela, não sairia com um cara como eu! Com alguém como você talvez... mas...

Cara. Coitado. As coisas sobre as quais o pobre coitado está reclamando depois de meia cerveja merecem dez sessões de terapia. Se eu ainda disser pra ele que saí com a Daniela ontem, talvez o seguro ainda cubra mais dez sessões. Claro que não vou fazer isso. O que meu amigo precisa agora é de consolo e distração. Palavras encorajadoras de alguém que o entende e o coloca pra cima. Eu.

— Para com isso! Você não é tãããããoooo feio assim!

Talvez eu pudesse ter formulado isso de um jeito um pouco mais positivo.

— Obrigado!

— Meu Deus. Compre algumas roupas decentes e perca dez quilos. Já vai ser bom. Você realmente não é tão feio assim, Flik!

Acho que melhorou.

— Só isso? — ele grasna e ergue sua cerveja do bar. Até parece que ela ficou um pouco mais cheia.

— Não! Você TAMBÉM precisa cortar o cabelo e de óculos novos! A Paula também acha. ISSO é tudo!

Pronto. Agora ele sabe. Talvez leve a informação adiante. Mas no momento simplesmente está observando a multidão de estudantes que se divertem. Será que me ouviu?

— Você me leva junto na sua academia?

— Não.
— Por que não?
— Porque todo mundo vai pensar que nós dois somos veados. Você já sabe onde eu faço academia!
Ele teve que rir. Finalmente.
— Mas a gente podia fazer umas compras, né? Um jeans novo e algumas camisas?
— Isso a gente pode fazer!
Flik balança a cabeça feliz.
— Que bom!
Estou aliviado. Tão aliviado, que depois de um tempo conto minha história pra ele.
— Se você acha que teve azar hoje, meu dia foi uma merda!
— Mesmo? Por quê?
Conto tudo a ele, começando pelo encontro com a Paula no café, passando pelo momento escaldante, até a Lala, a Márcia e o incidente com os amigos da Márcia.
— E tudo isso num dia só? — O Flik dá risada.
— Tudo isso num dia só! — murmuro, esvazio minha vodca com tônica e aceno para o *barman* por mais uma. O nó no estômago crônico do Flik também parece ter melhorado por um segundo, então ele pede o primeiro Mai Thai da sua vida.
— Em comparação com o seu, tive um dia tedioso. Quer dizer, uma mulher apenas terminou comigo!
— Muito comum – completo.
O DJ toca um remix da música-tema do desenho animado *Captain Future*. A música não é dos anos 1980, mas da quarta dimensão.
— Legal! – diz o Flik, e bate no balcão.
— É! – respondo. Sempre gostei de assistir a *Captain Future*, porque achava que *Kimba, o Leão Branco* era para os fracos e para as meninas. Só mais tarde me dei conta de que todos os desenhos

animados são para meninas, mas tudo bem, porque hoje em dia assisto a séries muito masculinas como *Duro na Queda* e *Riptide*.

– O que quer dizer mesmo *Riptide?*

– Sei lá!

É bizarro. A gente assiste às nossas séries preferidas há anos e duas décadas mais tarde ainda não sabe o que o título quer dizer. O Flik ainda está lutando bravamente com o Mai Thai, eu fico na vodca com tônica. Não demora muito e nós dois estamos completamente bêbados. Por medo de que esse estado maravilhoso vá pelos ares, pedimos mais uma rodada e falamos muita merda, evitando a todo custo as palavras "Márcia" e "Daniela". Para tudo há o seu tempo. Um pouco depois da uma, pergunto pro Flik se a gente devia ir para outro lugar.

– Pra onde?

– Tenho uma ideia! O lugar ideal pra gente!

Flik está de acordo. Quando levanto do banco, fico surpreso em perceber como estou bêbado. Tudo bem. A noite já está funcionando no piloto automático. As coisas vão acontecer a partir de agora como elas devem acontecer.

Está um inferno na frente dos dois maiores puteiros de Colônia. É como se dez mil homens tivessem abandonado suas mulheres ao mesmo tempo. Quem gosta de jogos de palavras bobos, poderíamos dizer que é a "hora do rush" e todo mundo daria risada dessa piada tão legal. Mas seguro minha língua na hora certa, porque nosso taxista não está pra brincadeira, dá pra ver pela sua identificação amarela com uma foto brava pendurada no painel. *Jupp Kreuzfeld*. Só faltou o aviso *"Atenção, original de Colônia!"*

Em passo de tartaruga chegamos ao fim da fila de táxis. Agradeço por nosso taxista de Colônia não ter feito nenhum comentário sobre o nosso destino.

— O senhor pode parar aqui discretamente? — pergunto.

— Esses são os dois maiores puteiros do estado. Não dá para ser discreto aqui. Treze euros e sessenta!

O Jupp tem razão. Dou quinze euros pra ele, saio do carro e me coloco ao lado do Flik, que analisa os arredores com os olhos arregalados e a bochecha vermelha.

— Isso é loucura! — ele diz. — Isso é um carnaval!

— Igualzinho, né? — falo pra ele de um jeito descolado, como se viesse toda semana aqui. A verdade é que só estive aqui uma única vez. Joguei cinquenta euros pela janela, não peguei nada e logo depois fui levado para casa por uma taxista enojada. Mas isto faz anos. Hoje é a minha segunda chance. Aparentemente Flik está pronto para escolher um dos puteiros e observa uma faixa branca com os dizeres *Tudo o que você puder foder por 99 euros!*

— Simon! — ele me chama — Vem aqui!

Por que eu deveria? A faixa é grande o suficiente. Não é preciso chegar mais perto para ler melhor.

— Tá bom...! — balbucio e vou para o lado do Flik.

— O que isso quer dizer? — ele me pergunta sem acreditar.

— Acho que quer dizer o que está escrito.

— Mesmo?

— Acho que sim!

Entramos cambaleando e rindo como duas garçonetes tailandesas. Poderia jurar que precisaria de pelo menos meia hora para convencer o Flik. Agora ele entra assim. Um segurança com cara de touro usando brinco abre a porta para nós. Está abafado e, como era de se esperar, o tapete é vermelho. Quase não consigo me concentrar no caixa, porque a alguns metros dali a primeira menina está sentada no bar — de lingerie branca! Cada um paga 99 euros e recebe uma pulseirinha amarela. Coloco meu braço no ombro do Flik e faço ele perder o equilíbrio. Quase caímos contra a parede. A menina no bar dá risada, o segurança olha de novo pra gente. Nos arrastamos por mais alguns metros e passamos por meninas seminuas, mas só uma delas é bonita. As meninas ficam nos olhando. São inimigas dos homens ou o quê? De repente sinto um medo, quase me cago. Levo o Flik para um pequeno bar, onde estão exatamente três homens e três mulheres. Atrás do balcão uma *barwoman* fuma uma cigarrilha. Das enormes caixas de som sai "Wouldn't it be good" de Nik Kershaw. Não, não seria!

– Vamos fazer primeiro uma pausa – respiro fundo, como se tivesse subido a torre da catedral de Colônia junto com centenas de turistas.

– Mas ainda não fizemos nada! – Flik protesta.

– Mesmo assim! Vamos chegar primeiro!

– Por mim...

Então fico na fronteira de ser descolado. Os papéis foram entregues, teoricamente seria possível atravessar a fronteira a qualquer segundo, e claro que tenho um grande respeito pelo sexo com mulheres desconhecidas comprado de maneira maliciosa. Não é uma coisa legal, quando a gente se dá conta bêbado, de que a imagem que temos de nós mesmos não está certa. Simon Peters nunca pegou um táxi até o puteiro e em três minutos pegou uma loira de aluguel.

Peço duas cervejas e pago dezesseis euros. Entrego um copo para o Flik e termino o meu em dois goles gigantes. Fica claro para mim que, contando com a entrada, tinha pago até agora 107 euros por uma cerveja. Portanto não me sobra outra coisa senão atacar. Bato no ombro do Flik.

– Hoje agentesefodeu, né Flik?

Percebo que as cervejas e as vodcas com tônica se uniram contra o meu centro nervoso da fala. Digamos que é melhor que eu não leia as notícias do dia em voz alta.

– Podesedizerquesim – ele confirma.

O Flik também não deve fazer isso.

— Masnãocomagente — balbucio.
— Não com a gente!
— Vamos foder de volta!
— Vamos foder de volta!
Sob o olhar cético da *barwoman* que não tinha onde cair morta, nos colocamos em ação. Quando me viro um pouco para a esquerda, uma negra está ao meu lado e sorri para mim. Ai — não vai me dizer que ela ouviu a gente falar sobre foder. A tempo de eu não pensar em uma desculpa esfarrapada, me dou conta de onde estou: em um puteiro! E em um puteiro a gente pode dizer "foder". Então sorrio de volta. Quando quero acenar para o Flik, ele já está conversando com uma pequena tailandesa vestindo uma *legging* branca.
— Wanna have some fun? — a negra me pergunta. Ela não é feia, deve ter um pouco mais de quarenta, bem cuidada, mas não exatamente magra. Se eu tirasse minhas sete cervejas e três vodcas com tônica, então ela seria feia. Por outro lado, hoje também estou feio. Infelizmente não sei se a puta afro-americana pode ficar um pouco mais bonita se eu ficar mais bêbado.
— Where d'you come from? — pergunto por pura gentileza e percebo para o meu horror que o Flik evaporou de mãos dadas com a ratinha tailandesa. Ei, ela não viu que ele é muito gordo e usa mocassim? Não entendo mais esse mundo. Não me surpreende que as pessoas digam que as prostitutas não têm bom gosto.
— Dominican Republic. My name is Wanda... — a negra sussurra e simplesmente agarra as minhas bolas. Aperto meu copo de cerveja vazio e espero que ele não quebre. Não, não quero me deitar na horizontal em uma sala privada com a primeira que aparecer. Se não tomar muito cuidado, a dama caribenha vai me levar pra cama em exatamente cinco minutos. O Flik também não está mais lá. Enquanto isso os dedos da Wanda massageiam os coitados dos meus órgãos masculinos com força. Mas eu não quero. Porém:

como dizer isso a uma dama? Não vai ficar mal pra mim? É claro que eu devia dizer de alguma maneira. Algo como: "Desculpe, mas essas são as minhas bolas"?

Não seria muito legal. Enquanto luto contra uma ereção, a boazuda me faz cócegas no que ela segura entre os dedos. Por favor, por favor, sem ereção! Poderia pensar na Wiener Platz em Mülheim. Ela é tão feia que poderia evitar qualquer orgasmo por horas.

– You like it? – a Wanda me pergunta.

– Yes, not bad – respondo, e depois de dois minutos sem consumir álcool a mulher já parece ter mais de cinquenta.

– I make everything you want. I give you a blowjob you will never forget! Acredito que nunca vou esquecer, querida! A *barwoman* velha atrás do balcão ri para mim, como que dizendo: "Deixa rolar... Não deixe seu sofrimento te atrapalhar, cara!"

Mas não posso. Em vez disso, faço a pergunta mais idiota que se pode fazer a uma prostituta dominicana que já está com os dedos nas suas bolas.

– The Dominican Republic... – pergunto, – I Always wanted to know what political system you have got there... democracy?

Obviamente não, já que nesse instante a mamãe Baccardi me pega pela mão e me leva embora. Simples assim. Então fico sabendo! A República Dominicana é uma ditadura. Chegamos em um pequeno quarto com uma cama enorme. A Wanda fecha a porta e tira minha roupa. Não me defendo. Isso é aconselhável em ditaduras, já que lá a vontade do indivíduo não vale nada. Se você se subordinar, não acontece nada. Quando estou só com minha cueca samba-canção colorida, a Wanda me empurra pra cama, mas não faz nenhum movimento para se despir. Normalmente não é o contrário? Em meio segundo ela desenrola uma camisinha sobre o meu pequeno Simon. Isso é bem profissional, penso comigo mesmo. Ela faz isso bem.

— Ótimo! Ótimo! — digo em voz alta. As coisas ficam quentes rápido. Levanto minha cabeça e vejo o que popularmente é descrito como sexo oral. Percebo logo a diferença com os filmes pornôs disponíveis no mercado: estou nele! Que bom, ainda penso, estar em um pelo menos uma vez. Então gozo. Na verdade, não de um jeito especial, eu não digo "Ahhh" ou "Huhhh" como as outras pessoas que aparecem em filmes pornô, eu só gozo. Então a Wanda corta minha pulseira amarela e a guarda. Ahhh..., então é assim que eles fazem o controle, penso. Ouço água correr no pequeno banheiro. Acho estranho que ela lave as mãos, já que praticamente não encostou em mim. Percebo que ainda estou jogado pelado sobre a cama da Wanda. Existe algo mais degradante do que um homem pelado e bêbado com uma camisinha murcha e uma cueca samba-canção colorida sobre a cama de uma puta?

— Had some fun? — a Wanda me pergunta e joga minhas roupas em cima da cama. Ela não podia ser mais simpática?

— Yes! Thank you! — respondo e ainda quero me desculpar por ter gozado tão rápido, mas ela não está mais prestando atenção em mim. Então me visto, o mais rápido possível, e saio. A faixa *Foda o quanto puder!* balança sobre a minha cabeça. Então, maravilha! Mostrei pra eles! Fodemos de volta! Hahahaha. Sento em um murinho e acendo um cigarro. Tem um gosto de merda. O que o Flik está fazendo? Leva tempo até ele sair.

Estou quase congelando quando finalmente vejo o Flik. Ele sai triunfante do puteiro como um general depois de uma batalha vencida. Um cirurgião plástico precisaria de duas semanas para tirar aquele sorriso bobo da cara dele.

— Siiimmmonnnnnnn! — ele grita, como só um bêbado pode gritar, e me abraça. — Foi tããããoo legal!!!

— O que foi legal? — pergunto irritado.

— Acabei com elas, transei com sete mulheres! Sete! Fico olhando para o Flik como um coala olha para uma plantação de eucalipto em chamas.
— Seeete? Você não transou com sete mulheres, você está muito bêbado!
— Claro que sim! Acabei com elas! Só gozei com a última! Não entendo mais nada.
— E antes? Você não gozou, é isso?
— Eu fiz isso! Não é legal? Até poderia continuar transando! Como você disse, vamos foder de volta!
Agora a dimensão dos planos do Flik ficou clara para mim.
— Espera aí, Flik. Você está me dizendo que levou seis putas ao orgasmo?
— Louco, né? Acabei de dormir com mais mulheres do que na minha vida inteira até agora!
Respeito. Isso é classe. Devo isso a ele. Não tinha pensando nisso. O Flik realmente fodeu cada centavo desse buraco.
— E você?
— Foi bom também. Peguei uma sueca. Durou quase uma hora! – minto.
— Fico feliz que você não tenha pego aquela negra gorda do bar – ele exclama. – Como chamava a velha? Wada?
Não sei por que digo isso, simplesmente sai. Provavelmente tem a ver com o fato do Flik ter me provocado com sua história das sete mulheres.
— Estive com a Daniela – falo calmamente.
— O quê? – Flik ainda está metido por causa da sua história.
— Tô dizendo, estive com a Daniela.
De repente o Flik fica mudo.
— Daniela? A minha Daniela?

— Não foi nada. Não fiz nada. Mas infelizmente ela ficou caidinha por mim.
Exatamente nesse segundo preferia não ter dito nada. O Flik me encara mudo.
— Sinto muito! – digo.
O Flik procura o ar. Só posso imaginar como ele se sente.
— Quando?
— Fui no espanhol, eu... só queria ver como ela era, a sua Daniela!
— Ontem! – ele respira aliviado e senta ao meu lado no muro.
— Por isso ela estava tão esquisita no telefone!
Preferia que ele tivesse me dado um soco na cara. Em vez disso, fica sentado ali como um miserável olhando a saída do puteiro.
— Não aconteceu nadinha de nada, Flik. A gente só bebeu e de algum jeito ela gostou de mim... realmente não fiz nada... vai ser melhor pra você!
Ofereço um cigarro ao Flik. Ele pega, mas não fuma. Ficamos ali em silêncio. Eu fumo, ele observa. Eu podia bem ir tomar no cu. Por que ele tinha que me provocar! Tanto faz. Tudo o que eu disser agora, só vai tornar as coisas mais difíceis. Depois que termino de fumar, ele se levanta e diz uma frase que provavelmente vai ficar na minha cabeça pelo resto da minha vida. Ele a pronuncia claramente e quer dizer exatamente cada merda de sílaba.
— Acho melhor que a gente não seja mais amigo, Simon.
Eu balanço a cabeça. E o Flik vai embora.

QUANDO VOCÊ TEM UM LIMÃO

O homem que não sai de perto de mim nem um milímetro nessa gelada manhã de segunda-feira é baixo, veste um terno cinza e leva uma pasta preta. O homem que não tira os olhos de mim nem por um segundo, não tem a mínima ideia de como devo me sentir depois desse final de semana terrível. Esse homem vem em nome de pessoas para as quais eu devo o dinheiro da luz e do gás. E disse que vai abrir uma exceção só dessa vez. A exceção é que vai me acompanhar até o caixa automático, para que eu possa colocar 561 euros em dinheiro na mão dele. Por que faço uma coisa dessas comigo mesmo às nove da manhã? Muito simples: não tenho escolha. Aparentemente fui avisado diversas vezes para pagar a quantia. Perguntei ao baixinho como eu poderia saber sobre os avisos se não tenho tempo para abrir todas as cartas. Ele riu disso, o baixinho, e disse que se tenho tão pouco tempo, então certamente devo estar trabalhando muito e devo estar rico, então eu poderia dar logo os 561 euros para ele. Foi nesse ponto que comecei a odiá-lo.

– Você tem conta em qual banco? – o baixinho pergunta sério, antes de chegar ao caixa automático depois de dez minutos de caminhada.

– Stadtsparkasse de Colônia! – digo.

– Aha – ele responde, como se só o nome já fosse um mau sinal. Talvez tenha razão. Assim que se tem um probleminha com o saldo, eles acabam com os calendários, as canetas e a cortesia.
– Vou entrar com você! – diz o baixinho, quando chegamos à indesejada filial do meu banco.
– Como o senhor quiser – digo, enfio meu cartão na fenda da máquina e rezo para meu salário já ter caído. Enquanto digito minha senha, o baixinho se informa sobre aposentadoria em brochuras sobre um grande *display*.
Estou muito nervoso, porque meu saldo é um mistério absoluto até para mim. Certamente faz um mês que não quero ver esse número maldito. Também não consigo vê-lo quando faço saques, porque sou muito alto. A tela é feita de maneira que qualquer cliente com mais de um metro e oitenta precise ajoelhar-se para olhar o canto superior direito da tela. Acho que isso é vingança dos baixinhos. Os baixinhos na verdade querem que os altos fiquem endividados sem saber para que não consigam ficar nem com a casa nem com a mulher. Então eles batem na sua porta e oferecem créditos caríssimos, e tudo fica ainda mais difícil, então eles tomam a sua casa e a sua mulher, e pegam seus filhos na creche com limusines de luxo. Eles querem que qualquer um que tenha mais que um metro e oitenta esteja na sarjeta antes dos trinta.
Ajoelho-me com muito cuidado.
10.678,98 euros negativos. Não pode ser!
– Tudo bem? – pergunta o baixinho.
– Claro! – tusso e tento esconder o símbolo de menos diante do número com a unha. Vai ser um milagre se essa máquina ainda cuspir algum dinheiro. Clico no campo "Outras transações" e peço seiscentos euros. De dentro da máquina, ouço bipes e estalos, então parece que algo está sendo impresso, e finalmente leio na tela: *Por favor entre em contato com o seu gerente.*

Minha última faísca de esperança de pegar meu cartão de volta acaba quando segundos depois a máquina deixa o cliente seguinte enfiar o cartão dele. O cliente seguinte sou eu, mas a máquina idiota não sabe disso. E claro que não vou entrar em contato com o meu gerente, porque não gosto dele desde que parei de ganhar calendários. Na melhor das hipóteses, eu colaria um enorme feito de concreto debaixo do seu sapato de couro e jogaria numa lagoa idílica e tranquila.

– Algum problema? – o baixinho pergunta e tenta dar uma olhada na tela com seus olhinhos.

– Sim – respondo e guardo minha carteira.

– Um grande problema?

– Digamos que um problema do seu tamanho!

Era melhor não ter dito isso.

– Parece que vamos voltar para o seu apartamento – o homenzinho diz irritado.

– E daí?

– Vou desligar a luz e o gás!

– Estamos no inverno!

– Você pode explicar isso mais tarde para o serviço social!

– Tenho uma amiga no *Express*, ela vai fazer um escândalo com isso! – ameaço.

– Estive lá ontem, eles também não pagam! – ele responde calmamente e sai do banco, do jeito que apenas os homenzinhos podem sair de um banco.

– Não foi o que eu quis dizer! – digo, quando já estamos no lado de fora.

– O que você não quis dizer? – o homenzinho me pergunta e não dá nenhum indício de que vai ficar parado.

– O que eu acabei de dizer! Se o senhor tiver mais dez minutos, vou pegar o dinheiro com um colega!

O homenzinho não diz "tudo bem", mas mesmo assim fica parado. Não me lembro quando foi a última vez que fiquei tão irritado com alguém. Provavelmente o homenzinho gosta disso. Talvez seja por isso que ele faça esse tipo de trabalho.
– Que colega, qual empresa, onde? – ele quer saber.
– Na esquina, um vendedor, T-Punkt!
– A bateria do meu celular anda maluca ultimamente – diz o homenzinho. – Funciona só por uma hora, apesar de ser novinha.
– Vou cuidar disso!
O homenzinho olha uma agenda enorme e concorda, porque seu próximo compromisso é ali perto.

No final das contas é meu colega Volker de quatro olhos que, rangendo os dentes, faz uma transferência *on-line* no valor de 561 euros diante dos olhos do homenzinho.

– E ainda resolvemos mais uma coisa – diz o homenzinho, guardando sua bateria nova no bolso e me entregando seu cartão de visitas.

– Quando você tiver uma oferta boa para esse celular com agenda, pode me ligar. Ele deve ser muito prático.

– Com prazer – minto, abro a porta de maneira supersimpática e salvo seu número de telefone no meu celular para poder fazer ligações anônimas todos os dias às duas da manhã. Vou até o bebedor e encho um copinho de papel até a metade. Meu colega demonstra um certo nervosismo, que chega até mim no bebedor. Alguma coisa está acontecendo, não tem erro, há alguma coisa no ar, posso sentir.

– Vai ver a chefe lá em cima, Simon! – ele sussurra apressado, quando jogo meu copo no lixo.

– O que está acontecendo? – falo baixinho.
– Tem gente lá querendo falar com você!
– Ah! E cadê o Flik? – sussurro.
– Está doente, vem mais tarde – é a resposta curta.

Graças a Deus. Preciso resolver minhas coisas primeiro, antes de chegar perto dele. Certamente não vai ser fácil trabalhar junto com o Flik depois de toda essa merda. Jogo minha bolsa debaixo do balcão de vendas, quando o Volker sussurra para mim de novo, dizendo que preciso falar com a Coruja. Ele não pode dizer mais nada porque o primeiro cliente, um adolescente gordo matando aula com uma jaqueta de plástico branca, entra na loja e testa o peso dos nossos modelos de celular multifuncionais. Ele não é o primeiro idiota a beliscá-los.

– Ei, Simon? – Volker repete tentando ser simpático.
– Sim?
– Você vai lá falar com a chefe?
– Com prazer – digo e mostro meu dedo do meio. O cara teve que rir.

Murmurando me arrasto pelas duas escadas acima, mas não até a minha chefe, e sim para a nossa sala de convivência. Abro a porta e tateio à procura do interruptor. A luz branca acende piscando. O cheiro é de lixo mofado e fumaça fria. Estranhamente, aqui também não tem ninguém. Abro a janela pra fumar, me sirvo uma xícara de café e me deixo cair numa cadeira de palha.

Assim que coloco meu celular na mesa manchada, ele toca. Na tela está escrito *Paula*. Não atendo. Tomo um gole de café e cuspo logo de volta, porque ele tem gosto de pele de coelho albanês. Provavelmente de sábado! Coloco a xícara longe, respiro fundo três vezes e vou para o escritório da Coruja. A porta está entreaberta e ouço vozes. Oba! A Coruja tem visitas! De um modo estranho, as vozes me soam familiares. Respiro fundo mais uma vez e abro a porta. Quando vejo quem está lá o chão debaixo dos meus tênis sujos parece se abrir. Na frente da Coruja estão os dois caras de pulôver cor de concreto do curso de espanhol. Mas dessa vez em uniformes da polícia.

– Ah! – diz Malte.

— Aha! – sorri Broder.
— Ai! – digo.
Minha chefe não diz nada.
Tateio para achar uma cadeira para sentar, pois me sinto um pouco fraco. Alguma coisa faz meus joelhos tremerem e de repente parece que raios estão zunindo na minha cabeça. É esse tal zumbido no ouvido de que todo mundo fala? Sento-me com cuidado.
— Então? Divertiu-se um pouco depois da aula, Nils? – Malte me pergunta.
A Coruja olha pra cima e rugas se formam em sua testa.
— Nils? – ela pergunta.
Não consigo acreditar que passei metade da noite na semana passada no curso de espanhol perto de dois tiras. Vou reclamar com esse tal de Soyjulian porque ele não nos ensinou as profissões!
— O senhor sabe por que estamos aqui? – Malte me pergunta.
— Pra fazer a lição de casa, talvez? – arrisco. Os dois balançam a cabeça dizendo não.
— Talvez você tenha uma outra ideia ainda mais espertinha? – Broder me pergunta.
— A conexão da internet não está funcionando? – sugiro.
— A minha funciona bem com o telefone! – Broder constata enquanto a Coruja fica olhando para a mesa e rabiscando em um bloco de papel.
— Não sei! – admito, porque aparentemente essa é a resposta que os dois cabeças moles querem. Pela persiana do escritório vejo a Márcia no seu uniforme do Starbucks. Ela está fazendo espuma de leite como sempre, mas dessa vez parece mais distante do que nunca, quase em outra dimensão. Um caso para o Future Capitain? A Coruja solta sua caneta e levanta. Ai! Agora a coisa vai ficar ruim!
— Simon, quando eu disse que você devia cuidar daquele contrato com a menina de oito anos, não quis dizer que era para você entrar na casa dela, era para conversar com os pais!

É isso. Já tinha esquecido completamente disso.
– Cuidei das coisas do meu jeito – defendo-me.
– Preciso avisá-lo – o tira Malte me interrompe – que o senhor é acusado em um processo criminal e não deve revelar nada sobre a sequência de fatos nesse momento! Identidade, por favor.

Que palavreado é esse? Acusado em um processo criminal? Não é de espantar que eles tenham tanta dificuldade com o espanhol. Ninguém consegue entender o que eles falam! Irritado, tiro minha carteira da calça e procuro minha identidade. Encontro-a atrás da minha carteirinha da biblioteca e um cupom de desconto no cabeleireiro, e entrego-a para o Malte.

– O senhor tem um advogado? – ele me pergunta.
– Por que eu iria querer um advogado? Posso falar sem ajuda de estranhos!
– Faça como quiser – ele devolve e segura minha identidade bem na frente dos óculos fundo de garrafa.
– Venceu há três anos, mas com certeza é Simon Peters! – ele ri.

Hahaha. Deve ser um tipo de humor policial. Me pergunto o que há de tão engraçado em ter uma identidade vencida.

Preciso esclarecer algumas coisas urgentemente. Como ainda estou um pouco confuso, só consigo dizer "Eu...". Depois digo as palavras de um jeito muito embaralhado, até o tira Broder interromper.

– Vamos começar de uma vez por todas. Onde o senhor estava hoje de manhã?
– Em casa!
– Também estivemos lá. Por que o senhor não abriu a porta?
– Achei que era o lixeiro!
– Cuidado!
– Qual é o problema exatamente? Não sei...
– Este é o problema! – Malte sorri e coloca uma fita no videocassete da Coruja.

Faço a pergunta totalmente desnecessária "O que é isso?", mas depois de uns chuviscos na tela sei o que é: imagens minhas, feitas por uma câmera de segurança no corredor da casa na qual fui buscar o contrato e o celular. A imagem é verde e me lembra os bombardeios mostrados pela CNN na primeira guerra do Iraque. Infelizmente a qualidade é melhor. Quatro pares de olhos encaram a tela enquanto danço e canto bêbado ao som do toque polifônico do Ricky Martin. Os dois tiras não fazem o menor esforço para esconder um sorriso. A Coruja olha muda pela janela. Obviamente ela já conhece o filme.

– Ótimo movimento de quadris! – diz Broder.

– Essa é a primeira evidência de que precisamos fazer aula de salsa! – brinca seu colega. Morro de rir, babaca.

– Olha agora, senhor Peters, agora vem a melhor parte!

Na "melhor parte" estou em posição com meu celular perto da porta do escritório, grito "FBI! Freeze your motherfuckers!" e abro a porta com um chute.

– Precisamos mesmo ver até o final? – peço.

– Ah, nós e nossos colegas sempre gostamos de assistir de novo. – Broder se anima.

Devia ter zoado mais com esses dois merdas durante o curso.

– Ah, Simon! – minha chefe suspira. – Por que você sempre faz merda?

– Como é que eu ia saber que estavam me filmando? – defendo-me.

A Coruja levanta. Suas bochechas sempre brancas agora estão cor-de-rosa.

– Você não pode entrar na casa de um cliente à noite e roubar um celular!

– Não roubei nada! Comprei de volta! Deveria ter um euro em cima da mesa!

— Mesmo que você tivesse deixado mil euros — Broder interfere. — Invasão de domicílio é invasão de domicílio.

— Não foi invasão de domicílio! A porta estava aberta — protesto.

— E como vocês descobriram que trabalho na T-Punkt? Broder vira os olhos surpreso.

— Em primeiro lugar, nessa noite o senhor disse na secretaria eletrônica "Telekom, nós fazemos", então mostramos o filme para a pequena Ulrike, que também o reconheceu, depois também o vimos na semana passada no Jonny Turista.

Ser reconhecido uma vez já seria o suficiente. Mas o idiota aqui precisa ser reconhecido três vezes.

Broder aperta "Stop" e tira a fita.

— Como sempre — diz —, acho que podemos fazer o resto das perguntas na delegacia!

— Que... delegacia? — meu coração dispara.

A coisa da delegacia parece tão óbvia para todos na sala que ninguém me responde. Ou de repente fiquei invisível? Não estou mais aqui? Mordo meu braço, o que dói muito, mas me alivia imensamente, porque sei que ainda estou aqui. Mas delegacia? Na minha vida inteira nunca estive numa delegacia. Vou para a prisão? Se sim, por quanto tempo? Há algumas semanas assisti a uma matéria sobre uma prisão na televisão e não gostei do que vi. A privada nas celas não tem tampa e isso é uma coisa que me deixa louco. Broder e Malte se levantam e fico feliz por eles não colocarem algemas em mim.

— O que acontece agora? — a Coruja pergunta. Boa pergunta. Eu também gostaria de saber.

— Vamos levá-lo para a delegacia, fazer uma ocorrência e, se tudo correr bem, à tarde a senhorita tem ele de volta.

A Coruja balança a cabeça sem dizer nada e olha pela janela. De alguma forma, sinto pena dela. Então saio do escritório com

Broder e Malte. Quando descemos as escadas, Flik vem em nossa direção. Ele consegue manter a boca fechada quando me vê com Malte e Broder usando uniformes.

— Tudo bem, Flik? — diz Malte.
— O quê...? — pergunta o Flik.
— Já vamos devolver o seu colega, amigo — Malte ri e dá um tapinha no ombro do Flik. Muy bien! Nunca tinha visto uma imitação de uma estátua de sal tão boa quanto a do Flik.

Sento, pela primeira vez na vida, no banco de trás de uma viatura de polícia. Ninguém diz uma palavra, só o rádio apita de vez em quando. Uma Colônia cinza e quase irreal passa pela janela. Em um cruzamento, um casal sorridente atravessa a rua com uma coroa de advento. Com certeza vão levá-la para o apartamento onde moram juntos, vão esperar pelo primeiro advento, acender uma vela e dizer coisas assim: "Ah... já é o primeiro advento de novo, o ano passou tão depressa!" Isso me dá nojo! A viatura fica parada muito tempo nesse farol, mas a cidade parece cada vez mais distante, cada vez mais, com suas horríveis construções do pós-guerra e as grandes redes de lojas de roupas tediosas, daquelas que existem em todas as cidades, e com todas essas pessoas apressadas, que também existem em todas as cidades e que sempre precisam ir a algum lugar, ao invés de parar por um segundo. Tudo isso passa como um sonho bizarro do qual não faço mais parte. Alguém me tirou do banco imobiliário da sociedade, e agora preciso esperar uma rodada ou ficar de fora até conseguir tirar um seis nos dados. Mas não tenho dados. Cara ou coroa? Se ganhar, posso ir pra casa e tudo vai ficar bem. Se perder, vou em cana. Por favor, vamos direto pra lá! Será que a Lala também faz faxina na prisão? Talvez eu consiga cancelar meu contrato com a academia dos veados, se eu for em cana.

Viramos em uma entrada e o carro para perto de várias outras viaturas, e eu preciso subir escadas novamente. As escadas são iguais às da loja. Sou colocado na frente de um gordo mal-humorado com óculos grandes, que digita tudo o que digo em um computador sujo e não olha nenhuma vez pra mim. Respondo a todas as perguntas como se estivesse hipnotizado. Então o gordo fala alguma coisa sobre a procuradoria pública e sobre retirar a acusação, que fui fichado e devo pagar uma multa em dinheiro. Pergunto se vou para a prisão e ele diz que isso é improvável. Respondo "Que bom" e algumas perguntas depois já posso ir, então digo "Adeus".

Preciso de quase uma hora para voltar à loja da T-Punkt, porque vou a pé. Quase uma hora só para descobrir que não vou mais trabalhar na T-Punkt.

– Sinto muito – a Coruja suspira e tenho a impressão de que a história está sendo pior para ela do que para mim. – Não foi minha decisão, Simon. Nesse momento não posso fazer nada por você.

– Eu sei – digo –, também sinto muito.

– Você precisa cuidar de si mesmo – a Coruja me pede. – Saia de férias, relaxe, reflita.

– Acabei de voltar de férias! – digo.

– Então vá visitar a sua irmã no hospital, ela precisa de você!

– Claro! – respondo. – Vou até lá...

– Ei, Simon – a Coruja suspira –, vamos ficar em contato, né?

Claro.

Levanto e digo:

– Então...

A Coruja também se levanta. Ainda sorri para mim. Não parece ser fácil para ela.

Então ela também diz:

– Então...

Pergunto-me se devo empurrá-la de volta pra cadeira ou abraçá-la. Não faço nada. Só vou embora.

Devagar, como um arrombador de casas, desço as escadas até a saída de trás. Não, não quero dar de cara com o Flik. Só quero ir pra casa.

Aperto no botão em que está escrito *Simon Peters* quando estou parado na frente das campainhas do prédio. Toco duas, três vezes, e claro que não tem ninguém. Desapontado, vou embora e fico pensando no que devo fazer até eu voltar.

Depois de alguns metros, paro e seguro a respiração. EU sou Simon Peters. Talvez realmente devesse sair de férias novamente. Pensativo, dou meia-volta, abro a porta da entrada e vou até o quarto andar. Fico perto de mim literalmente, posso ver a mim mesmo, como coloco a chave na fechadura, abro a porta e entro. Oi? Estou aí? Belisco meu braço de novo, e de novo dói. Então eu sou eu. Mas também fui eu quem me beliscou? Tudo o que faço me parece muito apagado, quase como se alguém tivesse me colocado em uma grande caixa de televisão com muito papel-bolha. Com cuidado, deixo minha bolsa cair no chão. Preciso lavar as mãos e ir com urgência ao banheiro. Mas não tenho forças. Ao invés disso, sento-me devagar na minha poltrona *Jennylund*. Ao meu lado está *Não se Preocupe, Viva.* Pego o livro e folheio até abrir uma página.

Quando você tiver um limão, faça uma limonada!

Cara! Se soubesse disso dois dias atrás, evitaria todos os meus problemas! Jogo o livro azedo em direção à tevê de plasma e acendo um cigarro.

O TELEFÉRICO VAGALUME

Esta é a Dolce Vita para saborear em casa! está escrito na lateral da embalagem da minha pizza de presunto de parma, rúcula e pesto. Continuo a ler: *Delicie-se com os ingredientes cuidadosamente selecionados sobre uma massa repleta de aromas e especialmente fresquinha e crocante.* Quase fico com peso na consciência por causa da pizza. Deveria comprar uma coisa tão única e especial, e mais do que isso, comê-la? Sozinho? O fabricante não tem o direito de escolher um pouco seus clientes, já que ele fez um esforço inacreditável para escolher os ingredientes e fazer essa massa tão especial? Provavelmente ele não dormiu por semanas porque não tinha conseguido fazer sua massa tão fresquinha e crocante quanto queria. E então venho eu! Sem saber de nada e indigno, entro no supermercado, coloco todo o estoque dessa revolução culinária no meu carrinho e levo às escondidas para o meu apartamento, para devorá-lo sozinho.

– Desculpe! – falo em voz alta.

Então coloco o restante das seis pizzas de presunto de parma, rúcula e pesto na gaveta do congelador e ponho a segunda sacola do supermercado em cima da pia. Sete caixas de filé de peixe com espinafre. Fecho a porta com cuidado. Então dobro as duas sacolas juntas e coloco com as outras na terceira gaveta debaixo. Ponho os limões na fruteira. Além disso, comprei: leite de caixinha e duas caixas de sucrilhos. Aparentemente elas vêm com uma surpresa. Estou curioso. Apago a luz na cozinha e vou para a sala escura. Acabou de passar das cinco e já está escuro. Nada incomum para o começo de dezembro. Na janela, levanto a minha persiana de alumínio para poder ver a rua. Pedestres apressados passam para lá e para cá, com e sem sacolas. Uma loira com um casaco vermelho está fumando do lado de fora da padaria enquanto telefona. Talvez esteja marcando um encontro com um cara tão legal quanto ela, quem sabe? Fico com vontade de fumar, tiro minha mão da janela e tateio em busca do cigarro. Então me deixo afundar cuidadosamente na minha poltrona e pego meu cigarro.

Quarentena social autoimposta. Pode-se descrever assim o que decidi fazer. Até segunda ordem não saio mais desse apartamento. Não há mesmo motivo para isso. Perdi o emprego, meus amigos estão putos e estou quebrado. Desliguei o celular e desconectei o cabo do telefone. Nem o lixeiro não vai conseguir fazer contato comigo se tocar a campainha, porque a desliguei. Preciso de tranquilidade. Muita tranquilidade. Preciso pensar. Não, antes preciso chegar a um estado no qual consiga pensar. Comprei comida e cigarros suficientes, o que é mais importante. Só rindo do que estou pensando. Os cigarros são a coisa mais importante? Provavelmente não. O que é mais importante? Eu? A paz mundial? Ou a massa especial da pizza?

Apago meu cigarro e vou para a cozinha. Falta pouco para as seis. Às seis horas, vou pré-aquecer o forno e preparar minha pizza. Mas primeiro, já planejei, devo abrir uma garrafa de vinho tinto. Todos os dias serão iguais: sucrilhos de manhã, peixe na hora do almoço e pizza à noite. Assim pelo menos não me distraio com pensamentos inúteis como "Ah... o que vou cozinhar hoje?"

Já são seis horas. Fico feliz porque isso quer dizer que já posso esquentar o forno. Menos de uma hora mais tarde, como a pizza. É gostosa e a massa é realmente crocante, provavelmente por causa de seu processo de cozimento especial. Coloco o prato cheio de migalhas na cozinha e abro uma garrafa de vinho tinto. Não consigo bebê-la até o final. Na metade um cansaço leve toma conta de mim e me enfio na cama. Antes de me cobrir, já estou dormindo.

Sonho que estou num teleférico em forma de vagalume indo para uma ilha chamada Sombrero. Lá devo começar meu trabalho novo logo. Como um fio infinito de luzinhas de Natal, os teleféricos em forma de vagalume viajam sobre o mar escuro. Os teleféricos balançam pra lá e pra cá, e tenho muito medo de despencar junto com a minha pequena cabine. Dormir nem pensar, porque o vagalume emite muita luz. Por isso é possível ver quem vai no teleférico da frente e no de trás. Atrás de mim está sentado o Flik. Ele pendurou um cachecol azul do Schalke para fora e dorme. Na minha frente a Paula está ao telefone. Aceno, mas claro que ela está muito ocupada. Também gostaria de ter um telefone. Então poderia ligar para o Flik e pedir desculpas pela coisa com a Daniela. Ou perguntar para a Paula quanto falta para chegar, certamente ela sabe. Preciso me apressar. Além disso, gostaria de saber se podemos comer os teleféricos. O material parece massa de pizza. Quebro um pedacinho e dou uma mordida. É muito crocante. Sabia!

Acordo porque preciso ir ao banheiro. Já são seis da manhã. Quando volto pra cama, não consigo mais dormir. Que pena, queria viajar mais um pouco no teleférico vagalume e saboreá-lo. Lá pelas sete finalmente levanto e sento na minha poltrona *single*. Planejei o café da manhã para as oito, então ainda tenho tempo. Acendo meu primeiro cigarro e olho a sala ao meu redor. Não é muito aconchegante, percebo logo, é até um pouco impessoal. Como se fosse de alguém que não se interessa por ela. É isso mesmo. EU decorei a sala e não estava nem um pouco interessado nela. É a primeira vez que realmente olho para ela. As luminárias de teto prateadas. Realmente horríveis. E dois sofás de couro bege que ficariam muito melhor na sala de espera de uma agência de publicidade do que em uma sala de estar. As paredes exibem um branco de hospital, e não vale a pena procurar uma planta. Pôsteres ou quadros: esquece. Provavelmente não pensei em nada até agora porque sempre preferi minha televisão de tela plana enorme. Esse apartamento não diz nada, é impessoal e frio como um apartamento de temporada mobiliado que um visitante de feira japonês aluga por cinco dias e depois vai embora. A diferença é que moro aqui há três anos. E não tem nenhum japonês aqui.

No canto, perto da minha televisão enorme, ainda está a caixa do Total-Gym que comprei com o cartão do Phil. Engraçado. Ele também não apareceu nos últimos dias. Vai ver desistiu de mim. Isso não seria ruim porque daí eu não precisaria devolver a grana pra ele. Termino de fumar, vou para a cozinha e pego uma faca. Com ela abro cuidadosamente a caixa do Total-Gym e coloco todas as peças no chão. Deixo as instruções ao lado. Então começo. Sem querer parafuso a parte 24C com a parte 11A, mas não fico irritado, simplesmente separo os dois tubos de metal e olho as instruções. Quando vejo uma parte de número 30C tenho um pequeno ataque, pois lembro da prateleira da Ikea onde estava a minha poltrona. Termino depois de quase duas horas. O Total-Gym é menor do que eu esperava. Provavelmente porque o Chuck Norris, que é enorme, fez ele parecer maior na televisão. Junto os restos da embalagem e coloco na sacada. Primeiro vou tomar o café da manhã. Como um punhado de sucrilhos. Enquanto como, procuro a surpresa pela caixa inteira. Não acho nenhuma. Não colocaram nem uma surpresinha na caixa. Isso me deixa puto! Se não colocam nenhuma surpresa na caixa, não deviam escrever do lado de fora que tem alguma coisa lá dentro. Tirar a surpresa provavelmente é o primeiro passo de um plano gigantesco da máfia dos cereais de café da manhã para subjugar consumidores menores de idade. Um dia não vão mais colocar sucrilhos lá dentro, mas caco de vidro ou palha, e apesar disso ninguém vai dizer nada. Fico tão irritado, que saio da mesa da cozinha e volto para a sala.

Não sei bem o que devo fazer. Ainda estou muito confuso para pensar. Então olho para a rua cheia de lojas pela janela. Um enorme caminhão marrom de entregas da UPS está entre a padaria e a loja da Levis. Ele está trazendo calças ou farinha? O caminhão vai embora sem que eu consiga descobrir o que ele trouxe. Sento na minha poltrona e penso se estou triste.

Não sei.

Calças. Certamente ele trouxe calças. Ninguém entrega farinha com um caminhão da UPS. Levanto e olho de novo pela janela, realmente: uma vendedora está arrumando uma pilha de calças novas. Balanço a cabeça satisfeito e sento de novo.

Passo o tempo até a hora do almoço arrumando minha estante de livros pela ordem dos assuntos. Deixo meu *Não se Preocupe, Viva* marcado na página do limão perto da poltrona. Percebo que tenho muitos guias de viagem sobre países nos quais nunca estive. A maioria dos países começa com a letra E. Ainda descubro um livro sobre as ilhas do Caribe que deixo separado. Talvez ele tenha alguma coisa sobre Sombrero. Tenho um total de onze livros relacionados ao meu antigo emprego. Coloco-os numa sacola de plástico perto da embalagem do Total-Gym na sacada. Então pré-aqueço o forno. Vai ter filé de peixe com espinafre. Ele demora uma eternidade para ficar pronto e tem um gosto o.k. Além disso, percebo que esqueci de comprar acompanhamentos. Depois do almoço, fumo um cigarro e olho de novo pela janela. Imagino como os aposentados se sentem tendo que procurar o que fazer o dia inteiro. Ainda não vou colocar uma almofada debaixo dos meus cotovelos, ainda não preciso chegar a isso.

– Ainda não preciso chegar a isso – digo baixinho para mim mesmo.

As duas vendedoras da padaria perto da loja de jeans enfeitam a vitrine com um *spray* de neve. Elas fazem oito estrelas e contornam a vitrine com neve. Lá dentro, penduram luzinhas de Natal em forma de papai-noel. Não fico muito empolgado, porque agora não consigo olhar direito dentro da padaria. Decepcionado, sento na minha poltrona. Eu poderia experimentar o Total-Gym, mas não tenho vontade. Provavelmente porque acabei de comer. Fico pensando se não devia ligar um pouco meu celular, pra ver se alguém quer falar comigo. Mas no final das contas tenho muito medo de que ninguém queira falar comigo e deixo-o desligado. Surgem dúvidas sobre o meu isolamento. O que vou fazer nos próximos dias? Sair de férias? Mas acabei de sair e voltar. Além disso preciso me apresentar à polícia por causa da história do celular. Prefiro nem pensar nisso. Primeiro preciso ficar tranquilo.

E é melhor fazer isso em um ambiente familiar. Para me distrair, coloco toalhas de todas as cores na minha máquina de lavar e coloco o marcador de temperatura em 60°C. Tenho quatro programas extra à minha escolha: pré-lavagem, molho, rápido e manchas. Ainda não conheço o botão das manchas. Será que funciona? Abro a porta, pego uma toalha branca e derramo um pouco do vinho de ontem sobre ela. Coloco-a de volta na máquina, coloco sabão em pó e seleciono a função manchas. Como prêmio pela minha ideia legal, faço café e sento na minha poltrona. Só depois de terminar o café é que acendo um cigarro. É preciso ser econômico com minhas poucas atividades preferidas.

O teleférico vagalume ∎

Quando apago o cigarro, tenho a ideia de arrumar a cozinha. Pego uma cadeira da sala e olho a última prateleira de mantimentos. Impressionante o que a gente junta no decorrer de um ano. A maioria das coisas precisam ser jogadas fora porque já estão vencidas. Elimino um pacote de arroz parabolizado com validade até 12/03, uma lata de atum que venceu em outubro de 02 e um *Chucrute ao vinho suave da Vovó* do ano 00. O mais popular até agora é uma garrafa de plástico de *Mel das Montanhas* que não deve ser consumido desde o ano 99. Depois de passar uma hora arrumando e de me livrar de seis alimentos, tenho o campeão dessa pequena competição nojenta nas mãos, válido até julho de 1991. É uma embalagem vermelha e amarela de *Maggifix-Brócolis* em que está escrito *Ideal também para couve-flor*. Uma embalagem do século passado, imagine só! Mil novecentos e noventa e um, isso quer dizer que essa embalagem se mudou junto comigo três vezes! Inacreditável! Mas o que acho mais incrível no meu pacote de *Maggifix-Brócolis* é esse pequeno detalhe: *Ideal também para couve-flor*. Como assim? Ele é feito para um LEGUME, mas é ideal para OUTRO? Ou tanto faz em qual legume ele seja usado? Se fosse assim, eles também poderiam ter escrito *Maggifix-Couve-Flor* ao invés de *Maggifix-Brócolis*, com a ressalva *Ideal também para brócolis*, mas com certeza eles fizeram uma pesquisa de mercado e acabaram escolhendo brócolis porque couve-flor soa muito alemão e fora de moda, além de lembrar o período pós-guerra, prédios recém-construídos e mulheres limpando ruínas, que precisavam se alimentar de sopa de repolho antes de reconstruir uma Alemanha arrasada. É uma vergonha a frieza com que a máfia internacional de gratinados contribui para a perda de identidade nacional! Anoto o número da cozinha da Maggi antes de colocar o pacote ao lado do fogão. Quando resolvo acender um cigarro como recompensa por esse supertrabalho de limpeza, a máquina de lavar apita dizendo

que preciso esvaziá-la. Coloco as toalhas molhadas em um cesto de plástico e fico feliz ao ver que a mancha de vinho realmente saiu. Então espalho as toalhas pelo apartamento para secar. Meu humor melhora mais ainda quando vejo que já são cinco horas. Daqui a uma hora vou poder pré-aquecer o forno para a minha pizza.
Um dia bom. Estou satisfeito. A pizza não está tão gostosa quanto ontem. Mas fico tranquilo em saber o gosto que ela tinha antes. Dessa vez consigo terminar a garrafa de vinho. Bebo bem devagar sentado na minha poltrona. Fico incrivelmente relaxado, mas não consigo pensar claramente. Está tudo girando ao meu redor: Daniela, Flik, a Coruja e meu trabalho perdido, o homenzinho, os pulôveres cor de cimento, os sucrilhos sem surpresa e as mulheres limpando ruínas que foram perseguidas por uma pesquisa de mercado da Maggi. Bebo um pouco mais rápido, para acabar com esses pensamentos esquisitos. Dá certo e um pouco depois já estou dormindo na minha poltrona. Acordo lá pelas três e vou para a cama. Talvez consiga vender meu pacote de *Maggifix* no eBay? Três, dois, um – é seu! Putz. Pelo menos teria dinheiro de novo. Sempre existem uns texanos malucos que pagariam milhões por uma coisa dessas. Fico feliz por meu retiro já estar dando os primeiros frutos. Se a gente pensa um pouquinho, os problemas se resolvem sozinhos. Enquanto imagino o que vou fazer com todo o dinheiro do eBay, caio no sono.

Sonho pela segunda vez com o teleférico em forma de vagalume e a ilha Sombrero. Com cuidado, desço com meu teleférico na ilha minúscula. Um vento quente e úmido sopra pela minha cabine cheia de furos, pois já comi grande parte da lateral. Quando chego na estação, um atum vestindo terno pesa meu teleférico e me cobra 92 euros pelo que comi. Protesto, porque acho o preço muito caro. Mas o atum sabe que a massa é feita por um processo especial e que vale o preço.

Recebo um patinete com o número 30C e sigo um pequeno atum até o meu lugar de trabalho, um enorme pacotinho da Maggi, tão grande quanto duas vagas de estacionamento. Estacionamos os patinetes e entramos no pacotinho. O atum tem bigode e usa um perfume esportivo barato. Ele me mostra diversas ferramentas, me entrega uma serra e a coloca sobre um tronco. "Corte ao meio!", diz. Faço que sim com a cabeça e corto e serro ao meio. O atum parece satisfeito e vai embora com seu patinete. Logo depois, chegam mais troncos que preciso cortar ao meio. Estou feliz por ter recebido uma tarefa tão fácil, e trabalho duro e concentrado. À noite o atum volta para avaliar o meu trabalho. Ele observa os troncos balançando a cabeça. Agora também percebo que não tinha cortado exatamente ao meio, mas tinha deixado sempre um lado maior que o outro.

– Ah, Simon – suspira o atum –, por que você sempre faz merda?

E ele vai embora com seu patinete em direção à estação. Faço uma poltrona *single* de madeira, sento e sonho que acordo.

São exatamente seis horas de novo. Estou um pouco puto comigo mesmo porque não dormi mais. Assim não vou me recuperar. Estou com sono e cansado. Será por causa do sonho? Serrei muito. Fico surpreso por conseguir lembrar de tudo tão claramente e faço um café. Enquanto a máquina bufa, vou até a sacada e observo o jardim interno. Sinto muito frio de cueca e camiseta. Apesar disso só entro quando termino de fumar meu cigarro. E de novo não faço ideia do que devo fazer até o café da manhã. Poderia adiantá-lo, mas então sobraria muito tempo até a hora do almoço. Então pego meu livro que diz que a gente não deve se preocupar. Essa coisa do limão é um mistério para mim. *Quando tiver um limão, faça uma limonada.* Tá, e daí? Coloco o livro cansativo de volta, pois para lê-lo precisaria de outro livro que ensinasse a juntar energia para ler um livro desses inteiro. Então tenho uma ideia ótima. Conto o número de pés necessários para ir da janela da sala até a sacada da cozinha. Sem sapato são 37. Com o meu adidas amarelo são 41. Repito a medição com todos os meus sapatos. Com os sapatos de couro, bastam apenas 39 pés, e no meu puma vermelho, 38. Estranho como todos esses sapatos me servem direitinho! Não daria um programa de televisão bacana? *Agora com vocês: Meça seu Apartamento!* E depois dos comerciais: *Meça seu Apartamento – o programa de entrevistas.* Preciso ligar para o Phil e vender a minha ideia! Vou até a escrivaninha e anoto minha ideia.

Como já são oito horas, como meus sucrilhos. Dessa vez, abro o segundo pacote, e claro que ele também não contém nenhuma surpresa. Se a máfia dos cereais do café da manhã acha que os simples mortais cansados vão aceitar qualquer coisa, estão enganados. Ligo meu celular, escolho a opção do SMS "enviar para todos os contatos" e digito "ATENÇÃO! SEM SURPRESA!" Então aperto ENVIAR e desligo o celular de novo. Coloco a louça suja na máquina de lavar, vou mais uma vez até a sacada e grito "Sem surpresa!" para o jardim interno. Assim posso avisar ainda mais pessoas sobre o golpe da máfia dos cereais. E pode ser que alguém da Kellogg's more em algum desses apartamentos e agora vai ficar com peso na consciência. Percebo um cheiro de McDonald's chegando na minha sacada. Estranho, a lanchonete fica a mais de cem metros de distância! Se EU cozinhasse alguma coisa que pudesse ser percebida a cem metros de distância, em dez minutos a vigilância sanitária estaria na frente da minha porta. Vou para o calor de novo e não faço nada. Na hora do almoço, como um filé de peixe com espinafre que tem o mesmo gosto do de ontem. Passo a tarde na janela olhando a rua. Entre as 14h e as 14h30, 256 pedestres passaram na frente da padaria vindos da esquerda. Interessante! Pego uma calculadora e calculo quantos seriam em um dia, para isso multiplico o número por 48. Chego a 12.288 pedestres passando na frente da padaria vindos da esquerda. É óbvio que isso não pode estar certo, porque à noite quase não passa ninguém na frente da padaria, nem mesmo vindos da esquerda. Fico pensando quantos são na verdade. Devo diminuir meu resultado em 50%, ou até em 60%? Decido ir ao fundo da coisa. Como não posso passar 24 horas contando pedestres, decido contar durante os primeiros trinta minutos de cada hora e multiplicar o número por dois. Assim terei um número relativamente preciso do real número de pedestres, muito mais preciso que os números da audiência da tevê ou da boca de urna às 18h. Então pego um bloquinho e uma caneta e espero até poder começar. Conto 312 pedestres entre as 15h e as 15h30, 367 entre as 16h e as 16h30.

Como estou trabalhando muito, claro que não posso simplesmente comer quando quiser. Preciso mudar os planos, ser flexível e incrivelmente espontâneo. Espera-se isso de mim. Então ligo o forno para a minha pizza um pouco antes do turno das seis horas, coloco a pizza no forno exatamente às 18h30 (277 pedestres) e como às 18h45. Então pontualmente às sete horas estou pronto para o próximo turno. À noite, bebo uma pequena taça de vinho nas pausas de meia hora e escrevo com uma canetinha de ponta grossa um grande gráfico na parede branca da sala. Assim é possível ver exatamente o que os números crus não mostram: uma queda dramática no número de pedestres depois que as lojas fecham! Às 21h30 o número cai abaixo de cem! Não surpreende que as lojas fechem às 20h – ninguém passa por aqui depois disso. Uma informação pela qual o comércio varejista alemão certamente pagaria milhões. Anoto isso ao lado da minha ideia para o programa de tevê. Perto da meia-noite, tento dormir um pouco na minha pausa. Coloco meu despertador para as 5h, para poder estar acordado para os turnos e continuar a contar. Mas não durmo nas pausas, estou muito ansioso. Não ouço o alarme às 4h55 de tão cansado. Às nove horas, acordo perto da janela e da minha lista de pedestres. Espreguiço-me e penso se devia ir para a cama. Se na próxima noite eu começar a contar de novo exatamente às 5h, ainda vou conseguir um número bom. Certamente não há uma grande diferença no fluxo de pedestres entre as manhãs de quarta e de quinta-feira. Vou para a cama e volto a dormir.

Sonho com um julgamento em Sombrero no qual sou condenado a uma pena de três anos sem a tampa da privada por serrar do jeito errado. Há um júri, como nos Estados Unidos, em que todos são atuns vestindo ternos. O juiz é o Flik. Ele dá a sentença e bate com o seu martelo azul-Schalke. Toc, toc, toc. Sem parar. Ainda grito, dizendo que sou inocente, então acordo tremendo. Puxo o cobertor para cobrir minha cabeça, mas as batidas continuam. Estranho. Espio para fora do cobertor. Tudo está como é no meu quarto, nada de júri, juiz ou equipe de televisão. Com certeza ainda estou ouvindo os barulhos do meu sonho com os atuns, mas já vejo a imagem da realidade. Toc, toc, toc faz o juiz Flik. As batidas vêm da porta, sem dúvida. Olho a hora. O ponteiro pequeno está em cima do dez. É possível haver julgamentos a essa hora, já vi na televisão. O mais quieto possível, engatinho para fora da cama e vou até perto da porta.

Toc, toc, toc.

Com cuidado, olho pelo olho mágico. O Flik está na frente da porta e olha para o chão. Estranhamente, não está usando a roupa de juiz, mas está vestido como sempre. Tem nas mãos uma caixa colorida. Será que é pra mim? Espio mais uma vez pelo olho mágico. O Flik está olhando ainda mais para o chão. Com cuidado, me esgueiro de volta para o quarto e me enrolo nas cobertas.

– Simon! Você tá aí? – grita o Flik, sem bater.

Faço que sim com a cabeça. O que é bizarro, se a gente não tem o que dizer. Coitadinho! Ele vem até aqui e não abro a porta. Com certeza está preocupado. Mês que vem ligo pra ele para esclarecer tudo.

— Siiiiiimon, vai se ferrar!

As batidas silenciam. Então escuto a porta do elevador abrir e fechar. Graças a Deus! Me desenrolo e respiro fundo. Um pouco depois já estou dormindo de novo e desfruto de duas horas livres de vagalumes.

Já está quase na hora do filé de peixe quando acordo de novo e me enfio no banheiro. Por um minuto inteiro fico dentro do boxe e me pergunto porque o banho está tão engraçado hoje. Logo percebo onde está o problema e abro o chuveiro. Rio alto porque tenho uma ideia que vai ser um golpe para a máfia dos cosméticos, e bem na hora do almoço! Uso o sabonete líquido no meu cabelo! E esfrego meu corpo com xampu. Depois de alguns segundos percebo: absolutamente nenhuma diferença! Aha! E quem descobriu isso? O Simon! Se todo mundo fizesse isso de trocar o sabonete líquido pelo xampu, haveria uma grande confusão na L'Oréal e companhia. Então eles se sentariam em suas grandes salas de reunião para fazer uma reunião de emergência. Por outro lado: eu poderia ganhar uma grana para abrir mão dessa revolução. Preciso escrever isso logo para não esquecer. Quando minha pele fica enrugada, fecho o chuveiro e piso no meu tapete de banheiro amarelo. Então me viro mais uma vez e fico olhando para o chuveiro. Quem foi que disse que é preciso fechar o chuveiro quando a gente sai do banho? A água não deveria fluir, assim como acontece na natureza? Água não é vida? E a vida não se move? Abro o chuveiro de novo, me seco e visto um agasalho cáqui da adidas. Quando me dou conta de que sou eu quem vai pagar por toda a água, fecho o chuveiro.

Vou para a cozinha e preparo um café. Os limões para não se preocupar ainda estão na fruteira. Fico pensando se não deveria fazer uma limonada. O livro é um campeão de vendas e provavelmente isso vai me ajudar. Espremo os limões em um copo, coloco um pouco de açúcar e água. Misturo tudo e viro. Fico enjoado. Obrigado, senhor Carnegie. Deixo o copo de lado e ligo o forno para fazer meu filé de peixe com espinafre. Volto para a sala, monto meu Total Gym e fumo um cigarro. Chamo esse exercício de *Upper Nicotina Push*.

Dez minutos depois, quando estou colocando o filé de peixe congelado no forno, batem de novo na porta.

Toc, toc, toc.

Não podem me deixar em paz esse ano? Espio pelo olho mágico. Lá estão Flik e Paula acompanhados por dois homens em uniformes de bombeiro. O que eles querem agora? Não tem nada pegando fogo! E eu também fechei o chuveiro!

Toc, toc, toc.

Em câmera lenta, esgueiro-me até o quarto e fecho a porta devagar. Então me enfio debaixo dos cobertores e volto para minha recém-criada posição enrolada de proteção. Mas ainda consigo ouvir a voz do Flik através dos cobertores e das duas portas. Ele parece um pouco mais nervoso do que de manhã.

– Simon, abre a porta, seu idiota!

Uma outra voz masculina chama:

– Senhor Peters, o senhor está em casa?

Balanço a cabeça e dobro as pernas ainda mais. Para vozes masculinas desconhecidas usando uniformes realmente não estou em casa.

– Se o senhor não abrir, teremos que arrombar a porta! – grita a voz masculina.

Claro que isso não está certo. É óbvio que preciso fazer alguma coisa para que a situação não piore. Levanto minha cabeça da cama e grito o mais alto que posso:

– Nãããão tem fogooooo!!!!!!
Funcionou! Silêncio. Então o Flik chama mais uma vez, "Simon?", e faz toc, toc, toc de novo. Alguns segundos mais tarde, uma máquina faz Trrrrrrrr! e destrói alguma coisa. E daí a voz do Flik fica bem mais próxima.
– Siiiiimon! Você tá aí? Simon?
As vozes masculinas chamam mais uma vez:
– Senhor Peters?
Duro como um filé de peixe congelado em sua bandeja, fico na cama. Se ficar bem quieto e não me mexer, talvez as vozes desapareçam. Já não respiro, por precaução.
– O forno está ligado – ouço a Paula dizer e o Flik murmura:
– Então ele deve estar em algum lugar!
Fico segurando o ar. Ainda consigo por mais alguns segundos. Eles não vão conseguir me encontrar. Então alguém me tira as cobertas e eu pisco para os rostos confusos do Flik e da Paula.
– E aí? Tudo bem? – pergunto sorrindo, como se os tivesse encontrado para almoçar. Então o Flik me dá um tapa na orelha.
Finalmente!

IDIOTA

Um silêncio pesado se instalou na minha cozinha. Paula e eu estamos sentados na mesa. Quer dizer, ela está sentada e fuma. Eu só estou sentado. Só ouço o barulho do meu relógio de parede. Tic-tac, tic-tac, tic-tac.
Segundos como tapas na orelha. Encaro a Paula e o silêncio é pesado. Se não soubesse que estou na minha cozinha na frente da minha melhor amiga Paula, poderia jurar que não estou aqui.
Tic-tac, tic-tac, tic-tac.
Queria que os segundos fossem semanas. Então certamente tudo iria ficar melhor mais rápido. Talvez o Flik voltasse e me desse mais um tapa. Claro que ele foi embora e levou as duas vozes masculinas vestindo uniformes com ele. Só ficaram seu pacote colorido, uma conta de trezentos euros dos bombeiros e a Paula com uma camiseta branca com *strass*. Está escrito *Miami Beach*. Por que não? É melhor que *Cidade dos Ferreiros*.
Não tenho a menor ideia do que devo dizer. Então a Paula empurra sua cadeira para trás, respira fundo e diz:
— Era isso que você imaginava para o seu aniversário de trinta anos?

— Como? — pergunto irritado. Encaro a Paula completamente estupefato.

Tic-tac, tic-tac, tic-tac.

Pulo da cadeira e ligo meu celular. Infindáveis segundos depois, a tela mostra que é 14 de dezembro. Meu aniversário, sem dúvida.

— Ah! — é só o que digo, algo absolutamente inapropriado para o evento. Então coço a cabeça e olho pra Paula, que me observa como se eu fosse um alienígena que acabou de entrar pelo exaustor e agora está se arrastando em cima do fogão.

— É? Não é? — murmuro.

— Claro que é! — a Paula diz, levanta-se e me abraça. Solto o celular e aperto ela bem.

— Feliz aniversário, seu imbecil! — ela sussurra na minha orelha. Sua voz parece muito engraçada enquanto diz isso. No meu celular, as mensagens começam a apitar.

Pi-piiiii, pi-piiiii, pi-piiiii...

Os pensamentos giram, minha pulsação acelera e o que a minha barriga faz não é nem um pouco agradável.

— Trinta! — a Paula murmura enquanto senta.

Pego meu celular de novo e vejo quatorze ligações perdidas. Tenho mais de vinte mensagens de texto. Clico em uma da Lala: *Quer que eu faça faxina amanhã? Você não atende o telefone. Feliz Aniversário! Lala.*

Imagino a Lala segurando um enorme bolo de aniversário enquanto passa aspirador. A Paula interrompe esses pensamentos inúteis.

— Ficamos preocupados de verdade, Simon! Flik e eu... e o Phil também, nós... então, achamos que tinha acontecido o pior!

— Que eu tinha começado a trabalhar para a Vodafone?

— Idiota! Você sabe...!

– Só porque perdi um emprego? Não se preocupe. Não vou acabar com a minha vida só porque perdi meu emprego, não consigo arranjar uma mulher e daqui a pouco o banco vai levar embora a cadeira onde estou sentado!
– Que bom!
Acendo um cigarro e dou uma tragada funda.
– O que você quis dizer com aquela mensagem "Sem surpresa"? O Flik e o Phil também acharam estranho.
– Era um aviso! – digo.
– Claro – a Paula balança a cabeça compreensiva. Fico feliz que pelo menos a Paula me entenda. Quero levantar, mas de algum modo me sinto fraco e sem energia, como aqueles coelhos imbecis da propaganda da Duracell na década de 1980, que paravam nos últimos metros porque alguém tinha enfiado uma pilha de merda na barriga deles. Passo minha mão esquerda na barriga. Será que também estou com a pilha ruim? Então me lembro de que é meu aniversário.
– Trinta! – digo.
– Não vem não, tem coisa pior! – a Paula tenta me consolar.
– Ah é? O quê?
– Quarenta!
– Não me faça rir.
Uma corrente de ar passa pela cozinha e a porta do apartamento bate contra a parede. Levanto como se fosse em câmera lenta para fechá-la. Ainda me sinto fraco. Alguém pode colocar uma Duracell na barriga? A porta não fecha porque a fechadura foi quebrada. Bacana! Fecho o máximo possível e coloco alguns dos meus sapatos mais pesados na frente dela para que não abra. Então volto para a cozinha e inspeciono o forno. O filé de peixe está dourado e pronto para comer. Pena que estou sem fome.

– Pronto! – digo num tom monótono, abro o forno e coloco minha luva de cozinha do Bart Simpson para tirar meu peixe. A Paula continua sentada sem se mexer na sua cadeira e observa o que faço. Aparentemente pareço um alienígena de verdade. Um alienígena branco e magro com uma pilha de merda na barriga...
 – Trouxemos um presente! – a Paula diz e levanta a caixa colorida. Deixo a bandeja quente escorregar no meu prato e tiro a luva.
 – Pra mim?
 – Claro que é pra você! Do Flik, do Phil e meu!
 – Vocês estão me dando um presente?
 – É seu aniversário. E nós somos seus amigos. E aniversário mais amigos é igual a presente, na maioria dos casos!
 Faz sentido. Pego o embrulho do tamanho de uma caixa de sapatos e me sento. Tiro o papel e abro a tampa. Lá dentro há um papel de seda branco com um tecido azul no meio. O tecido é uma camiseta do Schalke. Eu a viro. Debaixo do número 30 está escrito IDIOTA.
 – Foi ideia do Flik! – a Paula se desculpa. E porque pareço uma tartaruga na linha de um trem expresso, ela completa: – Acho que é uma proposta de trégua.
 – Obrigada! – digo e coloco a camiseta de lado. – É realmente um presente bacana.
 – Tô vendo! – a Paula diz e aperta a crosta do meu filé de peixe com o dedo.
 – É meu! – digo e puxo o prato para perto de mim.
 Então faço alguns furos na crosta para que o vapor possa sair.
 – Sou um idiota completo? – pergunto baixinho.
 – Para ser honesta: ultimamente sim!
 – Mesmo?
 – É!
 – Hummm...

Ficamos mudos por algum tempo. Levanto a camiseta mais uma vez e vejo que o Flik, a Paula e o Phil escreveram alguma coisa nas costas com uma caneta preta de ponta grossa. Engulo em seco e coloco a camiseta de volta na caixa com muito cuidado, como se ela pudesse quebrar. Então olho para a Paula, que parece não ter tirado os olhos de mim.

– E o que eu devo fazer agora? – pergunto. – Você tem alguma dica da Paula? Uma que funcione. Quer dizer, de algum modo estou... quer dizer...

– Na merda?

– É!

– É o que parece.

– Então...

Levanto e vou até a janela. Para combinar com o meu humor, o departamento gráfico de Deus pintou o céu de um cinza triste. Em uma sacada, a uns cinquenta metros de distância, um médico de jaleco branco fuma. Se eu abanar, quem sabe ele me vê e me prescreve um balde de antidepressivos? Viro novamente para a Paula.

– O que eu devo fazer?

– Deixar de ser um idiota completo de vez em quando!

– Ah! Essa é boa. Que dica ótima!

– Tá vendo? Você já está sendo um idiota completo!

– Desculpe!

– Tudo bem...

Acendo mais um cigarro e tento inalar a maior quantidade de nicotina possível. O veneno deve levar alguns segundos para ir do pulmão até o cérebro, onde é possível sentir seu enfeito tranquilizador. Espero, mas não acontece nada.

– Como é que funciona essa coisa de não ser idiota?

– Não faço ideia, o que você quer dizer com "como é que funciona"?

– Abraçar o mundo, amar as pessoas, sorrir sempre?
– Idiota!
– Rezar todos os dias, comer muitas frutas e não jogar bituca de cigarro no parquinho das crianças?
– Idiota!
Levanto os ombros.
– Então não sei! Me diz!
– Ajudaria por exemplo se você não pensasse só em si mesmo por um segundo durante o dia.
– Devo te emprestar meu Peugeot?
– Você sabe do que estou falando.
– Sei – respondo baixinho. – Talvez saiba do que você está falando.
Olho mais uma vez para a sacada com o médico. Ele foi embora.
– O que você fez esse tempo todo? – a Paula quer saber.
– Contei pedestres e medi o apartamento, principalmente!
Silêncio.
– Mas você sabe quanto ele mede.
– Em metros quadrados sim, mas não em pés!
– Ah!
Nos olhamos em silêncio.
– A gente queria sair com você hoje!
– Comigo???
– Sim, com você! Ou você prefere contar pedestres num dia tão importante quanto esse?
– Claro que não!
A Paula levanta e pega sua jaqueta da cadeira.
– Então. Você tem alguma ideia para a sua grande noite? Irish Pub ou o quê?
Estou confuso. As coisas estão indo depressa demais. Muita informação em muito pouco tempo: bombeiros, aniversário, idiota e então todo mundo quer comemorar comigo!

— O Pub é chato! – digo.
— Então onde?
— Te ligo pra avisar.
— Tá bom – diz a Paula e dá alguns passos em direção ao lugar onde ficava a porta.
— E... excepcionalmente, tudo bem você escolher onde vamos nos encontrar!
— Entendi. E você? Aonde você vai?
— Pro trabalho. Me avisa onde a gente vai se encontrar?
— Aviso! – digo.
— Que bom! E... vai ficar tudo bem!
— Obrigado pelo presente!

Abro a porta, a Paula me abraça forte mais uma vez e vai embora.
É nesse momento que decido comemorar meu aniversário.

CORRIDA DE PEPINOS

O homenzinho é meu primeiro convidado da noite. E em vez de sua pasta preta, trouxe uma caixa de cerveja. Dou a mão pra ele.
– Que surpresa boa! – gaguejo.
– Então, oi! – o homenzinho dá risada e não quer mais soltar a minha mão. – Você está usando uma camiseta do Schalke?
– Parece que sim – respondo e observo o homenzinho tentando fechar a porta de novo.
– Tá quebrada! – digo.
– Então tá! – diz o homenzinho antes de tirar sua jaqueta. – É a primeira vez que sou convidado por alguém de quem tentei cortar a energia. Mas, primeiro, feliz aniversário!
Agradeço, colocamos a caixa de cerveja na sacada e abrimos as primeiras duas garrafas. O que diabos está acontecendo? Como esse cara veio parar no meu apartamento? E como é que ele sabe que é meu aniversário? Não preciso esperar muito para descobrir:
– Então, como devo dizer... sua mensagem de texto foi uma surpresa! – diz o homenzinho enquanto tira a mão cheia de salgadinhos de uma tigela de vidro.
– Um segundo! – digo. Saio correndo até a sala e procuro meu celular em pânico. Está na poltrona. Tremendo, clico na caixa de

saída dos meus SMSs. Realmente, meu convite também foi para o número do homenzinho. Quando vou olhar as opções de envio das mensagens, tenho uma sensação ruim. E realmente é isso. Enviei o convite da minha festinha improvisada não só para o Flik, o Phil e a Paula, mas para todo mundo. É claro que é culpa da Kellogg's! Se eles tivessem colocado uma surpresa de nada na sua caixa de cereais de palha, isso não teria acontecido. Tremendo de raiva, olho toda a minha caixa de saída. Na verdade, o SMS não deve ter chegado para a maioria dos números porque são números fixos. Pelo menos é o que espero quando clico em *Colônia Táxi*. Quantos taxistas existem em Colônia? Mil? Dois mil? Não vou dar conta com a minha caixa de cerveja.

– Está tudo certo com o senhor? – o homenzinho grita da cozinha.

– Maravilha! – grito de volta. A dimensão dessa mentira fica clara para mim quando ouço um cacarejo no corredor. E antes que pudesse me jogar pela janela, uma Dörte emperiquitada e uma Lala bem arrumada estão na porta. A Lala me entrega duas tigelas de salada de macarrão, e a Dörte, emperiquitada porém nervosa, me presenteia com duas garrafas de vinho.

– Elas precisam ir direto para a geladeira! – ela me cumprimenta –, senão vão ficar quentes, sabe?

Então ela parece tentar entender porque recebeu meu convite e pia de maneira aguda na minha orelha:

– Ah, meu Deus! Feliz aniversário, Simon!

Se já não fosse ruim o suficiente, ainda ganho um beijo na bochecha.

Em estado de choque, pego a salada de macarrão da Lala junto com os votos de feliz aniversário e fujo até o homenzinho. Apresento os três e ligo a música.

A porta se abre e entram dois antigos colegas de escola que não vejo desde a última reunião de classe.

— Cara, Simon, você ainda existe! — um exclama, e eu digo:
— Claro que eu ainda existo!
Pego duas cervejas da caixa do homenzinho e começo uma conversinha sobre o professor de física. Minutos depois chegam meu locatário, um caso de carnaval e dois clientes da T-Punkt. Perco as esperanças. Por que as coisas seriam diferentes para mim? Por causa do "Sem surpresa". Preciso me resignar com a ideia de que sou a personificação da Lei de Murphy.

Recebo os parabéns do meu locatário e o meu caso de carnaval me pergunta se eu sei quem ela é.

— Você é a girassol bêbada que vomitou na frente do cabeleireiro — digo e estou certo.

A girassol balança a cabeça rindo e me presenteia com uma garrafa de saquê. Então vamos para a cozinha. A festa está indo bem, pois não tem nenhum bobo dizendo nada, além de mim. O colega de escola que tinha se surpreendido com o fato de eu ainda existir, bate nas minhas costas. Ele não mudou nada, só está com menos cabelo e um bigode grosso. Mas não me lembro como ele se chama.

— Superconvite, ótimo, de verdade! E Feliz aniversário mais uma vez!

Recebo um envelope verde no qual está escrito "de Hannes e Enno para Simon".

— Toma, abre!

Pelo menos agora sei que um dos dois se chama Hannes e o outro, Enno. Abro o envelope e seguro um vale para uma assinatura de um ano de uma revista chamada *Campo & Cães*. Não sabia que existia uma revista assim. O colega de escola me olha com expectativa.

— Obrigado, bacana! — digo.

— Trabalho na redação, sabe, Simon, então tenho desconto nas assinaturas. Você não gostou?

Não devo parecer muito feliz com a minha assinatura da *Campo & Cães*.

— Claro que gostei! — digo.
— Simon, se você preferir um ano da *Peixes & Iscas* ou da *Ervas & Tubérculos*, não tem problema!
Balanço a cabeça.
— *Campo & Cães* é sensacional — digo.
O outro colega de escola vem e me diz que também colaborou com a assinatura. Digo:
— Obrigado, muito gentil de vocês — e prendo o vale no meu mural magnético e ainda não sei quem é o Hannes e quem é o Enno. Vou até a sacada e pego outra cerveja da caixa, que está quase vazia. Mas já tem outra ao lado dela. O meu locatário bate no meu ombro e me pergunta o que aconteceu com a porta. Digo que explico depois e empurro pra ele uma garrafa de vinho branco e um saca-rolhas. Enquanto isso a Lala inspeciona o número de rolos de papel toalha que ainda restam. Perto dela, a Dörte conversa com o homenzinho. Das minhas caixas de som sai alguma música do Wir sind Helden. Nesse segundo, o Flik e a Paula entram pela porta. O Flik logo me vê e sorri porque estou usando seu presente. Abraço primeiro a Paula e, depois de uma certa hesitação, o Flik também.
— Desculpe pelo tapa — ele me diz enquanto me cumprimenta —, mas você estava merecendo! Então... Feliz aniversário!
Empurro-o dando risada.
— Pega uma cerveja e fecha o bico!
— Quem é essa gente toda?
— Essa gente? É a agenda do meu celular. Todos que estão lá.
— Todos?
— Quase todos. Acho que a maioria ainda está pra chegar!
— Você tá maluco!
— Eu sei! A cerveja está na sacada.

E é isso mesmo. Cada vez chega mais gente ao meu apartamento. Meu cabeleireiro maluco de Goa, um outro cliente mais gordo da T-Punkt e uma *barwoman* minúscula que uma vez tinha me dado seu telefone. Até que em determinando momento o Phil passa pela porta. Claro que um pouco antes da meia-noite, porque ele é o mais descolado. E está usando uma suposta camisa de marca, que é horrível. Para compensar, me dá uma garrafa de um *single malt* escocês.

– Pega... talvez ele acabe com as loucuras da sua cabeça. Parabéns.

Agradeço e leio estupefato a etiqueta. É um uísque do ano do meu nascimento e deve ter custado uma nota.

– Obrigado! – digo e bato nas costas dele.

– Ei, sem problema... e... depois a gente conversa, hein?

– Vou adorar! – aceno com a cabeça.

O Phil desaparece para cumprimentar o Flik e a Paula, antes de assumir a direção musical da noite. De Stereo e Fanta Vier para trance, house e trip-hop em dez segundos. Fico me perguntando por que não nos damos melhor. Não devia haver problemas em uma amizade entre um idiota e um babaca. Meu locatário parece preocupado com o assoalho e com o volume da música. Eu o acalmo com mais uma garrafa de vinho e mando-o de volta para a cozinha, onde logo depois está conversando animado com a Lala. Lá pela uma, o Popeye da academia me surpreende. Ele me dá de presente dois pesos de dez quilos e ri com prazer quando os deixo cair de brincadeira. Mostro pra ele meu Total-Gym do Chuck Norris, que ele já sai testando. Primeiro sozinho e depois junto com o homenzinho. Da cozinha, vêm gritos e cacarejos de galinha. Quando olho, o Phil e a Dörte estão jogando fatias de pepino pela porta da minha sacada e observam sob clamores qual das duas fatias escorrega primeiro para baixo.

— Simon! Vem participar da corrida de pepino! — a Dörte cacareja com seu tom de voz supersimpático. Pego um pepino inteiro do vidro e jogo contra as fatias.

— Não funciona! — digo secamente e todo mundo ri. Meu locatário parece estar com a camisa polo torta. Percebo que ele passou o braço em volta da Lala. Está rolando alguma coisa! Se a coitada soubesse que daqui a pouco vai precisar fazer faxina, o cara tem vários prédios! Volto pra sala. O Popeye e o homenzinho estão sentados num canto conversando. Aha! Sabia! Quando decido olhar quanto falta para acabar o CD de trance do Phil, vejo a Coruja sentada na minha poltrona *single*. Fico surpreso porque ela é a única que eu ainda não tinha visto. Ela está usando um jeans marrom, um pulôver colorido justo e um tênis da Puma preto. Ela também parece diferente. Ou é só por causa da falta dos óculos e de cinco mil watts a menos no secador?

— Simon! Achei que você não queria me ver! — ela reclama baixinho. Sento ao lado dela no braço da poltrona e acho um pouco engraçado ver a minha ex-chefe sentada na minha poltrona *single*. — Primeiro, feliz aniversário!

Como estou sentado no braço da poltrona e a Coruja está no assento, o abraço é um pouco atrapalhado.

— Não tinha te visto — desculpo-me. — Você chegou faz tempo?

— Quase uma hora!

Agora já sei o que está diferente na Coruja!

— Lentes de contato? — pergunto.

— Desde ontem!

— Ah... e cortou o cabelo, não?

— Anteontem!

Como sei que as mulheres são muito sensíveis a essas profundas mudanças de aparência, e reagem mal às críticas, faço um elogio, dizendo que ela não parece mais tão engraçada quanto antes.

– Estava na hora de mudar. Ainda estou estranhando, mas me sinto muito melhor!
– Fica melhor que aqueles óculos enormes – completo.
– Aqueles eu tinha escolhido junto com o meu ex! O cara devia odiá-la!
– Quando vocês ainda estavam juntos ou depois?
– Você continua o mesmo...

Vamos para a cozinha para beber alguma coisa e pergunto cuidadosamente se ela ainda está com raiva de mim por causa da história do celular. Os touros de cimento ainda estiveram lá mais uma vez e perguntaram algumas coisas, mas tudo já passou. Fico superfeliz por não ter salvo o telefone dos dois na memória do meu celular, senão eles estariam aqui agora com suas pastas de couro idiotas e seus óculos fundo de garrafa. Acho uma garrafa de champanhe na geladeira e começo a empurrar a rolha.

– Desculpe pelo modo como as coisas aconteceram, mas ultimamente...
– É minha culpa, não tem problema, eu sei...

Com um "puff" consigo soltar a rolha e nos sirvo.

– Às vezes, era bem difícil ser sua chefe – a Coruja suspira.
– Posso imaginar. Eu preferia ter te conhecido em outro lugar. Brindamos.
– Sim – digo. – As coisas não eram fáceis entre a gente. Você era sempre... eh... minha chefe.
– Mas para mim não é fácil lidar com um cara como você, sabe?
– Provavelmente não!

A Coruja descobre a embalagem de *Maggifix para Brócolis* que joguei fora e que ainda está no lixo.

– Aha! Também ideal para couve-flor? – ela pergunta.
– É o que diz – respondo –, a gente pode jogar em cima das duas coisas, brócolis e couve-flor.

A coruja balança a cabeça.
— Que maluquice! Então também poderia estar escrito *Maggifix para couve-flor, também ideal para brócolis!*
Olho pra ela, como se ela tivesse acabado de anunciar que a Turíngia quer lançar sua própria estação espacial no espaço.
O Flik passa com uma cerveja na mão e pisca pra mim. Tento chutar a bunda dele, mas não dá tempo. A Coruja dá risada e serve-se de champanhe.
— O que você fez esses dias todos? — ela quer saber. — Você não atendia o telefone. Tentei algumas vezes!
— Por quê?
— Talvez porque eu quisesse saber como você estava!
— Mesmo?
— Mesmo!
— Isso não me passou pela cabeça!
— Mas é isso. Sei que a gente brigava sempre, mas.. é estranho trabalhar sem você!
— Hum...
— Como você está agora?
— Uma merda. Contei os pedestres que passavam na frente da padaria e quantos pés têm entre a sacada e a janela da sala. Imbecil, né?
— Em casa são 56! — a Coruja diz.
— De verdade?
— Estou te falando.
— Apartamento grande?
— Pés pequenos.
Ela levanta um pé e ri. Caramba. Essa aí é tão louca quanto eu. Como eu.
A Coruja?
— Simon, olha! — bate o meu coração. Siiiiiimmm!!! Tô olhando!
Como eu.

Alguma coisa acontece nesse instante. Alguma coisa sobre a qual tenho que fazer alguma coisa. Tenho que reagir, não há dúvida, o mais rápido possível. Mas a pergunta é: fazer o quê? O que diabos a gente faz quando no nosso aniversário de trinta anos de repente tem a sensação de que a mulher certa está bem na nossa frente? Bem debaixo do nosso nariz?

Muito simples. A gente junta todas as nossas forças e tenta ganhar terreno o mais rápido possível.

Claro que houve a maior gritaria, quando a gente fugiu de repente. Mas pra que me preocupar com a comoção de desconhecidos? Isso pode soar como uma fala boba de um filme de velho oeste barato, mas às vezes é preciso fazer exatamente o que o nosso estômago manda. Especialmente quando de repente se tem a certeza de que estava tudo errado. E quando ainda há uma chance de terminar com tudo isso em pouco tempo, então não faz diferença nenhuma abandonar a sua própria festa de aniversário completamente bêbado às cinco da manhã.

Chegamos. Deixo o carro andar devagar. Quando ele finalmente para, desligo o motor e olho pelo retrovisor.

– Jenny Schlund, sua vaca!

Rindo, acendo um cigarro.

– Você não me trouxe sorte nenhuma!

Fecho o zíper da minha jaqueta, saio do carro e deixo meu olhar vagar pelo enorme chão de concreto. Há algo fantasmagórico quando apenas uma das três mil vagas de estacionamento do Ikea está ocupada. Ocupada por um pequeno Peugeot amarelo, minha poltrona *single* e eu. Um vento cortante bate no meu rosto e nas minhas mãos enquanto abro o porta-malas e tiro a *Jennylund* com cuidado.

Bato o porta-malas e empurro a poltrona pesada com passos incertos para algumas vagas mais adiante. Devagar, passo a mão uma última vez pelo braço da poltrona. Primeiro pego a gasolina. Desenhar minha mensagem com gasolina no chão é mais difícil por causa do vento. Quando a lata está finalmente vazia, pego minha câmera digital e meu isqueiro vermelho no carro. Então coloco fogo na poltrona. Uma chama inicialmente pequena devora primeiro o braço.

Para fazer fotos melhores, subo no teto do carro. Quando olho para baixo, chamas grandes e nervosas sobem da poltrona, determinadas a devorar a fonte da minha infelicidade completamente. Logo abaixo, brilham em letras enormes "30C". Em algumas horas, as primeiras famílias de classe média sem noção irão passar por cima das cinzas de uma *Jennylund* com suas minivans financiadas.

Faço três fotos. A melhor vou mandar logo de manhã para o vendedor anão de nariz grande que tornou minha vida um inferno com essa poltrona idiota. Já tenho um e-mail anônimo: gaymatador@gayweb.com.

Agora estou onde os homenzinhos sempre quiseram. Exatamente com trinta.

Bem-vindo à fase cinco da solteirice.

Fim